新編 宮本百合子と十二年

不破哲三

新日本出版社

新編へのまえがき

この本は、以前に刊行した私の二つの論集、『宮本百合子と十二年』（一九八六年）および『私の宮本百合子論――「獄中への手紙」から「道標」へ』（一九九一年）から、主要な論稿を選んで一冊にまとめたものです。それぞれの文章には、それなりの事情があり思い出があって、そのことを両書の「まえがき」に記したのですが、いまあらためてふりかえるよりも、やはりその時点での思い出に実感があるので、多少手を加えながらそれを再録し、作品の自己紹介とさせていただくことにしました。

宮本百合子の社会評論について（一九七一年）　これは、百合子についての私の最初の発言ですが、一九七〇年の秋、「百合子没後二〇周年記念の夕べ」の実行委員会の方から講演を求められた時、正直言って戸惑いました。宮本百合子の作品は、以前からかなり読んではいたものの、それはあくまで一読者としての読み方であって、それについて人に何か話そうなどということは、考えたこともなかったからです。いろいろ悩んだ末、主題を社会評論に限定すれば、私がこれまで扱ってきた領域とも接点があるし、翌年一月の「記念の夕べ」までに一定の研究もできるだろうと考えて、引き受けることにしました。

当時はまだ『全集』ではなく、新日本出版社から全一二巻の『選集』が出ていました。その第一一巻が文化・社会評論に当てられていて、それを何回も通読したのですが、読めば読むほど、戦後の百合子の評論が示している、抜群の卓越ぶりにあらためて驚かされました。戦後の複雑に激動する情勢の中、広い視野で時代を見通すそれだけの力を、百合子はいったいいつどこで身につけたのか。その秘密が、戦時下の一二年にある、というのが、この時の百合子研究での私の到達点でした。振り返ってみると、それが、私のその後の百合子研究の一貫した問題意識となりました。

宮本百合子の「十二年」（一九八一年）『宮本百合子全集』（新日本出版社）の刊行が一九七九年一月から始まり、八一年に『獄中への手紙』全四巻の刊行が終わりました。これは、戦時下の百合子の生活と文学に注目していた私にとって、文字通り待望の書でした。それまでにも、百合子が編集した往復書簡集『十二年の手紙』で、ある程度のことは、うかがい知ることができましたが、収められた手紙はごく一部でしかなく、時々の断面はわかっても、そこから全体の生活や思想の流れをつかむことは困難でした。『獄中への手紙』の刊行は、百合子の側からの通信だけとはいえ、問題の一二年の全体像をとらえる道を大きく開いてくれました。また獄中からの手紙も、百合子の手紙への「注」として、かなり詳しく紹介されていました。この刊行は、共産党員作家であった百合子の生活と文学の成長・発展において、戦時下の一二年が持った絶大な意義を、本当に深い内容をもって教えてくれたのです。

「没後三〇周年」で、再び百合子について語る機会を得た時、私が志したのは、この『獄中への手紙』全四巻の内容をふまえて、一〇年前に自らに課した宿題に答えることでした。そのために、百合子の戦前・戦後の作品や各分野の評価も、広く読み直しました。一九八〇年一〇月、イタリア共産党のロンゴ書記長が亡くなって、急遽ローマに飛び、葬儀に参列しましたが、その時も何冊かの『選集』を鞄につめて、往復の飛行機のなかで読みふけったことを覚えています。

この準備の際に、私がとくに興味を持った一つの点は、百合子が、戦争と暗黒のこの時代に、過酷な抑圧と闘いながら、また言論統制と検閲の目をかいくぐりながら、どういう言葉でどこまで真実を語り続けたかということでした。国会図書館から戦時中の雑誌を大量に借り出して、作品や評論の戦時下の原形を一つ一つ調べたのも、そのためでした。戦時下の誌面の一ページ一ページに、まさに百合子の満々たる闘志をみる思いでした。

講演のあと、それが果たして百合子の一二年に、どこまで迫りえたかが何よりも心配でしたが、一二年を百合子の近くで過ごした手塚英孝さんが、その後おこなわれた百合子の墓参の席で、「百合子さんの一二年は、私が身近に知っているが、不破さんの講演を聞いたら、〝よう知っているなあ〟とびっくりするほどだった」と評価されていたと聞き、たいへんうれしく思ったことでした。

この時は、時間の制約から準備したすべてを話すことができなかったので、『文化評論』に発表する際、相当大幅に書きたしました。「記念の夕べ」から締め切りまで数日しかなく、なかなか忙しい仕上げ作業でした。なお、立ち入って研究するゆとりもないまま、心に残ったいくつかの主題がありましたが、結局、それらの主題に取り組むのは、五年後のことになりました。

戦時下の宮本百合子と婦人作家論（一九八六年）　一九三九年から四〇年にかけて、百合子が、『中央公論』、『改造』、『文芸』に連載した婦人作家論は、戦後、『婦人と文学』という表題で発表されていました。私は、これを、戦時下に、伏せざるを得なかった部分を補充して発表したのでは、という程度の思いで読んでいたのですが、没後三〇年の機会に、戦前の各誌に掲載された婦人作家論の原型を見て、それがまったく違った内容を持っていることに驚かされました。そこには、戦時下の苛烈な言論抑圧のなかで、百合子が戦争と反動の激流に抗して書きつづった壮大な文学的達成がある、私たちには、それをそのままの形で現代に再現する責務がある、これが、百合子のこの一連の作品に触れた時の、私の痛烈な思いでした。

この思いを果たすために、百合子没後三五年の機会に執筆にとりかかり、『文化評論』の特集号に発表したのが、この論稿です。

実は、書き始めたのは、年末もぎりぎり、ＮＨＫの新春インタビューの収録を終わって帰宅した三〇日午後のことでした。書いてみると興が乗って、一気に書き上げたような感じでした。そしてまた、このために『獄中への手紙』を読み返したのが新たなきっかけとなって、続けていくつかの百合子研究を書くことになりました。

この論文の発表後、「婦人と文学（初出稿）」が、旧全集第三〇巻（一九八六年）に「補遺」として収録されることになったのも、たいへんうれしいことでした。

なお、百合子の連作のなかのコロンタイズム批判の部分（『講座なお、「ひろい飛沫《しぶき》」は、別の場所（『講座「家「家族、私有財産および国家の起源」入門』新日本出版社、一九八三年）で論じたことがあったため、この論文ではごく簡単な紹介にとどめました。今回は、その三年前の論稿を、「補章」として収録しました。

古典学習における「文学的読み方」（一九八六年）　獄の内外を結んで語り合われている、戦時下の古典学習の問題は、百合子がそこから何を身につけたかを含めて、私が以前から強い興味と関心を持っていた問題でした。この時も、初めは、『女性のひろば』の編集部から、創刊七周年にあたって何か書かないかと誘われて、軽い気持ちで「宮本百合子と古典学習」という一文を随筆風に書いたのですが、始めてみると、これはもっと本格的に取り組むべき主題だと思うようになり、『文化評論』に掲載したのがこの文章でした。読むべき本や読んだ本の連絡でも、著者の名前も本の題名も禁句ですから、この文章では、案外のところで結構苦労しました。たとえば、百合子がレーニンの『帝国主義論』と間違えて別の本を読みだしてしまうくだりがあるのですが、その取り違えた本が何だったのか、手紙にある「五五一ページ」というページ数を主な手掛かりに、だいぶ大規模な〝捜索活動〟をやったりしたものです。

試練の一二年と作家・宮本百合子（一九八六年）『女性のひろば』に連載したこの文章も、やはり『獄中への手紙』を読んでの所産です。戦時下の辛酸が、『二つの庭』、『道標』など、百合子の戦後の大作を準備するうえで、どのような意義を持ったのかという問題は、一九八一年の講演でもあらすじは触れたことでしたが、百合子の婦人作家研究に取り組みながら、刻々の手紙に記されている、百合子自身の創作論や作品構想の変遷を読み合わせてゆくうち、おのずから、といった感じで生まれたのが、この連載でした。書かれないままに終わった『春のある冬』『十二年』の内容についても、私の推理として、思うままを自由に書きました。

『道標』と『道標』以後——百合子は何を語ろうとしたか（一九九一年）百合子没後四〇年にあたって、講演の依頼を受けたとき、私の頭にあったのは、百合子がライフワークとした長篇小説をめぐる大きな宿題に挑戦することでした。

この長篇小説が、『二つの庭』、『道標』から『春のある冬』『十二年』へと進んで完結する予定であることは、すでに百合子自身によって明らかにされていました。しかし、百合子の突然の死によって、長篇は『道標』をもって終わらざるをえなくなりました。いったい、このライフワークは、なぜ、あのような構成と方法をもつにいたったのか、もっと端的にいえば、戦時下の日本社会、そこでの人民とその前衛の闘争を描くことに自分の最大の文学的使命があることを自覚していた百合子が、その作品に取り組むのに、なぜ『伸子』のすぐあとから出発し、伸子の成長とともに本来の主題に接近してゆくという一見遠回りの道に立ったのか、その構想と創作方法の〝秘密〟を解明すること、この宿題に正面から取り組むために、この時の講演では「『道標』と『道標』以後」という主題を設定したのでした。

この講演が、この宿題の解決にどの程度成功したかは、読者の判定に待つしかありませんが、私は、この講演をもって、私の百合子研究の終着点としたつもりでいました。

ところが、それから二五年たって、二〇一六年五月、百合子没後六五年の機会に、もう一度百合子について語らざるをえない立場に立たされました。そこで、私が意を決して取り組んだのは、「伸子・重吉の『十二年』――未完の『大河小説』を読む」という主題でした。この主題を選ぶに至った率直な心境を、この講演を収録した本の「まえがき」に、私は次のように記しました。

「今回、四度目の記念講演の依頼を受けたとき、最後の百合子研究から二五年の空白があることにくわえ、〝私には、百合子研究ではもう語るべき新しい主題はない〟ということがすぐ頭に浮かびました。しかし、あらためてこれまでの仕事をふりかえると、そこでは、百合子が生涯をかけた大長編構想は、後半の二つの作品、なかでも最後の『十二年』にこそ、百合子が書きたかった核心的主題があったということを、私自身くりかえし強調しながら、その『十二年』の内容については、ほとんどまとまった考察をしないままですませていました。

〝そこに鍬《くわ》を入れることはできるだろうか〟、『十二年』そのものに新たな研究課題があると考えて、あらためて百合子研究を再開し、四度目の没後記念講演にのぞんだというのが、今度の講演の背景説明です。講演の冒頭、今回の企てが〝冒険〟だということをくりかえし強調しましたが、この〝冒険〟が成功しているかどうかは、読者の判定に待ちたいところです」（『文化と政治を結んで』の「まえがき」より）。

なお、この講演の準備にあたっては、この間に獄中からの書簡の全体が『宮本顕治　獄中からの手紙　百合子への十二年』（上下二巻　二〇〇二年　新日本出版社）として刊行され、獄の内外を結ぶ顕治・百合子の対話の全貌が明らかになったことも、大きな助けとなりました。

結局、ここが、私の宮本百合子研究の終着点となったようです。本書を手に取られた読者が、機会があれば、この終着点まで読み進んでいただくことを願って、筆をおくものです。

二〇一七年三月

不破　哲三

目　次

宮本百合子の社会評論について

〈「宮本百合子没後二〇周年記念の夕べ」（一九七一年一月二〇日）での記念講演〉

みなさん、こんばんは。私は、きょう、宮本百合子の社会評論について、お話ししたいと思います。はじめに指摘しておかなければならないのは、この社会評論という分野のしごとが、宮本百合子にとって、いわゆる作家の余技ではない、という点であります。宮本百合子は、みなさんもご承知のように、その創作において、複雑な社会的な現実を深い歴史的な理解と未来への確固とした展望において描き出すということに、力をつくした作家でした。

同時に、百合子は、この社会を描き出す際に、作家がたんなる傍観的な記述者であってはならない、この現実にたいして、作家として人間として感じる責任、これをぬきにしては、これをまったく捨象しては真の文学はありえないということを、その作品においても文学論においてもくりかえし強調した、そういう作家であります。

この百合子が、日本の人民と民族の運命にかかわる諸問題、さらには世界の平和と人類の将来にかかわる諸問題に直面して、多くの積極的な発言をしたのは当然であります。いま、宮本百合子の社会、政治、婦人、文化、文学、万般にわたる評論は、二百数十篇、私たちのもとに残されておりますけれども、これはすべて、文学者としての宮本百合子の、その創作におけると同じ共通の精神のあらわれであり、私たちは、これを宮本百合子の業績のきわめて重要な有機的な部分として、みなければならないと思います。

一、戦後の民主主義の課題をめぐって

私は、こんど宮本百合子の多くの評論を読みかえしてみて、ひじょうに深い、また強い印象を受けました。

その一つに、日本が戦争に敗れて、「連合軍」という名前でアメリカの占領下におかれた、そういう歴史的な事態に直面した、その時期の百合子の評論をあげることができます。一九四五年、四六年の時期といえば、日本の知識人のあいだに、全体としては、残念ながら非常な混迷が支配していた時期であります。

たとえば、敗戦の四五年の暮れには『中央公論』が復刊され、『世界』が創刊されるなど、いろい

ろな総合雑誌が戦後はじめてあらわれて、多くの代表的な知識人が、戦後日本が直面した現実について、いろいろと発言しています。いま私どもが、当時の雑誌をとり出し、読みかえしてみるとき、敗戦と戦後の新しい事態に直面して日本の知識人のあいだにどんなに大きな混迷があったかということを、みざるをえないわけであります。

それらの雑誌の多くの論文に共通していたのは、民主主義という問題についても、ポツダム宣言によって、あるいは敗戦と占領によって、外から「与えられた」問題として、これをとらえ、これをいったいどう解釈したらよいのか、そういうことに多くの論究が費やされていることです。その「民主主義」の解釈なるものも、今日、日本の国民のあいだで常識となっている理解とくらべてさえも、はるかに遅れた理解が支配的であったことを、われわれはいま、一つの驚きをもって、ふり返らざるをえません。

たとえば、ある論文は、ポツダム宣言は「わが国政の民主主義化」をいっている、しかしそれが、「国民主権を意味するものでないことは明瞭である」と、こういう論調を展開していました。また別の雑誌では、この民主主義というのは「天皇の統治権の構成に、臣民——国民ではなく臣民です——を参加させる」問題であるという趣旨の論文が巻頭をかざっていました。そこには、日本が、あの侵略戦争の結果直面した民族的な事態についての正しい分析もなければ、当面する民主主義の課題についての正面からのとりくみも、知識人として国民に示す展望も、みられなかったのです。

こういうなかで、宮本百合子は、戦後、治安維持法が撤廃され、戦争中の執筆禁止が解けるとともに、もっとも早くから、精力的に社会的、政治的な発言を開始した一人であります。

そしていま、われわれの手もとに残されたそれらの評論をみるとき、私どもが深く打たれるのは、その社会的、政治的な発言が、きわめて精力的であったというだけではなく、こういう歴史的な転機に直面して、まさにその事態の本質と、国民の前に提起されている諸課題、そしてその解決の展望をさし示すという点において、きわめてすぐれた先見的な発言であったということであります。

たとえば、「歌声よ、おこれ——新日本文学会の由来——」(『新日本文学』創刊準備号、第16巻[*])という有名な論文があります。これは、一九四五年の一二月、新日本文学会の発足にさいして発表した論文でありますけれども、ここには、民主的な文学運動の前進のための呼びかけがあるだけでなく、敗戦によってその条件がひらかれた民主革命の展望、その課題と情勢についてもきわめてリアルな見取り図が含まれています。また、翌年一九四六年の春の総選挙の前に、宮本百合子は『私たちの建設』(第16巻)というパンフレットも執筆しています。そのほか、この時期の多くの労作をみるとき、私どもはそこに、当時、総合雑誌などの誌面ではなかなかみられなかった、一連のすぐれた特徴をみることができます。

＊ 以下、百合子の作品の収録巻数およびページ数は、すべて、二〇〇〇～〇四年刊行の全集で示します。

まず、その第一は、宮本百合子が、戦後日本の人民が直面した民主主義の課題を、さきに紹介した論者たちとはちがって、敗戦とか占領とかの外的な力で「与えられた」課題としてではなく、日本社会の内的な必然――その解釈も他にたよるのではなく日本人民自身がきめるべき必然的な課題として、当面している日本の諸矛盾の人民的、民主的な解決の展望として、深くとらえていたという問題であります。

四五年から四六年にかけて執筆した多くの評論のなかで、宮本百合子は当面する民主主義の問題について、治安維持法を中心とする専制政治――権力による人民の抑圧をとりのぞく問題、資本主義と半封建的な家族制度による婦人の抑圧を打破する問題、侵略戦争によって日本の全国民に強制された国民的な悲惨を解決する問題など、いくつかの課題を、共通の主題として精力的に追求し、この問題を民主的、人民的な方向で解決する民主主義革命の展望を、多くの人びとの前に明らかにしたのであります。しかも、それが、百合子の多くの評論の共通した特徴でありますけれども、政治的なテーゼの機械的なもちこみ、そういうものによって組みたてられたのではなく、社会の生きた現実を、人民の生活や意識のひだにまでわたりながら深くとらえ、日本の旧体制の糾弾や民主的変革の課題が、現実そのものの具体的な総括からおのずから引き出されてくる、こういう筆致できわめてリアルに描き出され、そこにまた独特のつよい説得力をもっているのであります。

さきほど『私たちの建設』というパンフレットについてふれましたが、これまでにあの長期にわたる侵略戦争について多くの糾弾と批判の文章が書かれましたが、敗戦の数ヵ月後に書かれた宮本百合子のこの小さなパンフレットは、あの戦争の悲惨をたんなる結果論ではなく、日本の国民が都市においても、農村においてもどのようなかたちでどのように悲惨な抑圧された生活を強制されていたか、これを戦時中の国民生活全体の、いわば国民的な経験の総括として批判し糾弾した文書として、もっともすぐれた文章の一つだと思うのであります。

このように、戦後日本人民が直面した民主主義の課題を、外からの強制としてではなく、まさに日本の人民自身の内的な必然として、日本社会の発展が必然的に要求する課題として正確にとらえ、すすむべき方向を明らかにしたという点に、当時の百合子の評論の第一のきわだった特徴があったと思います。

二、情勢をとらえる視野と洞察

第二に、私どもが当時の諸評論をみて深く感銘するもう一つの点は、この民主主義の課題をめぐる当時の情勢について、百合子が、これまたきわめて鋭い洞察にみちた評価と分析を加えていたという問題であります。

たとえば敗戦直後に書かれたさきの評論「歌声よ、おこれ」のなかには、このような文章があります。

「社会全般のこととしていえば、この数ヵ月間の推移によって、過去数十年、あるいは数百年、習慣的な不動なものと思われてきた多くの世俗の権威が、崩壊の音たかく、地に墜《お》ちつつある。その大規模な歴史の廃墟《はいきょ》のかたわらに、人民の旗を翻し、さわやかに金槌《かなづち》をひびかせ、全民衆の建設が進行しつつあるとはいいきれない状態にある。なぜなら、旧体制の残る力は、これを最後の機会として、これまで民衆の精神にほどこしていた目隠しの布が落ちきらぬうち、せいぜい開かれた民衆の視線がまだ事象の一部分しか瞥見《べっけん》していないうち、なんとかして自身の足場を他にうつし、あるいは片目だけ開いた人間の大群衆を、処置に便宜な荒野の方へ導こうと、意識して社会的判断の混乱をくわだてているのであるから」（第16巻三〇ページ）

敗戦の直後、一九四五年の一二月という時点で書かれたこの論文のなかには、当時の日本の民主的な革命が当面した困難な事態の簡潔な、しかし、深い分析がすでに与えられています。

当時、「上からの民主化」の進行について、進歩勢力の一部にも楽観的な風潮が存在していましたが、そのときに、宮本百合子が、日本国民をあの侵略戦争にかりだし専制政治でおさえつけた、その旧勢力の抵抗について、きわめてリアルな警戒をはらい、その動向を追及しつづけたことは、当時の社会評論のなかでも群を抜いた特徴であります。

ここにはまだ、占領軍の意図そのものへの警戒は直接にはふれられていません。しかし、その旧勢力の抵抗への百合子の注目は、事態の進行とともに、翌一九四六年の秋に書かれた諸評論においては、この点の究明にも、発展してゆきます。たとえば一九四六年一〇月ごろに執筆した評論「誰のために――インテリゲンツィアと民主主義の課題――」では、日本の民主主義は、「国内国外もつれ合う潮の流れの複雑さと、主体的に日本のインテリゲンツィアをこめる全人民に民主的感覚が成熟していないことのために、難航である」（同前三三四～三三五ページ）として、すでに、あの不自由な言論のなかで、日本の民主主義の重大な障害を「国内国外もつれ合う潮の流れの複雑さ」のなかに求めるという見地が提出されています。

さらに、このことに関連して私どもの特別の注目をひくのは、これらの文章のなかで、百合子が、日本人民の主体的条件について、その「民主的感覚の未成熟」が日本の民主主義革命の展望に深刻な否定的な影響を及ぼす可能性について、したがってまた急速にこのおくれをとりもどす、民主運動の主体的な努力の必要について、くりかえし語っていることであります。

そして、百合子は、こういう全体の文脈のなかで、冒頭に指摘した戦後の日本の知識層のあいだに存在した混迷についても分析をくわえ、どういう歴史的、社会的な根源から、そのような混迷が生まれたのかを明らかにしています。『世界』一九四六年一〇月号に書いた「現代の主題」（第16巻）とか、さきほど引用した「誰のために」など、一連の評論が、この問題の解明にあてられていますが、これは、いまふり返ってみても、非常に的確な、歴史的洞察にみちた分析であります。

宮本百合子の戦後の評論のこういう内容と、さきに紹介したような一部の知識人の発言とを比較してみるとき、そしてまた百合子が、この知識人の混迷自体を分析の対象として、この現象の科学的な解明にとりくんでいることをみるとき、私たちは、これらの評論は、そのときどきの歴史的な瞬間において、広く地平を見渡しうる高さに立ったもののみがやりうる評論であるという結論に到達せざるを得ないのであります。

いったい、なぜ宮本百合子が、あの敗戦直後四五年、四六年という時期に、こういう高い見地にたち、ひろい歴史的な視野と洞察をもつことができたのでしょうか。それはたんに作家としての百合子の才能やリアリズムの目によるひろく深い観察の力だけに――これはまた重要な要因ではありますけれども――それだけに帰せられるべきものではありません。

結論から申しますならば、宮本百合子があの暗黒の時代に、抑圧の鎖が打破され、民主主義の課題が日本人民の公然たる課題としてとりくまれる、そういう時代にたいして、十分な準備をもってそなえていた、数すくない知識人の一人であったということ、私はここにこの問題のもっとも重要な核心があると思います。

三、歴史への確信をつらぬいた戦時中の活動

さきほどスライドで百合子の生涯が紹介されました。私もいま提起した問題を解く意味で、戦争中の宮本百合子の活動をふり返ってみたいと思います。みなさんもよくご承知のように、宮本百合子

は、プロレタリア文学の陣営に属する革命的作家の一人であると同時に、非転向の政治犯の妻として、自分自身もたび重なる逮捕や投獄、さらに執筆禁止の暴圧にさらされながら、侵略戦争と専制政治への対決を、最後までやめず、同時に、歴史の未来への確信にみちて、明日のための準備をおこたらなかった一人であります。

当時の百合子の文筆活動は、いま私たちの手もとに、いろいろな作品として、また評論として残されております。『選集』〔一九六八〜六九年に新日本出版社から刊行された『宮本百合子選集』（全一二巻）のこと〕の第一一巻には、あの侵略戦争のさなかに書かれた、いくつかの評論がおさめられています。その一つに「列のこころ」という評論がありますが、これは、一九四〇年、日本が中国への侵略から、さらに東南アジア、太平洋全域にわたる侵略戦争に拡大しようとしていたその時期に、『大陸』という雑誌に発表された評論です。

これをみますと、たとえば、あの戦争中の、国民生活の不自由さ、食堂で食事するにも長い列をつくらなければいけない、汽車の切符を買うにも長い列で順番を待たなければいけない――そういう、国民だれもが経験している日常の問題を、さりげない筆致でとりあげながら、それによって、侵略戦争が日本の国民にどのような否定的な結果をもたらしているかということへの、具体的な批判が展開されています。これらの評論は、当時の条件のなかで、多くの人たちに戦争への批判を呼びおこすものでした。

さらに、私が深い感銘をもって注目せざるをえないのは、百合子が、このさりげない評論のなかに、同時に、自覚した戦争批判者への強い激励をも書きこんでいたことであります。この評論は、最後に、つぎのような文章で結ばれています。

「これから、時代は益々《ますます》列をつくる方向に向っていると云えるだろう。一つの国の人間が先《ま》ず列をつくることを教えられ、やがて自分たちで列をつくるようになり、追々自分たちの生活の実際の向上のために列を組むように成長してゆく過程は、実に多岐であり波瀾重畳《はらんちょうじょう》であると思う。ひとくちに人の列と云えばそれまでだが、列をなす一人一人に二つの眼と口と心と生涯とがあるのだと思えば、おそろしき偉観と思えるのである」（第15巻二八ページ）

戦争によって強制された「行列」についての評論のなかから、人民自身が自分たちの生活の向上のために団結する展望をしめし、よびかけることが、あの野蛮な抑圧の時代に、きわめて勇気のある行動であったことは、いうまでもありません。このことは、侵略戦争と専制政治にたいする宮本百合子の不屈の態度を表現したものであります。当時学生であった水野明善氏は、この一文を読んで「筆舌につくしがたい強烈な衝撃をあたえられた」と、この『選集』第一一巻の「解説」に書いていますが、宮本百合子は、この一例にも示されるように、あの戦争のなかでも国民の批判的な精神をめざめさせ、さらには自覚したものを激励する、そういう活動をやめなかったのであります。

さらに私が強調したいのは、宮本百合子が、これらの執筆活動にその不屈の精神をあらわしただけではなく、あの戦争と暗黒の時代のなかでも、未来への確信をもって、民主主義のために公然とたたかうことのできる時代にそなえる必要な理論的政治的な準備を、一貫しておこたらなかったことであります。

私どもは、その具体的な記録と証言を、現在わが党の委員長で、当時獄中にあった宮本顕治同志とその妻であった宮本百合子の、獄中と獄外からの往復書簡をまとめた『十二年の手紙』（新日本文庫、一九八三年、上下二巻）という書物のなかに、みることができます。

そこでは、百合子が、より深い歴史の理解をもって文学的社会的活動にとりくむために、マルクスの『資本論』の読破の努力をはじめ、マルクス、エンゲルス、レーニンの科学的社会主義の多くの文献にとりくみ、その勉強を系統的につづけたこと、また、当時は執筆しても発表の条件はないわけでありますけれども、明日にそなえて、日本と世界の文学についての包括的な研究を蓄積していたことを知ることができます。また、この往復書簡のなかには、二人がそれぞれ獄中と獄外にあって、日本と世界の将来の政治的展望についても、きわめて強い確信をもって、この時期をすごしたこと、これらが明確に記録されております。宮本百合子が、四五年の日本の敗戦とその歴史的転換にたいして、どのように準備していたかを語る一つの資料として、私は獄中の宮本顕治同志が、敗戦の前年、一九四四年の一二月に百合子に送った手紙のなかから、一、二の節を紹介してみたいと思います。

一九四四年一二月一九日と日付のある手紙のなかでは、検閲を考慮したきわめて限られた表現ではありますけれども、きたるべき日本の歴史的な転換について、つぎのようにのべられてあります。

「全く、時間的時間と、歴史的時間の差別が如実に把握されるなら、この正月は昨年のそれよりも更におめでたい元旦であることが分るね。

『歴史の淘汰』が古きものと新しきもの、善きものと悪しきものとを截断《たちき》る規模と的確さは未曽有の景観を示すことだろう」（『十二年の手紙』〈新日本文庫〉下二一三〜二一四ページ、『宮本顕治　獄中からの手紙』新日本出版社、二〇〇二年、下三三六ページ）

ここには、侵略戦争、専制主義者にたいする歴史の判決が来年はかならずくだるということが、的確にのべられております。さらにその一週間後に送られた一二月二六日付の手紙ではつづけてこうのべられています。

「漂流でなく、確乎とした羅針盤による航海者として、波瀾少くない今日を見ることは、何といってても甲斐ある生活だ。更に美事な結実を与える年で来年があるように、そしてブランカ（百合子のこと）も丈夫でよく勉強もし、天気晴朗の日に所産多い一人として在り得るように――それらを新しい歩みへかけて希《ねが》うことにしよう」（同前二二二ページ、同前三三八ページ）

これらの文章には、あの時代に、獄中と獄外を結ぶ政治的、精神的な交流をつうじて、百合子が敗戦にむかう歴史的時期をいかにして迎えたかが、きわめて端的に表現されていると思います。

のちに百合子自身、この往復書簡について、ここに記録されているものは、「単なる誰それの愛情問題にはとどまらない」、それは「民主主義社会の黎明《れいめい》がもたらされ、抑圧の錠が明けられたとき、日本の文化人は既に十分の準備をもって新たな文化への発足をその敷居に立って用意していたか、そうでなかったかということに直接に関連して来る」と書いていますす（「『どう考えるか』に就て」、『改造』四六年二月、第16巻五六ページ）。

まさに宮本百合子の戦後の活動は、百合子が、「抑圧の錠が明けられた」とき、「既に十分の準備をもって」その日を迎え、「天気晴朗の日」にもっとも「所産多い」活動をした文化人であったことを事実をもって証明したのであります。

私は、ここに、宮本百合子の多くの先見と洞察にみちた戦後の評論活動は、百合子が、侵略戦争と専制政治に身をもって反対しつづけ、日本の民主主義と平和と独立のためにたたかいぬいてきた日本共産党の文学者として生きぬいてきた、その歴史のうえに立った発言であり、活動であったということ、そしてその意味で、宮本百合子の活動は、日本共産党の誇るべき伝統の貴重な部分の一つをなしていることを、あらためて強調したいのであります。

四、民族独立の課題に直面して

さらに私は、戦後の百合子の社会評論のすぐれた特質を語るものとして、一九四八年以後の時期、日本を占領したアメリカ占領軍の侵略的、帝国主義的な性格があらわになってきて、日本の民族独立の問題が国民的な課題として提起されてきたその時期の評論に、注目したいと思います。

百合子は戦後の初期から、日本国民の民族的な課題につよい関心を払っておりました。たとえば一九四六年のはじめに、日本で民主戦線が問題になったとき、そのことについて問われて、これは「一つの救国運動」である、国を救う運動であると答えています（「民主戦線と文学者」、『新日本文学』四六年四月、第16巻一八六ページ）。ここには、当時の状態のなかで「救国」を国民的な課題として提起するという姿勢があらわれております。

さらに、一九四六年の秋の諸論文のなかで「国内国外もつれ合う潮の流れの複雑さ」というかたちで、日本の民主主義をおびやかす危険がたんに「国内」の旧勢力からだけでなく、「国外」つまりアメリカ占領者の側からも生まれつつあることについて指摘されていることはすでに紹介しました。同じ一九四六年一〇月、新日本文学会第二回大会で報告したさいには、日本の民主化をはばむ障害についていっそう明確なかたちで論じています。すなわち、百合子は「日本において民主化の諸問題が歪むのには、すこぶる深刻な後進的、半封建的条件が作用しているわけですが、それがまたある場合には外部的な力と結合されて、いっそう複雑になって来ました」とのべ、つづいてその「外部的な力」とは何かという問題について、それは「発達した資本主義的民主主義の国」にある「前進性をもたない部分」の問題――「その影響が、日本のさらによりおくれた部分と結びつく」ことによって生みだされている困難であることを指摘しています（「一九四六年の文壇――新日本文学会における一般報告」、第17巻四九ページ）。

占領下のこの時期を経験されていない方々には、百合子が、なぜこのようにいりくんだ表現を使わなければならなかったかということについて不思議に思われる面もあるかと思いますが、当時は、アメリカ占領者についての批判はいっさい許されなかった時代であります。その時期に、しかも占領軍の役割についての明確な理解が確立していなかった時期に、〝発達した資本主義的民主主義の国〟ということでアメリカを表現し、その反動的な部分が日本の旧勢力と結合して、今日の民主化の困難を生みだしていることをこれだけ明確に解明した評論は、ほとんど見当たらないのではないかと思います。身をもって、治安維持法を中心にする戦前の旧体制、天皇制専制政治と対決した百合子が、その旧勢力の抵抗をリアルに追及しながら、そこからの結論として、アメリカ占領者と旧体制の反動的な結合についてのこの指摘に到達したということはきわめて重要な教訓であります。

一九四八年の評論は、これにつづくものですが、この年は日本共産党が民主民族戦線のアピールを発して全国民のまえに、民族独立の課題が国民的な課題となったことを指摘した年であります。この呼びかけを受けて、宮本百合子が、独立と平和の課題に積極的にとりくんだ諸評論を執筆したのは、戦後それまでの百合子の評論の論調からいっても、きわめて当然のことであります。

そういう評論の代表的なものとしては、「平和への荷役」(『婦人公論』四八年七月、第18巻)、「三年たった今日——日本の文化のまもり」(『新日本文学』四八年八月、第18巻)、「便乗の図絵」(『光』四八年九月、第18巻) などをあげることができます。これを読んで私たちが、いまさらのように感銘するのは、これが、アメリカの占領者にたいする真正面からの批判だったという点であります。

たとえば「平和への荷役」という評論では、日本を「平和の防壁」とする考え方について批判がくわえられています。名ざしこそさけていますが、この批判が、その年の一月にアメリカのロイヤル陸軍長官が、日本を「全体主義の防壁」にするという方針を発表したことにむけられたものであることは明白です。それからまた、「三年たった今日」あるいは「便乗の図絵」というような評論では、「満州事変以来日本の侵略戦争に反対し、戦争によって人民の生活を悲惨にすることを拒絶しつづけて来た」共産主義者にたいして、〝新しい軍国主義〟といったさかさの非難をくわえる人びとにむかって、正面からの手きびしい、徹底した批判がくわえられています。この〝新しい軍国主義〟うんぬんがだれのことばかといえば、それはその年の五月に、占領軍総司令部のハロルドという役人が「共産党は新しい軍国主義者である、これは労働運動から追放しなければいけない」と宣言し、反共カンパニアを始めたことをさすものであり、それへの断固とした反撃であったのであります。占領下の困難がつづいているなかで、アメリカと名ざしはしないだけで、占領者の言論にたいして正面から批判する、そしてこの勢力と日本反動勢力とのみにくい結合を筆鋒《ひっぽう》も鋭く攻撃しつつ、百合子は、日本の人民に国の独立と平和、民主主義のための闘争を力づよく呼びかけました。

「人民が自身の力で国の独立と、生産や文化の確立をなしとげるために奮起しないかぎり、人民というものは搾取の対象でしかあり得ない」（「便乗の図絵」第18巻八五ページ）

「すべての愛の行為とひとしく、平和も、戦争挑発に対する実際的で聡明なたたかいとその克服なしには確保されないものであることを知らなければならない」（「平和への荷役」同前五四ページ）

これは、あの戦争中に、平和と民主主義への呼びかけをやめなかった宮本百合子の不屈の精神を、新しい歴史的条件のもとであらわしたものにほかなりません。なお、つけ加えていえば、これらの評論のなかで、宮本百合子は、いまの新しい反動、新しいファシズムの勢力が「民主的」という表現をさかだちさせて、「独占資本的」または「隷属的」という意味で使いはじめたこと、そして、真の民主主義者を「反民主」の名で非難するという手口、戦争にもっとも反対した共産党に〝新軍国主義〟とか、戦争挑発者とかの非難をくわえるという手口に訴えていることをとりあげて、その手口は日本の反動が「戦時中はもっていなかった輸入の知恵」(「便乗の図絵」同前八四ページ)であることをくりかえし強調しています。これらの「輸入の知恵」がいまわれわれのまわりに、どんなに横行しているか。あの自由民主党が「民主」の名を自分の党に冠して、あらゆる反動的な、「独占資本的」で「隷属的」な悪政をやっていること一つをみても、それからまた、共産党や進歩的な勢力への攻撃がまさに「民主主義」と「平和」のいつわりの名のもとにおこなわれていることをみても、この「輸入の知恵」についての宮本百合子の批判が、まさに今日の反共主義の原型へのもっとも痛烈な告発であることを指摘しなければいけないと思います。

五、人間一個の価値を、最高に、歴史のうちに発揮せよ

以上、私は主として、戦後の数年間に日本の人民が当面した全国民的な課題にたいして、宮本百合

子がどのようにこれにとりくみ、評論というこの武器を進歩と民主主義の事業に尽くすために活動したか、そのことに主要な焦点を当てながら、宮本百合子の社会評論のいくつかのすぐれた特徴についてのべました。そしてまた、それがどのような宮本百合子の精神のうえに、戦前戦時の活動のうえになりたったものであるかということについてふれてきました。しかし、ここでのべたことは、百合子の評論について語るべきことのごく一部に過ぎません。その他にも、私たちが語らなければならないこと、いまにひきつがなければならないことは、まだきわめて多くあります。

いま、われわれのまえで、現実の課題となっている問題について心にうかぶままにあげてみただけでも、こういう問題があります。人間性という名で共産党と社会主義を攻撃する、これは戦争前も戦時中も、さらに戦後もつづけられた攻撃であります。これについて、百合子は、日本共産党の事業、社会主義の事業こそが、人間性を抑圧するあらゆる非人間的なものと、もっとも果敢に、もっとも積極的にたたかうことにより、まさに文字通りの人間の解放に道をひらく、真に人間的な事業であること、科学的なヒューマニズム、プロレタリア・ヒューマニズムに立つ事業であることをくりかえし解明しました。これもまた、私たちがくみとるべき重要な教訓であります。

文化や文学の問題についても、宮本百合子は、いわゆる民主的な潮流の内部だけに目を向けるようなせまい活動に陥ることをつねにいましめ、民主主義的、革命的な文学、あるいは、そういう民主的な文化の潮流が、つねに日本の文化全体の問題にとりくみ、日本の文化が直面している諸課題、あるいはその矛盾にメスをいれることによってこそ革命的、民主的な潮流のになう指導的な役割が果たされるのだということを一貫して強調しております。このことも私どもが、いま、宮本百合子のゆたかな評論活動から受けつがなければならない重要な点の一つであります。これらは、それぞれ別の機会に論じられなければならない重要な主題をなすものです。

私はここで、宮本百合子の作品と評論を、たんに文学の見地からだけでなしに、まさに日本の社会の問題、日本の文化の問題として、より多くの人が読み、そしてそこから、進歩のための教訓を引き出すことをふかく期待するものであります。

最後に私は宮本百合子が、小林多喜二の死について、戦後にのべたことばをひいて、話のむすびとさせていただきたいと思います。

「人間一個の価値を、最大に、最高に、最も多彩に美しく歴史のうちに発揮せよ。小林多喜二の文学者としての生涯は、日本の最悪の条件のなかにあって猶且《なおか》つ、そのように生きつらぬいた典型の一つである」（「今日の生命」四六年、第16巻九六ページ）

私はここでくりかえしたいと思います。

「人間一個の価値を、最大に、最高に、最も多彩に美しく歴史のうちに発揮せよ」。宮本百合子もまた、戦前、戦時、戦後にわたる歴史の波瀾のなかで、未来への進歩の展望を確固として見定めながら、そのように生きつらぬいた典型の一人でありました。宮本百合子の生涯を知り、作品にふれたものは、だれもこのことを疑わないでありましょう。

（『文化評論』一九七一年四月号）

宮本百合子の「十二年」

〔「宮本百合子没後三〇周年記念の夕べ」（一九八一年一月二〇日）での記念講演〕

一、一二年――その時代と百合子

私の演題は「宮本百合子の『十二年』」でありますが、この「十二年」という言葉がいちばん最初に使われたのは、一九五〇年に発行された宮本顕治・宮本百合子の書簡集『十二年の手紙』（新日本文庫、一九八三年、上下二巻）の表題でした。また、百合子のライフワークである『伸子』以来の一連の長篇、これは最後までは書かれないままに終わりましたが、その予定されていた最後の長篇に『十二年』という表題がつけられていたことは、よく知られているとおりであります［＊］。『十二年の手紙』の「はしがき」をみますと、この往復書簡集におさめられている手紙は、「一九三四年十二月から一九四五年八月十五日、日本の無条件降伏後、治安維持法が撤廃されて、十月十日網走刑務所から顕治が解放されるまでにとりかわされた書簡」からえらび出されたものだと書かれていますけれども、その手紙にとりあげられている中身は、それに先だつ時期、とくに宮本顕治が一九三三年一二月、「スパイの手引によって検挙され、一ヵ年間留置場生活を経て、未決におくられた」その一年間の出来事にもふれているので、『十二年の手紙』とされているということが、宮本百合子自身の手で書かれています。つまり、『十二年の手紙』にしても、あるいは百合子が予定していた長篇『十二年』にしても、そこでいう一二年とは、宮本顕治が逮捕された一九三三年一二月から、敗戦によって治安維持法が撤廃され、宮本顕治が網走の刑務所から解放された一九四五年一〇月までの一二年間をさしている言葉であります。

＊『十二年』のプランについては、宮本顕治「百合子追想」（一九五一年一月）に「彼女は次の続編『春のある冬』とその次の大長編『十二年』を書く予定を人にもはっきり話していた」（『宮本顕治文芸評論選集』第二巻、二六一ページ）とあるが、その準備状況は、手塚英孝「残された小説資料の一部」（一九五二年、『手塚英孝著作集』第二巻）に詳しい。

この一二年間は、日本にとっても、百合子にとっても、大変な歴史的時代でした。一九三一年、「満州事変」という名前で中国に対して開始された侵略戦争が、その拡大とともに日本の全社会をのみこみ、最後には、戦争による巨大な犠牲と荒廃、それにつづく外国帝国主義による占領と従属という民族的惨禍をもたらした――それが、日本にとってのこの一二年間でありました。そしてまた、この侵略戦争と暗黒政治に反対する抵抗のたたかいが、情勢の推移のなかで抑圧され、か細くなったことはあっても、とだえることなく最後までたたかわれつづけた。その中心が宮本百合子が属していた日本共産党のたたかいであり、その一つの大きな流れが、百合子が共にたたかった宮本顕治の獄中・法廷闘争でありました。

そして、この時代をふりかえりながら、私が、ここで今日とりあげたいのは、宮本百合子がこの一二年間をいかに生き、そのなかでいかに自分を発展させたか、という問題であります。これは百合子とその文学を理解するうえで特別な意義をもっている問題だと思います。

宮本百合子がプロレタリア文学運動に参加したのは一九三〇年一二月でした。そして、日本共産党の一員となったのは、「満州事変」というかたちで中国侵略戦争が開始された翌月一九三一年一〇月でした。一九三二年二月、宮本顕治と結婚しますが、その二ヵ月後の四月には、進歩的な文化団体にたいする全国的な弾圧がおこなわれ、百合子自身も第一回の検挙の対象となる。それは、入党後、わずか半年後のことでした。こうして一二年の嵐の時代を迎えてゆくのですが、こうした経過からも明らかなように、宮本百合子はこの一二年を、はじめから、成熟した共産主義者として、またその立場で成熟した文学者として、迎えたわけではけっしてありませんでした。彼女は、戦後、その作品集『風知草』(「文芸春秋選集」、一九四九年二月刊)によせた「解説」のなかで、「日本の社会史の上でも画期的な規模と深さとをもってまきおこされた混乱に処して、わたしはおさなく、しかし純粋な憤懣《ふんまん》で焼かれるしか心の表現の方法を知らなかった」（第18巻三〇八〜三〇九ページ）と、この時代を迎えた当時の自分の「おさなさ」について語っています。

この百合子が、一二年後に、敗戦で日本の民主的な変革が日程にのぼる、また民族的抑圧に対するたたかいと課題も、日本の歴史上はじめて問題になってくる、そういう複雑な情勢のもとで活動をはじめたときには、文学の世界においても、社会活動の分野においても、文字通り一人の巨匠としてたちあらわれました。宮本百合子のこうした発展と飛躍を準備した時期、この成長を少なくとも内面的には現実のものとした時期が、私はほかならぬこの一二年の時代だったと思います。

とくに今度新しい『宮本百合子全集』［＊］が発行されて、一二年間に百合子が獄中の宮本顕治にあてて書いた手紙八九四通、その現存するすべてが発表されました。これまで『十二年の手紙』におさめられていたのは一五一通でしたから、七四三通という圧倒的な部分は、はじめて私たちが目にするものであります。全集で四巻二五〇〇ページにもわたるこれらの手紙を読むことによって、私たちは、この一二年間の社会の移り変わりとともに、一二年間における百合子の成長の過程を、彼女自身が表現したその思想と情感の展開に即して、より全面的に探究することができるようになりました。

＊　一九七九〜八一年に新日本出版社から刊行された全集。

これはあらゆる意味で限りない興味をそそる課題でありますが、私は今日許された時間のなかで、この問題についてごくスケッチ的な分析をおこなってみたいと思います。

問題の性質上、ここでは宮本顕治委員長の活動にもくりかえしふれざるをえませんが、一二年の歴史を語ることですから、そのかぎりでは一人の「歴史上の人物」として、肩書きや敬称抜きでしばしば登場することを、はじめにご了承ねがいたいと思います。

二、戦時下の稀有の軌跡

まず、この一二年間に百合子がのこした作品をみますと、今度の全集におさめられているのは、二〇篇の小説、一五五の文学評論、一〇二の社会・文化評論で、全集でも五巻二〇〇〇ページをこえます。この点だけでも、宮本百合子があの時代にもっとも精力的に活動した作家の一人であることは、まちがいないと思います。しかも百合子が戦後なんべんも語っているように、彼女にとってこの時期は、三二年の二回の検挙からはじまって、三四年、三五年、四一年と五回にわたる検挙と留置場・刑務所生活をみずから経験し、二度にわたる長期の執筆禁止の対象となった、そして二度目の禁止は戦後まで解除されなかった、そういう時代でした。一九三二年以来をとって計算しても、百合子が作品をともかく発表することができたのは、とぎれとぎれに三年九ヵ月しかなかった［＊］。そういう状況のなかで、日本の進歩と文学の発展を願って、これだけの作品を生みだしたということ自体、私どもを感嘆させることであります。

＊「一九三二年から一九四五年八月十五日までに、わたしがともかく作品を発表することのできた時間は、三年九ヵ月あまりしかなかった」(「解説『風知草』」、第18巻三一三ページ)

しかもそのすべての作品において、宮本百合子は、共産主義者として、進歩と変革の事業の推進者として、戦前のプロレタリア文学運動以来の立場、成果を守りぬきました。その活動の跡は、戦前、戦時の暗黒政治の条件下での知識人の生きざまとして、まさに稀有の軌跡をえがいたものということができます。

この時期に、これまであまり評論というものに手を染めてこなかった宮本百合子が、さきほどあげたような膨大な量の評論活動を多面的かつ精力的におこないます。いま私たちがそれを読んでまず驚きを禁じえないのは、どんな抑圧や逆流にも筆をまげない確固とした精神がすべての文章にみなぎっていることです。一九三四年二月、すでに宮本顕治が逮捕され、百合子も検挙されていた時期に、彼女の属していたプロレタリア作家同盟が敗北主義におかされて解散しました。この問題については、宮本委員長が今度の『宮本顕治文芸評論選集』第一巻の「あとがき」で詳しく批判的な総括をおこなっていますが、そこにみられるような敗北主義やそこから生まれた時流への迎合主義にたいして、百合子は道理を尽くした批判をおこないました。そして、日本共産党の問題はもちろん、プロレタリア文学運動についてさえ、公然と語ること自体もタブーとされるような時代の雰囲気が強まるなかで、宮本百合子が、文学評論のなかでプロレタリア文学運動の成果を断固として擁護したばかりか、その歴史的な弱点にもみずからメスを入れ、この事業を質的にも前進させる仕事をやりつづけた姿には、ひじょうな感銘をおぼえざるをえません。たとえば宮本百合子の当時の評論に「昭和の十四年間」（第14巻）という、昭和の初めからの現代文学史を論じた文章がありますが、これは一九四〇年八月に発表されたものです。四〇年八月といえば、大政翼賛会の運動が盛んになって、いわゆる無産政党の社会大衆党をふくめてすべての政党が解散してこれに合流する、日本の社会が文字どおり戦争とファシズムの一色にぬりこめられつつあったときです。この最中に発表されたこの文章のなかで、彼女はもちろん屈折した表現を使ってではあるが、敢然としてプロレタリア文学の成果と発展について論じています。

百合子のそういう態度が評論の分野にかぎられたものでないことはいうまでもありません。彼女は、作家としてこの時代に、プロレタリア文学を実際に前進させた数多くの作品を生み出しました。その一つに『乳房』という小説があります（第5巻）。これは『中央公論』の一九三五年四月号に発表されたものですが、このなかで百合子はこの時期の階級闘争の問題を正面からとりあげました。戦後、みずから解説しているように、革命的な労働者がどんどん引き抜かれてダラ幹ばかり残された経営（東交の車庫）のなかでも、たえず警察に妨害され苦境に立たされている無産者託児所のなかでも、「人民が自分たちの生活と職場を守り、権力とたたかってゆこうとしている意欲は決して潰滅《かいめつ》しきっているのでない」、このことをえがきだすことが、この小説の主題でした。彼女は、あの時代に「正面から階級闘争をとりあげている」という意味で、これが「正統的なプロレタリア文学」の「公表されることのできた最後の作品」となったことを自負と感慨をこめてふりかえっています（「解説『風知草』」、第18巻三二一〜三二二ページ）。これを書きあげたのは、百合子自身、三度にわたる検挙を経験した直後の時期でした。そして夫である宮本顕治は結婚後二ヵ月にして非合法の活動に入り、夫婦別れ別れになっている、そういう状況のなかで着手して、その後顕治が逮捕される、そして一年にわたってその安否もまったくわからなかったが、ようやく、まだ命を保っていて、未決の獄中にあることがわかった。しかし、これから何年をそこですごさなければならないかわからない。そういうときに、その記念として書きあげた作品だともいっています。あらゆる意味で、これは、宮本百合子の「十二年」の最初の時期をかざるにふさわしい、記念碑的な作品だといえるでしょう。『播州平野』や『風知草』でおなじみの重吉とひろ子という二人の主人公が初めて夫婦として登場したのも、この作品においてであります。

百合子の作家活動の条件は、日本の侵略戦争の拡大とともに、だんだんせばまっていきます。日本が対中国全面戦争を開始して（一九三七年七月）半年後の一九三八年一月には、百合子に作品の発表禁止という抑圧が加えられます。その時期をへて、ようやくこの抑圧の緩和がかちとられ、一九三九年、『中央公論』一一月号にはじめて発表した作品が、さきほど山本圭さんが朗読した『杉垣』（第5巻）であります。もうこの時期には正面から階級闘争をとりあげた作品を発表することは不可能になっていましたが、その条件のなかでも、百合子は、侵略戦争に全面的にのみこまれつつある日本の社会のなかで、きわめて屈折した表現ではあるけれども、戦争批判の良心の声を描き出しました。

さきほど朗読した部分は、百合子自身、この作品のテーマの中心にすえた部分です。今度の全集に発表された当時の手紙を読んでみますと、『杉垣』を書き終えたことを、獄中の宮本顕治に報告しながら、そのテーマを紹介している。「夜、峯子がふと目がさめる。しゅりゅん、しゅりゅんという、いかにも的確な迅《はや》い鉄のバネの音をきく。良人《おっと》の生々としてよく眠っている暖い肉体を自分の頰の下に感じつつ、切ない心持でそれをじっときいている」。戦争の進行のなかで生活自体がゆりうごかされていると同時に、いつ戦争に夫がとられるかもわからない、その不安が夜間の代々木練兵場の演習を耳にするなかで、若い妻の心を切実に動かしていく。「東京だけで何十万というサラリーマンの胸底にある」この不安が作品の中心テーマだということを、百合子は手紙のなかで、しゅりゅん、しゅりゅんという射撃音の表現まで紹介しながら書いています（三九年一〇月一二日付の手紙、第22巻四六一ページ）。ところが実際に『中央公論』誌上の作品のなかでは、百合子が中心の情景として紹介したこの部分さえ、抹殺されてしか発表されませんでした。しゅりゅん、しゅりゅんという音さえ消され、「遠方に聴えるのではあるが極めて耳につく音響」とか、「空気を截《き》って耳につたわって来た音」とか「その闇を劈《つんざ》く例の音」とかいうかたちの表現が残っているだけで、この音が戦争に連なり、軍隊に連なるのだということを示すような文章は全部抹殺されている。それでも、当時の多くの読者は、この作品のなかから彼女が書こうとした真実をつかみとり、それにはげまされたのであります。

戦後、『杉垣』をもおさめた選集への「あとがき」のなかで百合子が自分でつぎのように書いています。「あの頃の作者と読者とはほんとに敏感で、おたがいに片言でものを云って、それでやっと心を通わせ合って暮した。そんなに日本中が牢獄的であった」（『宮本百合子選集』第五巻〈安芸書房版〉への「あとがき」、第17巻四一七ページ）。そういう片言しか許されない牢獄的な状況のなかでも、侵略戦争批判の立場から書くことをやめなかった。この態度が、小説であれ評論であれ、執筆と発表自体とぎれとぎれにしか許されなかった条件のもとで、最後までかたくもちつづけた宮本百合子の姿勢でした。

宮本委員長は、『宮本百合子の世界』のなかで、この『杉垣』をふくめて当時書かれた百合子の作品を論じて、「これらの描写を貫いてこの戦争は歴史の悪業としていつか呪いをもって記録される時期があることを信じている作者の正気な眼がある」（『文芸評論選集』第三巻一三〇ページ）と書きましたが、これは、戦時中の百合子の文章を読んだものが、だれでも共感されるきわめて的確な評価と表現だと思います。私はここに『杉垣』が発表された『中央公論』三九年一一月号の目次をもっています。そこには、全面的な戦争礼賛の文章もあれば、戦争終結の必要を論じた文章もありますが、いま、日本がおこなっている侵略戦争を正義の聖戦とし、それに国民が奉仕し協力することを責務とする立場は、当然の前提、基調として、雑誌全体をおおっています。これが、まさに当時日本を支配していた狂気にほかなりません。そのなかで、百合子の『杉垣』のような、「この戦争は歴史の悪業としていつか呪いをもって記録される時期がある」、こういう確信を根底にもった「正気な眼」の存在は、はかりしれない価値をもつと同時に、不屈の精神によってのみささえられたのであります。

プロレタリア文学運動の拠点であった作家同盟の解散、それに参加した多くの人たちの転向と屈服。戦争の進行とともに、そのかなりな人たちが従軍作家として直接戦争に奉仕する道にまですすむ。転向と屈服と迎合の流れがとうとうと支配的になるなかで、宮本百合子が、この「正気な眼」を最後まで崩さずにたたかい抜いたこと、私たちがそれを百合子の一二年間の作品からみるときに、宮本百合子の一二年が、戦時下の知識人の生き方として、まさに稀有の軌跡をえがいたのだという思いを、いよいよ深くするものであります。

三、成長と脱皮への壮絶な努力

では、何が宮本百合子に、そういう生き方とそういう活動を可能にさせたのか。

はじめに自分の「おさなさ」についての百合子自身の文章を引用したように、宮本百合子は最初から成熟した共産主義文学者として、その嵐の時代に立ち向かったわけではありませんでした。百合子はまた同じ文章のなかで、自分のおかれた客観的立場について、「作者の立場は、自身が人民的であり戦争に非協力であるというばかりでなく、非転向で十余年の獄中生活を送っている共産党員である良人《おっと》の妻であるという客観的事情から決定されて、権力との妥協点がなかった」（第18巻三一四ページ）と書いていますが、そういう客観的立場がそれだけで自動的に、百合子が歩んだような不屈の足どり、確固とした生きざまを生みだすものでないことも、明瞭です。

百合子の一二年がえがきだしたような軌跡を可能にしたものは、なによりもまず、一二年間を貫いた百合子自身の不断の闘争、外部からの抑圧に毅然としてたちむかうと同時に、自身の内面の弱点をも見すえて、その克服と、自身の不断の成長、脱皮をめざす一貫した努力であったということを、私はまず強調したいと思います。

当時の百合子がおかれた環境の困難さについて、いろいろなところで百合子は書いています。たとえば一九三八年一〇月二一日の日付のある顕治宛の手紙には、つぎのように書かれています。

「現代文学は来《こ》し方行く末の程も判《わか》らぬうねりの波間に、主観的必死のしがみつきを芸神として崇《あが》めているのだから、そういう雰囲気を生活人の意力、現実性で克服して、文学以前の人間的強健さを保ち、それにふさわしい文学を生み出してゆくということは、どうしてどうして。仇《あだ》おろそかの努力では達し得ない」（第21巻四八一ページ）

これは、第一回の執筆禁止中の文章で、獄中への手紙だけに、いりくんだ表現を使っていますが、「仇おろそかの努力」では反動的な「雰囲気」に抗しえないというのは、まさにそのときの百合子の実感だったと思います。

ところが、この雰囲気は戦争の進行とともにいよいよ悪化します。戦後発表した小説『風知草』のなかで、ひろ子の回想として、最初に執筆禁止を受けたときには、まだまわりに同じ事情におかれた仲間があり、「文学者一般に、そういう処置に対して憤る感情が生きていて、ひろ子の苦しさも一人ぎりのものではなかった。それについて話す対手《あいて》があった」、ところが一九四一年に、ひろ子が二度目の執筆禁止を受けたときには、「ぐるりの有様《ありさま》が一変」していて、「作品の発表を『禁止されるような作家』と、そうでない作家との間には、治安維持法という鉄条網のはられた、うちこえがたい空虚地帯が出来ていた」、「ひろ子の立場は、まるで孤独な河岸の石垣が、自分を洗って流れ走ってゆく膨《ふく》らんだ水の圧力に堪えているような状態だった」と書いています（第6巻一九一ページ）。「正気な眼」を堅持して、戦争終結まで作品発表の道をとざされた百合子の孤独な状況と心持を、これも非常に実感のこもった形でえがきだした回想だと思います。

そういうなかで、時流におし流されて後退と混迷におちいることなく、あの一二年間を、人間としても、革命家としても、作家としても、巨大な飛躍の時期となしえたというところに、宮本百合子の生涯を特徴づける非常な偉大さがあった、私はこのことは、いくら強調しても強調しすぎることはないと思います。

百合子は、太平洋戦争が南太平洋での敗北で転機を迎え、「国策の決戦的切替え」が呼号されるようになった一九四三年九月、獄中の顕治にあててこう書いています。

「作家の生涯に、こういう異状な時代を経験することは様々な意味で千載一遇であり、そこで立ちくされるか磨滅するか何らかの業績をのこすかおそるべき時代であり、各人の精励と覚悟だけが、決定するようなものです」

「この時期の勉強如何《いかん》で、一箇《こ》の能才なる者は、遂にそれ以上のものに成熟するのではないかというまざまざとした本能の予感があります」（四三年九月二六日付の手紙、第25巻三八、三九ページ）

ここでいわれている「精励と覚悟」は、百合子の一二年間全体の基調をなすものであり、それによって宮本百合子は、自らに課した「一箇の能才以上のものへの成熟」をなしとげたのであります。宮本百合子の一二年間の「精励と覚悟」のあとをたどるときに、私たちがみないわけにゆかないのは、百合子自身の不撓《ふとう》の努力と同時に、それを獄中から励まし支えた宮本顕治の役割であります。

このことは、百合子自身、戦後最初に書いた二つの小説、『播州平野』（第6巻）と『風知草』のなかで何回もたちかえっています。たとえば、『播州平野』では、ひろ子が「これまでの十幾年の生活」を回想しつつ、「ひろ子は、重吉というものなしに、自分のその間の生きかたを考えることは不可能であった」と痛感するくだりがあります。そして、そのささえと援助のもっとも重大な事例として、ひろ子の公判での態度について、獄中の重吉から「どの点では譲歩しすぎている、どの点では、健気《けなげ》に理性を防衛しようと努力している」と分析的に批評されたときの経験が思いだされます（第6巻一三九ページ）。また『風知草』には、ひろ子と重吉のあいだで、戦時中に文学者を戦争に協力させる組織としてつくられた文学報国会にたいする態度の問題をめぐって、戦時の条件下で作家としていかに生きるのか、どういう態度を堅持すべきかについて獄中の重吉から受けた助言とその重大な意味とを回想しあう状景がえがかれています（同前二〇六〜二一〇ページ）。ひろ子と重吉のあいだの交流の問題としてこれらの作品に書かれたのは、一定のフィクションをともなう作品世界の出来事であって、百合子と顕治のあいだの交流の事実を直接正確に再現したものではありませんが、今度の全集で一二年間の手紙全体を通読してみると、そこには、作品でのひろ子の二つの回想に対応するいきさつ、百合子自身が自分の生涯における転機と自覚し評価するような内面的な脱皮と成長を獄中の顕治からの助言を軸にとげてゆく過程が、実際にあったことを、読みとることができます。

たとえば、一九三八年夏から三九年にかけての手紙をみますと、その頃は、公判闘争（百合子の）の前後の事情とそれらにたいする百合子の対処のなかにある積極面とマイナス面、「負性」の面が、たがいに綿密に吟味され、そのことを通じて、百合子が、革命的に成長しきっていない自分のおくれた部分を自己分析し脱皮してゆく過程が生き生きと表現されています［＊1］。また、一九四三年六、七月の手紙には、文学報国会が百合子がかつて発表した短篇を収録したいと申し入れてきたのにたいし、それに応じるか応じないかという問題をめぐって、当時の条件のもとでの共産主義文学者の生き方の問題として真剣な討論がかわされたありさまを読むことができます［＊2］。

＊1　とくに一九三八年一二月一五日付、一六日付、一七日付の「連信」（第22巻所収）。百合子は、この連信を「制作と同じ緊張のもとに」書いたといっている（一九三九年二月四日付の手紙、同前一四九ページ）。

＊2　一九四三年六月一〇日付、一九日付、二七日付、七月五日、一七日、三一日付の手紙。これに関する顕治の手紙は、六月二日付、一四日付、二五日付、二八日付のその部分が、巻末の注に引用

紹介されている（第22巻）。

このように、一二年の手紙のなかから、非転向の共産党員として獄中に不屈のたたかいをつづけている宮本顕治と、獄外で戦争非協力の立場、人民的立場をまげないでがんばっている共産主義文学者宮本百合子との獄中獄外の精神的な交流が、百合子の生き方をささえる大きな力となったこと、さらに、そういう交流を通じて経験する一つひとつの過程を、自身が共産主義者として、文学者として成長してゆくバネにしていった百合子の強じんな努力を、深く読みとることが重要であります。

百合子はそういう自己吟味と脱皮のさなかに書いた手紙の一節で、この過程をつぎのように表現しています。

「丈夫な樫《かし》の木のように、歴史の年輪を重ねて、真の健全性のうちに歴史的な主語を高めるということは、嵐のような精神史の一部です。羽音の荒い飛翔です」（三九年一月二九日付の手紙、第22巻一四〇ページ）

獄中の検閲を考慮しながら、真に革命的な立場への自分の精神的な成長と鍛練、新しい境地への前進をこのようにえがきだしていますが、私たちは、「十二年」における百合子の飛躍を可能にした柱の一つを、こうした交流のうちにみることができます。

そして、そういう脱皮と成長が、ただちに宮本百合子の文学の発展に吸収されていったことも、百合子の生涯を特徴づける大きな特質であります。たとえば、さきほどの『杉垣』ですが、これは、一九三八～三九年の執筆禁止後、はじめて発表した作品であると同時に、内面的には、その脱皮、成長の一時期をへたのちに書かれた作品だという特徴をもっています。実際に、百合子は、『杉垣』執筆後の手紙のなかで、いま脱皮以前の自分の心の状態を気に入らなく感じていること、『杉垣』は小さい作品だが、「作家としての私の心持」では、そういう脱皮を経験した、「そこまで出て来ている心の状態に立って」書いた作品だと解説しています（三九年一〇月二三日付の手紙、同前四七五ページ）。こういう戦時下の共産主義者としての成長と脱皮が、作家としての成長に一つひとつつながってゆく、私たちは、ここに百合子の一二年をつらぬく大きな脈動をみることができます。

そういう獄中からの助言や指導、それに誠実にこたえる百合子自身の壮絶な努力、これがあの戦時の暗黒時代のもとに一二年間つづけられたことをみるとき、私たちはあらためて深い感動を覚えざるをえません。同時に、二つの小説に特記された二つの転機のそれぞれの時期についていえば、そういう助言をおこなった宮本顕治が三〇歳の若い革命家であり、また、三三歳の顕治だったということを考えあわせるとき、私たちの感動と感嘆には、またひとしおのものがあるのであります。

四、明日への準備

宮本百合子の一二年間の活動と発展を語るとき、その時どきのジャーナリズムに発表された作品だけをみないということが、私は一つの大事な点だと思います。

これは二人の手紙のなかで、くり返しいわれていることですが、侵略戦争がひろがり暗黒政治が人民への抑圧を深めるごとに、ジャーナリズムにものが書ける範囲や内容は狭くなってゆく。本当の作家は、そうしたジャーナリズムの動向に左右されず、どんな形で発表できるかを考慮しないで、書きたいものは十分に書いてゆく。芸術的にも理念的にも最大のレベルのものを書いてゆく。こういう仕事に本格的にとりくまなければならないということが、獄中、獄外を結ぶ手紙のなかでくり返し語られています。そして、仕事にたいするそういう本格的な態度を確固として貫いたうえで、自分の節操、節度と一致しうる範囲で書ける条件があるならば、ジャーナリズムの合法的な舞台も最大限に活用して国民の心ある部分を励ましてゆく。これが、この一二年間を通じて、百合子が確立した原則的な姿勢でした［＊］。

＊　一九三九年三月九日付および三月二九日付の宮本顕治の手紙参照（『十二年の手紙』と『宮本顕

治　獄中からの手紙』所収)。

ですから、百合子の一二年をふりかえるとき、発表された作品や評論として活字にのこっている部分だけではなく、そういう本格的な仕事のために、百合子がこの一二年間、何を自分のなかに蓄積していったのかをたどることが重要であります。実際、そういう点で、明日への準備のために最大限に努力し続けることは、宮本百合子の一二年の生活の本質的な側面の一つをなしていました。

その努力には、科学的社会主義の古典の勉強という問題も、非常に大きな比重をもってふくまれています。手紙のなかにあらわれているだけでも、この時期に百合子が読んだマルクス、エンゲルス、レーニンの文献は、『ドイツ・イデオロギー』『反デューリング論』『フォイエルバッハ論』『空想から科学へ』『経済学批判序説』『賃金・価格・利潤』『経済学批判』『住宅問題』『家族、私有財産および国家の起源』『帝国主義論』そして『資本論』など、多数の文献があげられています。

この点でも獄中からの指導と助言は非常な役割を果たしました。当時の宮本顕治の手紙をみますと、「芸術家に同時に最上の学者であることを注文するのは無理なことだが、現代人としての基礎的生活指針としての科学入門位はちゃんと身につけることはどうしても必要だ」と学習の意義を強調したあと、「小学生でも毎日数時間六年間勉強する。素朴な合理主義を正しい科学に再生するには、すくなくとも小学生諸君位の時間がいるのは当然だと思う」。これは三九年四月四日付の手紙の一部であります(『十二年の手紙』上二五一ページ、『宮本顕治　獄中からの手紙』新日本出版社、二〇〇二年、上二四七ページ)。このあいだ、全党の学習運動のときに、宮本委員長から同じ趣旨の話を聞いたことを思いだしますが、一九三九年以来の一貫性に大変興味を覚えます。あるいは一九四四年の手紙をみますと、『資本論』の学習を励まして、「知は力なり」(四四年三月一三日付、同前下一一三ページ、同前下二九一ページ)。科学的社会主義を学習することが、どんな時代でもどんな条件のもとでもわれわれの成長と活動の基本になるという点は、獄中の宮本顕治から今日の宮本委員長にいたるまで、まさに一貫しています。

そういう助言や指導に励まされながら、百合子がこの大きな課題に挑戦してゆく。そして、そうやって挑戦した成果が、ただちにまた文学の力になってゆくというのも百合子の特徴といえるでしょう。

これも手紙にあることですが、たとえば戦時中の作品に『三月の第四日曜』という小説がある(四〇年、第5巻)。これは、戦争の拡大とともに労働力が不足し、小学校を卒業した児童をすぐ工場に動員する、そういうことが一九三七年の中国への全面戦争の開始とともにやられだした。そうやってかりだされてきた、いわゆる「少年産業戦士」を、少年の姉が上野の駅頭で迎えるところからこの小説は始まります。この小説を準備している時期の手紙のなかで百合子が、「歴史というものの厚み」をこめて今日の現実を語り切る必要がある、それには「勉学のこと」が「見えない効果をもたらしている」とのべながら、「この姉弟《きょうだい》の生活の絵を思うと、それの背景の気分のなかにこの間うちの読書にあらわれていた少年と少女の生活状態が浮んで来ます。そして、このランカシアの時代は何と素朴な野蛮さであったろうかと思うの」と書いていています（三九年一二月六日付の手紙、第23巻三〇ページ）。百合子がここで「この間うちの読書」といっているのは、『資本論』第一巻のことで、その第二四章「いわゆる本源的蓄積」の部分に、マニュファクチュア経営を工場経営に転化させる時期に、労働力が足りなくなり、イギリスのランカシャー地方で七歳から一三歳か一四歳までの子どもを、あちこちの救貧院から強制的に何千となく工場地帯に送りだした児童虐待と児童略奪制の歴史がえがかれています（『資本論』〈社会科学研究所監修版〉第一巻第四分冊一二九七～一二九九ページ）。百合子はその『資本論』の分析を思いおこしながら、戦時下の日本が「素朴な野蛮さ」とはちがった形態で児童を動員する奴隷制度を生みだし肥大化しつつあることを歴史的にとらえ、この作品を書いたのです。

その他にも例はいくつもありますが［＊］、科学的社会主義の学習をそういう形でただちに文学的な力に転化させていっている。それはいまのような直接的な事例にとどまるものでは、もちろんありません。最大の力は、百合子が、自分では「目に見えぬ土台」（四〇年一月一三日付の手紙、第23巻九二ページ）とか、「勉強というものの底力」（四〇年四月六日付の手紙、同前一六五ページ）とかいっておりますけれど、そういう学習によって明日への確信を真に科学的で確固としたものにすると同時に、その作品のなかで、「広く深い現実に徹する力」（宮本顕治の四〇年三月三〇日付の手紙、『十二年の手紙』上三一五ページ、『宮本顕治　獄中からの手紙』上三四五ページ）を身につけていったところにあります。戦後の彼女の活動に照らしても明白なように、ここにこの時期の科学的社会主義の学習がもった非常に大きな意義があります。

＊　百合子が、一九四〇年、顕治に強くすすめられてレーニンの『帝国主義論』をよみ、米穀・肥料商であった重吉の生家の没落から戦時の食糧統制への過程を、日本の独占資本主義の歴史の大きな構図のなかで書きたいと考えるようになるところも、興味ぶかい。「あの文庫〔『帝国主義論』のこと——不破〕よんでいて、一つの云うのがおしいほどいいテーマを感じました。それは『海流』の中にも一寸《ちよつと》出て来る重吉の家のあきないの推移の本当に基本をなした動きをずーっと勉強して、今日女の事務員が精米に出張している、その日への過程ね、〔この頃から米の配給制度が実施された——不破〕これは一つの立派な堂々たる素材であり、テーマです。安積《アサカ》の米屋、百姓とのいきさつ、その百姓とKとのいきさついろいろ。これは二年ぐらいあとでものになるのよ」（四〇年一二月一七日付の手紙、第23巻四〇〇ページ）。このテーマについて、四一年四月三日付でも、「重吉の環境は、三代に亘《わた》る日本の米の物語の推移として書いて行こうと思うの」第24巻三五ページ）と、のべている。

明日への準備と蓄積という意味では、彼女がこの期間に日本と世界の近代文学についての膨大な研究をやったことも、重要な意味をもっていました。

彼女は「十二年」の時代の初期のころ、一九三四年と三五年に書いた評論のなかですでに、プロレタリア文学以前のいろいろな文学にたいする態度を論じています〔＊〕。ただ階級的に限界があるなどときめつけるだけでわれわれの批判はすむものではないこと、どんな文学でも「われわれが生き、たたかい、そしてそれを芸術のうちに再現しようとしている社会的現実」を反映しており、この社会的現実のうちにこそ、そういう文学を生みだしている要因があること、だからわれわれが本当にこれまでの文学から「価値あるもの」を遺産としてうけつぎつつ、これを乗りこえてゆくためには、その作品に反映している問題やそこにふくまれている諸矛盾を正確につかんで、その解決を勤労階級の立場ですすめてゆく、そういう立場に前進する必要があること、これが本当にプロレタリア文学以前の文学をプロレタリア文学の立場から乗りこえてゆく道であること、こういうことをいろいろな形で書いておりますが、こういう立場で彼女は日本と世界の近代文学の徹底的な研究をやりました。

＊「一九三四年度におけるブルジョア文学の動向」（三四年一一月、第12巻四四ページ）、「作家研究ノート」（三五年、同前一五一ページ）。

その成果は評論のなかにも、先程のべた「昭和の十四年間」とか、その時どきの日本の文壇全体を見わたしての評論や多くの作家・作品論として残されています。ここには、ちょうど科学的社会主義の理論や世界観がこれまでの人類の知識の集大成であるように、科学的社会主義の立場にたつ文学とその理論を、これまでの文学と切り離されたところにある孤立した峰でも山脈でもなく、日本と世界のこれまでの文学的達成のうえにしっかり根をおろし、そのすべての「価値あるもの」をうけ継ぎながら新しい段階に高まるそういう山脈、峰として位置づける、彼女のすぐれた立場が非常に明瞭にあらわれています。そしてこのことは、私たちが今日の文学批判の問題として百合子から大いに学びとらなければならない重要な教訓であります。

もう一つ、それに加えて私が非常に深い印象を受けたのは、彼女が、世界と日本の文学者のあらゆる価値ある業績を、作家として自分の文学的な力量を発展させる立場から、実にどん欲に摂取しつづけたということであります。実際に一二年間に彼女が読んだ世界と日本の文学者、とくに近代文学の巨匠たちの作品の数はおそらく数え切れないでしょう。なかでも、バルザックなどにはくりかえし立ち返っていますが、彼女は、一九四三年の手紙のなかで自分がバルザックを読む精神について、以前にはバルザックを「自分の文学の潜勢力として吸収するところ迄ゆけませんでした。こんどは、かんで、たべて、のみこんで、滋養にしようというのよ」と書き、バルザックを読みとおすことによって、自分がこれからやろうとしている「未踏の土地への探険が一層心づよく準備される」と、いっています（四三年一一月二二日付の手紙、第25巻八三〜八四ページ）。このように、文学についての膨大な勉強も、まさに明日への準備、いまでいえば戦後の宮本百合子を準備する不可欠の仕事だったのであります。

五、公判闘争と百合子

さらに、宮本百合子の一二年間における内面的成長の最も重要な契機としてあげなければならないのは、宮本顕治の獄中闘争、法廷闘争への支援と参加の問題であります。

あらためてここでくわしく説明するまでもなく、宮本顕治を被告の一人とする治安維持法等被告事件は、戦前の日本の特高警察がしくんだ最大の反共フレームアップ、日本共産党の姿をゆがめて国民から孤立させるための最大の謀略ねつ造事件でした。そして、これを特高警察の筋書どおり完成させるために、被告にはたいへんな暴虐が加えられました。そのなかで多くの被告が転向・変節し、獄中でも法廷でも彼らの筋書にあわせるためのいつわりの迎合的な陳述をする、そういうことで固められたのがあの治安維持法等被告事件の告発内容だったのであります。

ですから、大規模な謀略にたちむかって、これを打ち破るためには、獄中でどんな野蛮な肉体的抑圧、精神的抑圧にも屈しない不屈の剛毅さが要求されると同時に、法廷では、そのしくまれた策謀を事実と道理の力でくつがえす、そういう冷静な科学的態度がなによりも必要とされました。宮本顕治はみごとにこれをやりとげて、あの戦争中の法廷でさえ、「殺人」という、特高警察が用意したいつわりのレッテルをはりつけることを失敗させたばかりか、査問した相手が、警察が送りこんだスパイであったことを暴露し、戦時下の闘争を通じて、戦後、治安維持法撤廃とともにこの暗黒裁判の誤りを明確にし、取り消させる土台を築きあげたのであります。

宮本百合子は、もう獄外には、共産党の組織をはじめこの闘争を支援するいっさいの階級的・民主的組織が破壊され存在しなくなっている状況のなかで、妻が良人《おっと》の世話をするという名分を「楯として」用いつつ、あとで宮本委員長が書いていますけれども、宮本顕治の闘争に最大限の支援をおこない、みずからこの闘争に参加しました。それは、公判まで一切、黙秘で通すという、顕治の不屈の闘争への支援であると同時に、特筆すべきことは、百合子が、執筆禁止で経済的にもきわめて不如意で困難な条件のもとで、この裁判の全記録を自分の費用でつくりあげ、公判闘争で宮本顕治が相手側のあらゆるねつ造を論破するために必要な材料を、完全に準備しぬいたことであります［＊］。

＊　このことについて、宮本顕治「百合子断想」（一九五一年）には、つぎのように書かれている。

「この公判は、私の予審調査こそなかったが、関係被告や証人の数十冊に及ぶ膨大な陳述記録があり、捏造《ねつぞう》とたたかうためにそれを謄写して検討しておく必要があった。外ではいっさいの階級的・民主的組織はつぶされ、政治犯の公判を救援する『労農救援会』もなかった。このとき彼女は、自身巣鴨の拘置所で熱射病で死にかけた重病のあとの病弱体であり、かつ執筆禁止のため文筆の収入もなかった。彼女は本を売り、身の回りのものを売り、あるときは内職のような翻訳の下訳までやり、この謄写の費用や裁判費用をつくった。しかもこの事件で私の共同被告であった袴田君も金の出るあてがないので、百合子が彼のために必要な記録代をつくった。おそらく訴訟費用は当時の金で一万円以上にも及んだろう。この負担の重荷に、彼女はいささか『悲鳴』をあげつつも何とかするといってこの難事業をやりぬいた。そのために、この事件は、スパイや転向した被告や証人の迎合的陳述による歪曲があったにもかかわらず、新聞発表通りのようにもっともらしくみせかける特高警察側の奸計《かんけい》が書類の中に数多く忍ばせてあったにもかかわらず、全訴訟記録の入手と検討が、それらの陰謀を根底からくつがえす科学的な反証を私たちに可能にしたのである。この事件は、あれ程の大規模な捏造があったにもかかわらず、遂にスパイ挑発者に対する最高の処分は除名という当時の党中央委員会の基本方針を、デマに対して明らかにすることができた。スパイをはじめ、この問題を党の内紛のように歪めていたが、秘密警察のスパイである点を自ら供述するに至り、捏造の根底がくずれた。そして、私たちにまったく殺人の意図がなく、殺人でもなかったこと、私たちが急死者の蘇生に努力したことも立証された。この裁判は広く内外から注目され、私たちの安危をこえた事件であったが、太平洋戦争のまっただなかに反動的な強権下において、ついに権力側のデマが敗退し、真実が守り抜かれたのである。このような成りゆきの背後には、百合子自身の窮乏と艱苦による大きな犠牲的努力がひそんでいた」（『文芸評論選集』第二巻三一一〜三一三ページ）

治安維持法等被告事件の公判は宮本顕治が逮捕されて六年目の一九三九年にはじまり、一九四〇年四月から顕治の公判も開始されますが、喀血でたおれたために分離裁判となり、あらためて敗戦の一年前、一九四四年六月に再開されます。百合子はこの公判に終始「傍聴者」として参加し、その感想を手紙や日記に残しています。最初の一九三九年の公判のときのことをみますと、一九三九年の段階では、まだ宮本顕治自身は法廷での陳述をおこなっていないのですが、公判に参加した感慨を、つぎのように手紙に書いています。

「すぎかけたこの一夏を顧ると、味い尽きぬものを獲て来て居り、私は落付いた心持になって、その落付きは、自分がその正当さの輪廓《りんかく》だけ知って信じていたことの具体的内容が充実されることからの落付きという工合です」（三九年九月三日付の手紙、第22巻四三三ページ）

これは、どういう意味かといいますと、百合子は、特高警察によるねつ造事件について、共産主義者としてまた宮本顕治の妻として、これがねつ造であるという確信は持っているけれども、公判が始まるまで、夫からも関係者からも、今日、私たちが知っているようなその真相を直接聞いたことは一度もなかったわけです。この公判のなかで、顕治自身の陳述はまだ聞かれないが、自分が正当さの輪郭だけ知って信じていたことの具体的内容が、初めて事実によって充実されてきた、そのことの喜びと落着きであります。

しかし、この公判では、宮本顕治が総論的な部分の陳述の段階でたおれたため、顕治自身がことの真実について詳細に解明するところまで事態はすすみませんでした。百合子が顕治の口から事態についての解明と分析、ねつ造への反論を全面的に聞いたのは、一九四四年六月からの再開公判においてであります。彼女はそれによってうけた深い感動を日記にこう書いています。

「極めて強烈な印象を与える弁論であった。詳細に亘る弁論の精密適切な整理構成。あくまで客観的事実に立ってそれを明瞭にしてゆく態度。一語の形容詞なく、『自分としての説明』も加えず。胸もすく堂々さであった。

十年前の英雄たちの概論風の華やかさ、入門的雄弁の力〔これは一〇年前、いわゆる三・一五、四・一六事件の日本共産党裁判をさした言葉です――不破〕と、この緊密な理論的追求と実行力とは切に世代の進展を思わせる。日本の水準の世界的レベルを感じ、リアリズムというものの究極の美と善（正直さ）を感じる。深く深く感動した」（四四年九月二日付、第29巻三二〇～三二一ページ）

ここには連日この公判に参加し、宮本顕治の弁論を聞き、事態の真相をより具体的に深くつかむなかで、彼女が得た感動が、きわめて生き生きと語られています。

また、一〇月二五日、公判も終わりに近づいた時期の日記には、こうあります。

「この公判が、法廷で行われ、自分が聴くことの出来たということには、計り知れぬ意味がある。自分は、この数ヵ月で、本当にこれまで停頓《ていとん》していたところから実質的に一つの進歩成長をとげることが出来た、その位うけた感銘は深く、学ぶところ多い。人間としての情操、理解においても一深化した、そして妻としては、一層一層宮本の本質にとけ合わされてゆく歓喜を感じた。私たちは、というより、自分はこうして一段と彼の妻となった。こういう深化の過程を考えると、その価値の高さにおどろくばかりである。宮本が妻として、一きわ自分を近く一致させたその根底の大きさ、ふかさ。自分のこころには全く非個人的な歓賞があり、そのために比類なく結ばれ、それ故こその感情が一層非個人的高揚を経験するところは、微妙至極《しごく》である。相当な人物が、わが身を惜しむ心をはなれてしまう動機というものは、こういうところにあるものと思う。この恋着の晴れやかさ。この恋着の大義に立つ大やかさ」（同前三二四ページ）

こうして共産主義者として、また宮本顕治の妻としての非個人的な歎賞を書き、これがいかに自分の成長のモメントになったかを強調しています。

ここでも興味があるのは、この成長が共産主義者として彼女の成長であると同時に、百合子の文学に新しい発展の契機をもたらしたことを、彼女がつよく自覚していることです。

彼女は宮本顕治がこの公判で、事実を事実として、明瞭かつ正々堂々と語りながら、あらゆる罠を打ち破り、ねつ造された陰謀を告発してゆく姿をみて、そこから彼女がえた教訓を、つぎのように語っています。

「品位にみちた雄弁というものが、いかに客観的具体性に立つものかを痛切に学ぶ。彼は、一つも自分のためには弁明しない。只《ただ》事実を極めて的確に証明してゆく。こうして、私は、事実はいかに語らるべきものか、ということについて、ねぶみの出来ない貴重な教育をうけつつある。ああ自分もああいう風に語れたら。……

所謂《いわゆる》ベア、ファクトというものは、通常ベア、赤裸と思われている。しかし、ファクトが精神のリズムに貫かれているとき、其《それ》はそのものとして完璧《かんぺき》の脈動にうっている」（九月一四日付日記、同前三一三ページ）

同じ時期に書かれた手紙のなかでは、この公判への参加を通じて百合子が年来の宿題としてきた文学上の課題――自分が人道主義的な立場からではあれ出発点としてきた「私」小説からの真の質的発展［＊］をなしとげる可能性が示されたという感激が、より直接的な形でのべられています。

「このことでもわたしはお礼を申しとうございます。その気持の湧《わ》くところおわかり下さるでしょう？　作家としての確信や自信というものが、『私』の枠からぬけ出るということ、漱石《そうせき》は則天《そくてん》去私《きょし》と云ったが、そのもっと客観的なそして合理的な飛躍（「明暗」におちこまない）は何と爽快《そうかい》でしょう。『私』小説からの発展の可能が、最近の一つの契機として、事実の叙述はいかにするべきものかという実例で示されたとすれば、あなたにとっても其はわるいこころもちのなさらないことではないでしょうか」（四四年九月二〇日付の手紙、第25巻二七八～二七九ページ）

これらの文章にみられるように、宮本百合子が、顕治の公判闘争を支援し、これに参加したことは、日本の共産主義運動にとってきわめて重大な貢献であったと同時に、百合子自身にとっても、その一二年の発展のいわば仕上げの契機をなすような重要な意味をもっていたのであります。

＊　「私」小説からの質的発展の課題について論じた手紙は多いが、とくに一九四〇年一一月一一日付の手紙は注目される。百合子は、この手紙で、発表された最後の作品『朝の風』（一九四〇年、第5巻）にいたる彼女の「個性の道」をふりかえりながら、その発展過程の困難が「人道主義的なもの」であっても「私小説から発生」した自分の「過去の文学の伝統だの、性格だの」と結びついていることを分析し、つぎのように書いている。

「私がもしいくらかましな芸術家であったとしたら、それはつまり、あれをかいてみ、これをかいてみ、という風に血路を求めずやっぱり自分を追いつめて、やっとのりこす、底まで辿《たど》りついたところにあるでしょう。十年がかりでそこまで自分をひっぱったところにあるというのでしょう。私小説が真の質的発展をとげてゆく道というものは、こんなにも困難な、永い時間を要することです」（第23巻三六五～三六六ページ）

六、羽音高い飛翔

私は、いくつかの面から一二年間の百合子の努力と成長のあとをみてきましたが、一九四五年八月一五日、いよいよ日本の敗戦、侵略戦争の終結の日がやってきます。

その翌日に書きはじめた網走の顕治あての手紙のなかで、百合子は、その日の感銘を、「昨十五日正午詔書渙発《かんぱつ》によってすべての事情が一変いたしました。……十五日正午から二時間ほどは日本全土寂《せき》として声莫《な》しという感じでした。あの静けさはきわめて感銘ふこうございます。生涯忘れることはないでしょう」と書いています（第25巻四八八ページ）。この感銘がのちに『播州平野』の冒頭の状景として形象化されるわけですが、この手紙ではそうのべた後の部分で、こう書き送っています。

「この五年の間、わたしはこんなに健康を失ったし、十分その健康にふさわしい形で勉強もしかねる遑《あわただ》しい日々を送りましたが、それでも作家として一点愧《は》じざる生活を過したことを感謝いたします。わたしの内部に、何よりも大切なそういう安定の礎《いしずえ》が与えられるほど無垢《むく》な生活が傍らに在ったことをありがたいと思います。これから又違った困難も次々に来るでしょうが、わたしが真面目である限り其《それ》は正当に経験されて行くでしょうと思います」（同前四九一ページ）

敗戦の歴史的な日に、終わろうとしている一二年間を総括して、自分が「一点愧じざる生活」を過ごせた最大の理由として、自分にそういう安定の礎を与える程に「無垢な生活」の存在をあげている、これが非転向で一二年間をたたかいぬいた宮本顕治の存在をさしていることは、いうまでもありませんが、一二年をあとづけてきたいま、私たちはこの簡単な文章のうちに百合子がこめた内容を、そのもっとも深い意味でくみとらざるをえないのであります。

宮本百合子の戦後の活動は、まさに一二年間に彼女が何を自分のなかにくみとり、いかなる成長を成し遂げたかを、いかんなく発揮したものであり、以前の百合子の言葉を借りれば、文字どおり羽音高い飛翔という形容にふさわしいものでした。

顕治と百合子の二人のあいだでは、かなり早くから、敗戦後の新しい局面にそなえるという任務が、共通のプログラムとして語られてきました。たとえば、一九四四年の末、宮本顕治から百合子への手紙のなかで、「ブランカも丈夫でよく勉強もし、天気晴朗の日に所産多い一人として在り得るように」（一二月二六日付、『十二年の手紙』下二二二ページ、『宮本顕治　獄中からの手紙』下三二八ページ）と書かれてあります。「ブランカ」というのは百合子への愛称で、私は今度、全集を読んではじめて、「ブランカ」というのがシートン動物記に登場する「狼王ロボ」の妻である牝狼の名前だということを知りましたが［＊］、こういう手紙が無期懲役の判決がくだってのちの獄中から送られています。「天気晴朗の日」というのは、その一年くらい前から二人の間で、日本が侵略戦争と専制的抑圧とから解放される日をさすものとして使われてきた言葉ですが、そういう確固たる予見のもとに、獄中でも獄外でも、明日への準備をすすめてきた。こうして準備したものの力が全面的に発揮されたのが、戦後五年間あまりの時期における百合子の活動だったといえます。

＊　一九四三年六月二七日付の百合子の手紙（第24巻）、七月一五日付顕治の手紙（『十二年の手紙』下、『宮本顕治　獄中からの手紙』下）、七月一七日付百合子の手紙（第24巻）など参照。

百合子がこの五年間に、どんなに広い歴史的視野と展望をもって活動したか、このことについて、私は一〇年前に没後二〇周年の記念集会でものべたことがあります（「宮本百合子の社会評論について」、本書所収）。きょうの宮本委員長のあいさつでも、一二年を迎えた最初の時期には「おさなさ」という言葉で特徴づけられていた百合子が、戦後は、五〇年問題のような党内情勢の複雑な事態にたいしても、まさに成熟した共産主義者として、道理をつくした対処をしていることが紹介されました（「『五〇年』前後の宮本百合子」『宮本顕治八〇年代論――歴史のなかの日本共産党』新日本出版社、所収）。

こういうように、多面的なあらゆる活動のうちに、一二年をへた彼女の発展と成熟があらわれていますが、私が最後にとくにとりあげたいのは、この百合子の成熟と発展が、そのライフワークである『伸子』（第3巻）からつづく一連の長篇のなかに、きわめてくっきりとあらわれていることであります。

戦後、百合子が書いた『二つの庭』（第6巻）と『道標』（第7、8巻）、これは、ご承知のように、内容的には一九二五～二六年に書かれた『伸子』の続篇であります。実は『二つの庭』『道標』という形で『伸子』の続篇を書こうという企ては、戦後はじめて生まれたものではありません。

百合子自身が多くの機会にいっているように、三〇年代、彼女がプロレタリア文学運動に参加し、みずから弾圧との闘争をはじめさまざまな実際的試練も経験して、自分のうちに長篇を書きたいという意欲、また書ける力がみなぎってきたという自覚がつよまってきた最初のときから、彼女は『伸子』の続篇を書こうとしました［＊］。この主題は、三〇年代の日本とそこでの抵抗闘争そのものでした。このことについて百合子は、新潮文庫の『二つの庭』への「あとがき」（一九四九年）のなかで、「一九二七・八年からあとの日本の社会は、戦争強行と人権剥奪《はくだつ》へ向って人民生活が坂おとしにあった時期であり、そこに生じた激しい摩擦、抵抗、敗北と勝利の錯綜こそ、『伸子』続篇の主題であった」（第18巻三七七ページ）と書いています。つまり三〇年代、日本が侵略戦争につきすすんでゆく、そのなかで暗黒政治も深まる、これにたいする抵抗、その敗北と勝利、その姿を描きたいというのが、『伸子』の続篇を書こうとした中心の構想でした。

＊　百合子は、『十二年の手紙』の冒頭をかざった宮本顕治への第一信（「不許可」で未着に終わった）で、この自覚について、こう書いている。

「私は来年にはうんと長い大きい小説にとりかかります。それのかける内容が私の体について来た感じです。その身について来たものの一つの例であるが、大きい文学に必要な豊富でリアリスティックな想像力というものは、現実をよくつかんで、しって、噛《か》みくだいていなければ生じぬものですね。そして、そういう力なしに大きい作品は書けないのだが、私は自分が過去二三年の間、そのひろくて、熱のある想像力の土台の蓄積のために随分身を粉にしたし、そのおかげで今日自身が仮令《たと》僅《いわず》かなりともそういう文学上の力を再び我ものにしたことを実感しているのです。私はやっと生活の上で闊達《かったつ》であるばかりでなく文学の上でも闊達ならんとしているらしいから一層慎重に勉強をすすめるつもりです」（三四年一二月八日付、第21巻一二一ページ）

実際、この構想にもとづいて一九三六年から三七年にかけて、『雑沓』『海流』『道づれ』（いずれも第5巻）という一連の作品が発表されました。ここで、作品世界のカナメとなっているのは、「宏子」と「重吉」という二人の主人公ですが、この連作では、宏子は英語塾の女学生、重吉は東京の帝大の大学生として現われてきます。百合子は、一九三一年頃から一九三六年位におよぶ、そして「社会の各層の典型的な諸事情と性格と歴史の波との関係」を描きだしてゆくという、大きなスケールの三部作を計画しており、この計画によれば、『道づれ』までの三篇の連作で第一部の「三分の二ばかり」

来たところでした（三七年二月一一日付の手紙、第21巻二五七〜二五八ページ）。この計画は、最初の執筆禁止によって中断させられます。

発表された作品では、一九三七年のこの中断した試みから、戦後の『二つの庭』『道標』まで、一〇年にもおよぶ空白があり、これまではこの間の発展を内面的にたどることは十分にできませんでした。私は今度初めて全集でこの間の百合子の手紙の全体を読むことによって、この最初の企てから戦後の『二つの庭』『道標』にいたる期間に、どのような内的な成長と自己点検、最初の作品への批判的な分析がつみかさねられたのか、どのような経過をへて『伸子』の続篇が、今日みるようなスケールのものに発展してきたのかを、おおまかにでもたどることができました。

私たちは今日いろいろな角度から一二年間における百合子の成長とその諸契機をみてきました。それを、この間の『伸子』続篇の構想の成長のあとと重ねあわせてみると、百合子が内面的な成長と脱皮をかさねるごとに、この長篇の構想が、より雄大な、そして本当に日本の社会の現実に迫る、そういうものに発展していったことが、よくわかります。

とくに注目されるのは、百合子が、三八〜三九年の脱皮の過程で、『雑沓』『海流』『道づれ』の中断についていろいろな角度から反省をおこなっていることです。そして、自分は生活のうえではそういうものを書けるだけに充実しており、問題は文学上の技術が追いつかないことにあると感じていたが、それは正当ではなかったこと、またあの中断自体も単純に外力によるためだけではなかったことなどを、分析的に究明して、より前進した新しい地点から、『伸子』続篇への新たな挑戦を準備しようとする、その内面の過程が、一連の手紙のなかに、生き生きとえがかれています［＊］。

＊ たとえば一九三九年一月二五日付、二九日付、二月一七日付、三月三日付、一一日付、二二日付、四月三日付の手紙など（第22巻）。

こうした挑戦と準備は、百合子の執筆活動の条件の変転するなかで、曲折はありますが、その後も一貫してつづけられます。ここでその過程の全容を再現することはできませんが、この発展の発程で興味深い一つの点は、百合子が、最初の企ての大きな弱点の一つを、女主人公の宏子を、英語塾の女学生としていきなり三〇年代の日本にはめこむという構想の人為性に求め、そこから、伸子の成長と発展をそれとして追求しながら、三〇年代の日本をえがくという主題により大きな規模で迫るという新しい構想が、次第次第に形をなしてゆくことです。たとえば、百合子は、四〇年一一月一一日付の手紙では、これまでの自分の作品が、『広場』（第5巻）系の主人公の階級的成長を主題とした系列と、『乳房』や『三月の第四日曜』など日本の社会的現実に直接とりくんだ系列とにわかれていることをふりかえり、次の長篇でこの「主観的素材」と「客観的素材」を統一してゆく抱負を語っていますが（第23巻三六五〜三六六ページ）、この抱負は、三ヵ月後の四一年二月八日付の手紙では、つぎのように、『海流』以後を『伸子』の直接の続篇として書いてゆくというより具体的な構想としてあらわれます。

「『海流』しかし今になると、作者は、もっともっとあの題材をリアルにしてかいておきたいと思う心がつようございます。伸子の発展であるが、発表する関係から、宏子が女学生でそのために一般化され単純化されている面が非常に多いのです。心理の複雑さ、人生的なもののボリュームの大さ、それは、やはり『伸子』以後の、『一本の花』（第3巻）をうけつぐ（間に『広場』、『おもかげ』（第5巻）の入る）ものとして描かれてこそ、本当に面白い作品です。歴史の雄大さのこもったものです、書いておきたいわね。それは作家としての義務であるとも思います。必ずいつか時があるでしょう」（同前五二三ページ）

その後、百合子は、一九四一年の検挙、熱射病による人事不省での釈放、そのために長期にわたる視力障害などの過酷な試練にさらされました。ようやく読書や仕事の条件をとりもどしつつあった一九四三年後半に、再び百合子は『伸子』の続篇のプランにたちもどりますが、そこではまた標題こそつけられていないものの、『二つの庭』『道標』などに対応する連作の構想がいっそうくっきりした形で姿をあらわしてきます［＊］。

＊　たとえば、一九四三年一〇月一八日付の手紙。

「それぞれの時期にそれぞれの問題があり核心的なテーマがありますから。あの頃ではわからなかったものもわかったところもありますし。『四十年』をペシコフ〔ゴーリキーのこと——不破〕はソレントでかきました。『二十年』は書けるわけです。『伸子』の発端から云っての。

あれにつづくすぐの時期から出発位までは一つの区切りとなります。その先の五年が一つの区切り。その先の二三年ほどが一かたまり。少くともこの位の群像はあり得るわけです」（第25巻

六〇ページ）

また、一九四四年一月一七日付の手紙で、ユーゴーやバルザック、トルストイなどの教訓をふまえながら、「大きい規模で事件を全輪廓においてとらえつつ、自覚ある性格の活動が統一して描かれなければならない」という課題を設定していることも、注目される（同前一四三ページ）。

こういう準備のもとに、戦後執筆発表された『伸子』続篇、『二つの庭』と『道標』が、文字どおり、宮本百合子のライフワークというにふさわしい、「歴史の雄大さ」のこもった作品となったことは、すでに多く論じられているところであります。私がここでとくに強調したいのは、『伸子』から戦後の『二つの庭』『道標』にいたる百合子の文学のこうした発展のなかには、「十二年」の時期における、共産主義者として、文学者としての宮本百合子の脱皮、成長、成熟がもっとも集中的な形であらわされているということであります。

そのことと関連してもう一つあらためて痛感されることは『伸子』の続篇で、宮本百合子が書きたかった中心の主題は三〇年代、四〇年代の日本社会、侵略戦争の強行と反動的抑圧、そこでの「摩擦、抵抗、敗北と勝利の錯綜」であったということの意味についてであります。戦後の百合子の計画でも、『二つの庭』『道標』は、三〇年代、四〇年代の日本をえがく『春のある冬』『十二年』に書きつがれる予定でした［＊1］。『道標』はその最後の部分で、ソ連に残るようにとの山上元（片山潜の分身）のすすめをことわって、日本へ帰ろうとする伸子の決意で、「百万人の失業者があり、権力に抵抗して根気づよくたたかっている人々の集団のある日本へ、伸子は全くの新参として帰ろうと決心した」とえがき、さらに日本で予想される伸子の前途について、「もしかしたら自分の挫折があるかもしれないところ。もしかしたら自分がほろぼされてしまうかもしれないところ。しかし、そこに伸子の生活の現実がある。そして、伸子が心を傾けて歌おうと欲する生活の歌がある。伸子は、きつく両手を握りあわせながら、自分のデスクの前に立ちつくした。伸子は、帰る。けれども、その言葉を声に出していうことはおそろしかった」と書いた文章で全篇を結んでいます（第8巻四三七〜四三八ページ）。伸子がこうして帰ってゆく三〇年代、四〇年代の日本の社会の現実こそ、『道標』につづく連作の主題をなすものでした［＊2］。

＊1　百合子は、『道標』の執筆が終わったあと、雑誌『新日本文学』のために「『道標』を書き終えて」を書きかけたが、突然の急逝のために未完成に終わった。この文章のなかで、今後のプランについて「長篇として『道標』三部は終ったけれども、まださきに凡《およ》そ三巻ばかりのこっている」とのべている（第19巻三七九ページ）。この三巻とは、具体的には、『春のある冬』一巻、『十二年』二巻という構想だった（水野明善「かかれざる小説」による。これは、死の直前の五一年一月一五日夜の百合子の話の要点をまとめたもの）。百合子のノートに書きつけられてあった『春のある冬』のための一つの覚え書が、『宮本百合子全集』旧版第十八巻（一九八一年五月刊）にはじめて発表された。一九四七年執筆のもので、これをみると、伸子とm（石田重吉）との出会いこそが、この巻の主題の核心――冬の時代の〝春〟――をさしていたことが、理解される（「無題㈥」『春のある

冬』のため」第20巻七〇九〜七一一ページ。旧版第十八巻では「無題㈢」として収録）。

＊2　本文で引用した『道標』の最後の場面は、百合子は、一九三九年に独自の小説『広場』として書いたことがあるが、そのとき、ほぼ同時的に、戦時下の日本の社会の一断面をえがいた小説『三月の第四日曜』を執筆していた。この二つの作品のあいだにある「心理的な必然」について、一九三九年一二月六日付の手紙で、『三月の第四日曜』が「作者の感興のなかでは、はっきり『広場』でかえって来る朝子を描いた心持とつながったもの」で、「その具体化のようなもの」だと説明している（第23巻二九〜三〇ページ）ことは、『道標』とそれにつづく部分との内的な関連をとらえるうえでも、示唆的だといえる。

なお、一九四三年一〇月に、あらためて『伸子』続篇を構想したとき、この続篇とそれまでに書いた「小作品」との関係について、「我々の女主人公を愛して下さい。あらゆる小作品の列が、大きい真空に吸い込まれるように次々と長く大きい作品の中に吸収されてゆく光景の雄大さ。これは私の生涯に於《お》いてはじめて感じる感動であり、芸術の大さであり、大きい芸術の大さです」（四三年一〇月一八日付の手紙、第25巻六〇〜六一ページ）と語っている。この文章は、『一本の花』『おもかげ』『広場』など、伸子（朝子）の成長を主題とした作品だけでなく、『乳房』や『三月の第四日曜』『杉垣』なども、伸子が帰ってくる三〇年代の日本の諸断面をえがいた「小作品」として、「長く大きい作品」に吸収してゆく心づもりであったことを、推測させる。

百合子は、四九年七月、当時の日本共産党指導部に提出した意見書のなかで、『道標』につづく長篇の今後の展開の内容についてこう書いていていました。

「主人公は、まだ階級的に目ざめつつある過程が描かれているのですから、まだ共産主義者として行動していないのは小説として当然のなりゆきで、その点をもって小説全体に階級性がないということは当っていません。

長篇の今後の展開の中で主人公は共産主義者として行動し、そこには過去数十年間日本の人民の蒙った抑圧と戦争への狩り立て、党内スパイの挑発事件、公判闘争なども描かれます。このような作品は日本の労働者階級の文学に新しい局面をひらいているということはたしかだと思います」（「文学について」第18巻三八〇～三八一ページ）

百合子が、『二つの庭』につづく長篇に『道標』――〝みちしるべ〟――という表題をつけたことは象徴的です。『道標』を書き終えたとき、百合子が語ったように、これはやはり伸子の成長においても、この長篇全体の構成においても、さらにまた「創作方法の発展の道ゆき」からも「中途の一節」（「『道標』を書き終えて」五一年、第19巻三七九ページ）をなす作品であります。百合子は、『二つの庭』と『道標』において、「伸子」の成長とともに作者の目が伸びてゆく、伸子の社会的、革命的な覚醒《かくせい》と成長にともなって、作品自体においても日本と世界の社会がより深く、より全面的にとらえられてゆく、そういう創作方法をとってきました［＊］。そういう点からいっても、彼女がこの続篇として予定していた『春のある冬』および『十二年』にこそ、宮本百合子が一二年間に準備したすべてが、いっそう全面的に、いかんなく書きつくされたであろうことは予測にかたくありません。

＊「心に疼く欲求がある」（五〇年八月、第19巻所収）参照。ここでは『道標』第三部以後の作品の展開について、「女主人公の精神が、より社会的に、ほとんど革命的に覚醒《かくせい》され、行動的に成長したとき、作品の構成もテムポも、それにふさわしく飛躍できるだろう」（同前二五七ページ）とのべられている。

私たちが『二つの庭』『道標』という作品の偉大さ、すばらしさを、評価すればするほど、獄中の暴圧の結果として、宮本百合子が『道標』の完結の直後に「自然の不意打ち」（宮本顕治）におそわれ、その雄大な構想が全体としての実現をみないまま「中途」に終わったことを、残念に思わざるをえないのであります。

宮本百合子は『十二年』をふくむこの一連の長篇について、こう語りました。「わたしは、『伸子』につづく『二つの庭』や『道標』およびこれから書かれる部分を、自分のもの、、、とは思っていない。きょうに生きるみんなのものであらせなければならないと思っている」（同前三八四ページ）。そしていまわれわれにとって、とくに新しい反動攻勢をむかえているわれわれにとって、『十二年』は特別の意義をもってきています。あの侵略戦争の強行と拡大、人権剥奪の一二年が、日本の社会と国民をどこにみちびいたか、そのなかでだれがどのようにたたかい、どのような困苦にぶつかり、どのように「敗北と勝利の錯綜」を経験したのか、そのことをえがきだすことは、今日の日本にとってきわめて深い意味のある仕事であり、百合子がそれを実現できなかったのならば、大局的には、いつの日にか、やはり、だれかによって、引きつがれ実現されるべき性質の文学的課題だということを、つよく痛感するものであります。

　以上ごくスケッチ的に、「十二年」を軸とした宮本百合子の成長と発展、その成熟のあとをたどってきましたが、宮本百合子は、まさに生涯にわたって発展と成長をとげつづけた共産主義者であり、文学者でありました。

　作家の発展という問題について、百合子は、「作家が永い生涯の間で何度発展をとげるか、そしてその時にどの位作品をのこしてゆくか、これは大なる研究に値し、作家必死《ママ》の事柄です」（三六年一二月一二日付の手紙、第21巻一二一ページ）と語ったことがあります。まさにその「作家必死の事柄」を生涯つらぬいたのが、宮本百合子の五一年の生涯でした。私たちはその意味で、活字になった彼女の作品からだけでなく、文学の事業を日本における進歩と変革の事業とひとつのものとし、そのなかで生き、はたらき、成長しぬいた宮本百合子の生涯から、五一年にわたる彼女の生きざまからも学ぶ必要があるということを最後に申しあげて、話を終わりたいと思います。

（『文化評論』一九八一年三月号）

戦時下の宮本百合子と婦人作家論

――没後三五周年によせて――

一、〝発掘〟への試み

五年前（一九八一年）、私は、宮本百合子の没後三〇周年の「記念の夕べ」で、「宮本百合子の『十二年』」を主題とした講演をおこなった（『文化評論』八一年三月号、本書所収）。「十二年」とは、いうまでもなく、宮本顕治・宮本百合子の獄の内外を結んだ書簡集『十二年の手紙』にいう一二年であり、宮本顕治が日本共産党の指導者として逮捕された一九三三年一二月から、日本の敗戦後、治安維持法の撤廃によって夫妻が東京で再会するまでの一二年――日本の国民にとっては、侵略戦争と暗黒政治の拡大、最後にはその崩壊を意味した一二年のことである。

この講演を準備するに当たって、私は、戦時下の苛烈な条件のもとで、百合子が、どのように侵略と専制の時流に立ちむかったかを、当時の発言自体によって明らかにしようと思い、この一二年間に百合子が発表した小説や評論の主要なものについて、それらの作品をのせた雑誌類を国会図書館から借りだして調べてみた。その時の講演でも、小説『杉垣』(『中央公論』三九年一一月号、第5巻)の例を引いてのべたように、戦時検閲のきびしい眼は小説の情景描写のすみずみにまでおよび、戦争への不安を象徴するものとして、百合子が書きこんだ、しゅりゅん、しゅりゅんという代々木練兵場での射撃音の表現さえ抹殺される状態だった。暗黒政治の傷あとを満身にのこしたこれらの作品の一つひとつを、私たちが全集などで現在目にしている現行のものと読みくらべながら、私は、戦時下の抑圧に屈せず真実と正義のペンをふるいつづけた百合子の闘いの姿を、いっそうリアルに実感したものである。

この準備作業のなかで、私にとって一つの〝発見〟だったことは、今日、『婦人と文学』(『宮本百合子全集』第17巻)として広く読まれている婦人作家論の戦時下の原型――雑誌『文芸』誌上の連作――が、その構成においても内容においても、現行の『婦人と文学』とはほとんど別個の作品といえるもので、社会を戦争と反動の一色におおいつくそうとする激流への文学的挑戦として、また、あの苦難の時代に百合子がきずきあげた思想と文学の達成の一つの壮大な結実として、現行版とは異なる独自の価値をもっている、ということだった。しかし、この問題については、その時の講演では、時間の限定もあって、触れることはできなかった。

その後、エンゲルスの『家族、私有財産および国家の起源』の入門講座を『月刊学習』に連載したさい、「社会主義社会の恋愛と結婚」を論じたところで、百合子が戦時下のこの連作のなかでおこなったコロンタイズム批判を多少たちいって紹介した（『月刊学習』八二年三月号、『講座「家族、私有財産および国家の起源」入門』新日本出版社、八三年刊［＊］）。それ以外には、心にかかりながら紹介する機会をもたないままきたが、今年は一九八六年、没後三五周年という、百合子の生涯と文学を記念する節目の年を早くも迎えたので、この機会に、埋もれたままにしておくことの許されない宮本百合子の戦時下のこの労作について、いわば一種の〝発掘〟作業を試みてみたいと思う。

＊　百合子のコロンタイズム批判は、本書一三七ページ以下に、「第八作『ひろい飛沫《しぶき》』への補章」として収録しました。

「戦後政治の総決算」の呼号のもとに、侵略戦争や暗黒政治の肯定論が幅をきかし、文学の世界でもその亜流が横行しはじめた現在、共産主義者である一人の婦人作家が、戦争政治のあの暗い日々に、日本の良心を代表しどのような発言と探究をしつづけたかを、当時の文献そのものに即して今日かえりみることは、戦争と暗黒への回帰を許さない日本の進歩と変革、平和と民主主義の伝統を今日の血肉とするうえでも、文学の世界にとどまらない、一定の意味をもちうるであろう。

二、苦難の時代に「勇気の源」を求めて

『婦人と文学』の原型となった連作は、日本の中国侵略戦争が満二年目に近づこうとする一九三九年から翌一九四〇年にかけて執筆された。宮本百合子が、四〇～四一歳のときである。それは、一九三九年四月、雑誌『中央公論』（五月号）に掲載された随想から始まった。

当時、宮本百合子は、一年余にわたる執筆禁止の状態から脱けだせるかどうかの境目にいた。一九三三年一二月の夫宮本顕治の逮捕につづいて、一九三四年一月には百合子自身が逮捕され、半年間の留置場生活を経験、さらに一九三五年五月には再逮捕されて、父が急死した一九三六年一月まで拘禁、一九三六年一月～六月の予審・公判を経て、当局の〝保護監察〟という拘束下の生活を余儀なくされた。百合子は、この弾圧に抗して、獄外にあった期間は、ひろく文学と社会の領域にわたる精力的な文筆の闘いを続けたが、一九三七年七月の中国侵略戦争の開始とともに、言論統制は日本の文化の全体をおおいはじめ、一九三八年一月には、宮本百合子は、他の数人の作家、評論家とともに、名ざしで、作品発表の道をまったく閉ざされた。

百合子は、この間の事情について、自筆の「年譜」で、文学の世界で支配的となった戦争と反動の

風潮をふくめて、こう記録している。

「一九三七年（昭和十二年）

この年七月、蘆溝橋《ろこうきょう》事件を挑発のモメントとして日本の天皇制権力は中国に対する侵略戦争をはじめた。日本の全文化が軍部と検事局思想部の露骨な統制のもとにおかれるようになった。翼賛会の初代の文化部長岸田国士《くにお》、つづいて同じ位置についた高橋健二その他の人々は、文化の擁護のために何事もなさなかった。一九三〇年代のはじまりに『文学の純芸術性』を力説した菊池寛《かん》、中村武羅夫《ぶらふ》等の人々が、この時期に率先して文化の軍事的目的のために奴隷化をあっせんしたことは歴史的な事実となった。また、プロレタリア文学理論に反対して『文芸復興』を主張した林房雄などが、いち早く上海でビールに酔って報道記を書いたことも注目される。『ペンクラブ』も国際的連帯をたって『日本ペンクラブ』となり、日本浪漫派《ろまんは》の人々は亀井勝一郎、保田与重郎《よじゅうろう》、中河与《よ》一《いち》を先頭として『日本精神』の謳歌《おうか》によって文飾されたファシズム文学を流布した。女詩人深尾須磨子はイタリーへ行って、ムッソリーニとファシズムの讃歌を歌った。私は目白の家で殆《ほとん》ど毎日巣《す》鴨《がも》へ面会にゆきながら活ぱつに執筆した。表現の許される限りで、戦争が生活を破壊して、小学校の上級生までが勤労動員させられはじめた日本の現実を描きたいと思った。この年に書いた小説はどれも、作者のその基本的な熱望の上にたっていた。しかし表現はむずかしくてどの作品もかろうじて全篇を流れる気分として戦争に対する反対を表し得たばかりであった」（全集第18巻一一一～一一二ページ）

実際、この年、戦争に抗しての百合子の執筆がいかに精力的かつ活発であったかは、全集におさめられた当時の労作の全体が雄弁に物語っている。『海流』など小説六篇（第5巻）、文芸評論七七篇（第12、13巻）、婦人、文化、社会評論一七篇、感想・小品二〇篇（第12、13巻）など、全集で六〇〇ページ近いものが、この年の雑誌、新聞などに発表された。掲載の誌紙も、『中央公論』、『改造』、『文芸春秋』、『文芸』、『新潮』、『婦人公論』、『新女苑《しんじょえん》』、『若草』、『文学案内』、『婦人文芸』、『長篇小説』、『雑記帳』、『読書界』、『唯物論研究』、『文化評論』、『科学ペン』、『自由』、『あらくれ』、『文芸首都』、『ペン』、『婦人運動』、『作品』、『音楽評論』、『国文学解釈と鑑賞』、『会館芸術』、『セルパン』、『日本映画』、『テアトロ』、『映画創造』、『グラフィック』など大小の雑誌から、「報知新聞」、「都新聞」、「東京日日新聞」、「読売新聞」、「帝国大学新聞」、「中外商業新報」、「三田新聞」、「文理科大学新聞」、「輝ク」、「関西学院新聞」、「日本学芸新聞」といった各種の新聞など、実に広範な領域におよんでいた。

この文筆活動にたいして、執筆禁止（第一次）という強圧が加えられたのは、翌一九三八年一月のことである。自筆年譜には、つぎのように書かれている。

「一九三八年（昭和十三年）

この年一月から翌年の四、五月ぐらいまで作品の発表が不可能になった。戦争がすすむにつれて出版物の検閲は、ますますひどくなって編輯者《へんしゅうしゃ》たちは何を標準に発禁をさけてよいか分らなかった。それほど日本における言論の抑圧は急テンポに進行していた。内務省警保局で検閲をしていた。その役人とジャーナリストたちとの定期会見の席で、あるジャーナリストから編輯上の判断に困るから内務省として執筆を希望しない作家、評論家を指名してくれといったために、当局としては個人指名までを考えてはいなかったのに、数名の人の生活権をおびやかすような結果になった。これは内務省の検閲課の役人が中野重治《しげはる》と私が事情を聞きに行ったときに答えた言葉であった。この時、実質上の執筆禁止をうけた人は、作家では中野重治、宮本百合子、評論家では六、七人の人があった」（第18巻一一二～一一三ページ）

翌年になって、あれこれの雑誌に当時まだ残っていた良心的な編集者たちが、「第一次の発表禁止措置をふみ破る試み」（宮本顕治「宮本百合子の世界」『宮本顕治文芸評論選集』第三巻一九五ページ）として、百合子に執筆を依頼し始めた。小説『その年』（『文芸春秋』の依頼、発表できず。第5巻）、随筆「からたち」（『文芸春秋』三九年六月号）、小説『杉垣』（『中央公論』三九年一一月号）などの作品は、こうして書かれたものである。連作・婦人作家論の最初の一篇となった随筆風の小品「人の姿」が『中央公論』一九三九年九月号に掲載されたのも、こうした状況のはたらきのもとにおいてであった。それが連作に発展した成りゆき［＊］については、後に百合子自身が、つぎのように語っている。

＊　執筆禁止措置をふみ破る一連の「試み」がおこなわれ、婦人作家論の『文芸』連載にいたった経過については、高杉一郎「『婦人と文学』のころ」（一九七九～八一年刊行の新日本出版社版『宮本百合子全集』所収「宮本百合子全集月報12」〈第一一巻〉）に詳しい。これは、当時の『文芸』の責任編集者としての回想である。

「一九三八年（昭和十三年）の正月から、進歩的な数人の作家・評論家の作品発表が禁止されて、その禁止は翌年の三、四月頃までつづいた。やっと、ほんの少しずつ短いものが公表されるようになったとき、偶然三宅花圃《かほ》の思い出話をよんで、そこに語られている樋口一葉《いちよう》と花圃との対照的な姿につよく印象づけられた。それについて、随筆のように『清風徐《おもむ》ろに吹来つて』（「人の姿」の一部）を書いた。そしたら、興味が湧《わ》いて自然、一葉の前の時代についても知りたくなり、またその後の日本文学と婦人作家の生活も見きわめたくなった。

日本の社会生活と文学とが日一日と窮屈で息づまる状態に追いこまれていたその頃、大体近代の日本文学はどんな苦境とたたかいつづけて当時に到っていたのか、その努力、その矛盾の諸要因をつきとめたくなった。人生と文学とを愛すこころに歴史をうらづけて、それを勇気の源にしたかった。そこで一旦《いったん》『藪《やぶ》の鶯《うぐいす》』に戻って、年代順に一九三九年の初夏から翌年の秋まで、一区切りずつ『文芸』に連載した」（『婦人と文学』への「前がき」、四七年三月、第17巻一三七～一三八ページ）

この連作は、全部で一三篇におよんだ。その表題と掲載誌は、つぎのとおりである。

「人の姿」（「『清風徐ろに吹来つて』」「作品の血脈」の二節をふくむ）『中央公論』一九三九年五月号

「『藪の鶯』このかた」『改造』一九三九年七月号

「短い翼―明治三十年代と婦人作家―」『文芸』一九三九年八月号

「入り乱れた羽搏《はばた》き―明治四十年代から大正初頭への時代と婦人作家―」『文芸』一九三九年九月号

「分流―大正前半期と婦人作家―」『文芸』一九三九年一〇月号
「この岸辺には―大正後半期と婦人作家―」『文芸』一九三九年一一月号
「渦潮《うずしお》―昭和初頭と婦人作家―」『文芸』一九三九年一二月号
「ひろい飛沫《しぶき》―昭和初頭の婦人作家―」『文芸』一九四〇年二月号
「一つ頁《ページ》の上に―昭和初頭の婦人作家―」『文芸』一九四〇年三月号
「あわせ鏡―昭和初頭の婦人作家―」『文芸』一九四〇年四月号
「転轍《てんてつ》―昭和の婦人作家―」『文芸』一九四〇年六月号
「人間の像―昭和の婦人作家―」『文芸』一九四〇年八月号
「しかし明日へ―昭和の婦人作家―」『文芸』一九四〇年一〇月号

百合子は、この連作を、個々の婦人作家論の集大成として書いたのでも、文学の歴史をふりかえるたんなる回顧の書として執筆したのでもなかった。さきの「前がき」で彼女自身がのべているように、侵略戦争の重圧が日本の社会と文学を「息づまる状態」に追いこみつつあった日々に、非転向の政治犯の妻としてまた共産主義者である婦人作家として、ひときわはげしい迫害にさらされていた百合子が、一時期に生まれた執筆のある程度の可能性を利用しつつ、書きあげたものであり、全体をつらぬいているのは、近代の日本文学の歴史を「人生と文学を愛すこころ」の裏づけとして、未来を展望し頭をあげて戦時下の今日を生きぬく「勇気の源」にしようという、強烈な要求であった。この「勇気の源」とは、もちろん、百合子だけのことではない。あとで内容に即してみるように、彼女はこれを、困難におかれた多くの婦人作家たち、日本の女性たちへのよびかけとして書いている。より広い意味では、未曽有の苦難の道にひきこまれつつあった日本の国民が、この歴史の中から明日への希望を読みとり、苦難の時代を生きぬく勇気の源をそこに見いだすことを願って、これを書いたといってもよいだろう。

したがって、この連作では、歴史上のどんな古い時期の婦人作家をとりあげた場合でも、筆者の問題意識は、一九三九〜四〇年、戦争体制下の「婦人作家のありよう」の批判的究明と結びついていたし、また自分自身が、この時代に生きる一人の婦人作家として、その文学と生活をいかに営むかの真剣な追求を、そのうちにはらんでいた。

こうした問題意識は、連作にとりかかったばかりの頃、獄中の宮本顕治にあてた一連の手紙にも、鮮やかに示されている。

「図書館に行ってすこし読んで書きたいのは、明治初年に日本でややかたまって出た婦人作家というものの存在について。……

自然主義文学の永い時代、一どはかたまって出た婦人作家の一人も、謂《い》わば働きとおさなかった、それは何故《なぜ》か、野上弥生《やえ》などは『ホトトギス』からですから。写生文時代以降です。やっぱり、明治の初頭に現れた彼女らの現れかたによっていると思われます。それらのことは、今日、女の作家というものが現れているそのことのありようにも関連していろいろ考えさせ、引いては豊田正子《まさこ》のような人造もの書きに到ります。それらのことを書きたいと思います」（三九年五月二九日の

手紙、第22巻三一一〜三一二ページ）

「こういう風な、比較的、総合的で立体的な勉強をすると、なかなか自分のためになるところがあります。文学の世代において、婦人の刻みつけた線を一寸でも自分の力として先へおし出すこと、それがどのような意味をもつかということを真面目に考えます。ただ流行非流行の問題でなく、その生活と文学との本質において。自分の生涯で、せめて一分なりそれをとげたいと思う、ね、グイグイ、グイグイと押してゆくよろこびは、よしや知ることが出来なくても（客観、主観の関係によって）」（三九年六月六日の手紙、同前三二六ページ）

彼女は、この文章の最後の部分で「よしや知ることが出来なくても」として、作家として歴史を前進させる仕事をしたいという、熱い願望をのべている。彼女がそのとき、その願望がどういう時期にどういう形でかなえられるか、的確に予想することはできなかったとしても、実際には、それは、侵略戦争と専制政治の終結、自身の共産党員作家としての成長という「客観、主観」の新しい関係のもとで、その数年後に実現することになった。この文章には、この連作の基調をなす問題意識と、百合子の戦後の「グイグイと押して」いった文学行動とを結ぶ脈動を、はっきりと読みとることができよう。

百合子は、同じ年の八月七日の手紙では、連作にとりくむ方法論的な構想を「社会の状況、その生きた関係で見られた文学の潮流、その中での婦人作家のありよう、それが又再び、当時の歴史へと照りかえりつつ進んでゆく姿としてとらえられる」（同前四〇七ページ）という言葉でまとめている。婦人作家たちの業績を、個々の列伝にとどめず、日本文学全体の諸潮流およびその基盤・背景をなす日本社会の歴史的展開との関連でとらえ、それが逆に歴史に作用してゆくはたらきも明らかにしてゆくというこの方法論は、科学的社会主義の立場にたった文学史としても、実に本格的なものだった。しかも、百合子は、この仕事を自分のもつこれまでの蓄積だけで間にあわそうとはせず、上野図書館や日比谷図書館に通って、婦人作家たちの作品はもちろん、彼女たちに影響をあたえた内外の著作、文学や社会の歴史の総体的な理解に必要な諸文献などを広範に読むとともに、自身の文学理論の充実と成熟につとめ、一篇一篇ごとに文字どおり力をつくして、この労作を準備したのであった。

戦時下の検閲と干渉のもとで、執筆できる内容には、今日の想像を超えるきびしい制約があった。百合子自身、「外部の事情から全面の展開のひかえられている箇処《かしょ》もある」(三九年八月七日の手紙、同前同ページ)と、そのことについて書いているが、「外部の事情」があるからといって、権力に妥協して筆をまげることはいっさいしなかった。

こうして、百合子が書きあげた連作は、宮本顕治が『宮本百合子の世界』で「宮本百合子の文芸評論の面での一つの生涯的仕事《ライフ・ワーク》」、「民主的な文学運動の一つの歴史的な業績」と意義づけているように、戦時下の暗黒の日々に文学の世界にきずかれた偉大な高峰となった。

「もとより、筆者の『前がき』にもあるように、戦後の手入れがかなりなされているとはいえ、原型は戦時下の検閲下に干渉をのがれつつ連載されたものであるから、とくに社会史的側面の分析等では、その徹底化がはじめからさけられていた痕跡が拭《ぬぐ》われていない点もある。しかし、筆者は

『この簡単にスケッチされた明治以後の文学の歴史』とさりげなく呼んでいるが、この種のもので今日のところ、この書をしのぐ業績はまだ見当たらないようである。その意味で、この仕事は宮本百合子の文芸評論の面での一つの生涯的仕事《ライフ・ワーク》とみなされるだけでなく、民主的な文学運動の一つの歴史的な業績と言えよう」(『宮本顕治文芸評論選集』第三巻一九八ページ)

三、連作から『婦人と文学』へ

宮本百合子自身が、『婦人と文学』への「前がき」で語っているように、この作品は、一九四七年一〇月、今日の構成と内容をもって刊行されるまでに、幾多の歴史と書きかえを経てきている。そして、百合子の『獄中への手紙』の全体が発表されたいまでは、私たちは、この書きかえの経緯《いきさつ》とその足どりを、彼女が「前がき」で書いた以上に立ちいってたどることができる。

第一回の書きかえは、この連作を単行本にまとめるに当たって、百合子自身の文学的要求にもとづいておこなわれた。『獄中への手紙』によると、この連作を一冊の本にまとめる話はすでに一九三九年夏ごろからあり(三九年八月七日の手紙、第22巻四〇七ページ)、彼女は、連載の執筆中すでに、その計画の具体化にかなり早くから、とりかかっていたようである。一九四〇年一月二九日の手紙では、連作の第九篇「一つ頁の上に」を執筆する「下拵え《したごしら》」にかかる一方、本にまとめるさい、なにを加筆するかの構想をねり始めているること、本につける年表の作成を始めていることが、楽しげに報告されている。

「これから又『文芸』の仕事の下拵えです。これはやってよかった仕事でしたね。もう二百枚越しているわけです。あともう三四回。それに文学は翻訳文学だった時代、『小説神髄』以前の女の活動について加えなければなりません。さち子さんが年表をつくっています。こんな表をつけようと思います。

『哲学年表』の通りの形式二頁《ページ》見開きにして、左に社会、婦人、次文化、文学、婦人作家と横並べにして。社会、婦人には女学校令が出た、女の剪髪《せんぱつ》禁止とか、戦争その他。文化文学は一般。ラジウムの発見、トルストイの作品、日本の透谷《とうこく》、そんなものを入れ、右手に寥々《りょうりょう》と婦人作家が出現して来るというわけです。見くらべて、それで何か学べるというようにしたくて。七十六頁ですね、『哲学年表』が。その位でしょう。これはきっと婦人作家のためのなかなかいい激励でしょう、だって、どんな仕事して来ているか一目瞭然《りょうぜん》となるわけですものね。その中には、詩集、歌集、感想集なども入れるつもりです」（第23巻一〇八～一〇九ページ）

この出版をひきうけたのは、中央公論社だった。

その年の九月はじめ、連作の最後の篇「しかし明日へ」を書き終わると、百合子はただちに、本にまとめるための加筆や書き直しの作業にとりかかった。宮本顕治への九月二四日の手紙では、樋口一葉の部分を六〇枚書き終わって、これから「〔明治〕三十年から四十年までの間」（「短い翼」の部分に当たる）の書き直しの準備にかかることが報告され（同前三〇三ページ）、三日後の九月二七日の手紙では、「短い翼」の主題だった与謝野晶子や『明星』のロマンティシズムの部分が、二三枚書き足して終わったことを報告する（同前三〇六ページ）など、作業は快調にすすんだようだ。後者の手紙では、書き直しにとりくんでの感想が、「全く見ちがえるよう」という自己評価もふくめて、つぎのように語られている。

「この前かいたときにはまだ足さぐりで、ゴタゴタなの。一年一貫したテーマで勉強したということは、やはり決して軽々なことではないのね。この仕事は本当に立体的な成長を語るもので、個人的の範囲をいくらか出ていて、うれしいと思います。……反自然主義の青鞜《せいとう》あたりから大分手を入れないでよかりそうです。全く見ちがえるようです。断然ちゃんと気のすむまでやらなければなりません」（同前三〇六～三〇七ページ）

ここで「青鞜あたり」というのは、連作でいえば「入り乱れた羽搏き」および「分流」に当たる部分だが、約二ヵ月後の一一月二四日の手紙にも「仕事のこと、『文芸』のかき直しに当面御熱中です」（同前三七八ページ）とあるから、「断然ちゃんと気のすむまで」という気持ちでおこなわれた書き直し作業は、濃淡のちがいはあれ、ほとんど全篇におよんだのだろう。

この仕事の完結を、百合子が獄中の顕治に誇らかに報告するのは、年末もおしつまった一二月二六日のことだった。

「二十二日にね、『文芸』のすっかり完結して、予定の二十日より二日のびたけれど、序文、目次、年表とりそろえ『中公』〔中央公論社〕が五時で終るのでフーフーかけつけて、やっと渡し、やれやれと本当に一年越しの重荷をおろしいい心持になったところ、……」（同前四〇三ページ）仕上がった婦人作家論の目次などについて、百合子は、翌一九四一年二月五日の手紙で、こう書いている。

「本の目次はざっと次のようです。

一　藪の鶯（明治二十年代（一八八七年―）の社会と婦人の文化）

二　清風徐ろに吹き来つて（樋口一葉）

三　短い翼（明治三十年代（一八九七）と明星）

四　入り乱れた羽搏《はばた》き（明治四十年代（一九〇七）青鞜《せいとう》）

五　分流（明治末（一九一二）『白樺』前後）

六　この岸辺には（大正初期（一九一八）新興の文学）

七　渦潮　同

八　ひろい飛沫《しぶき》（昭和初頭（一九二七）新世代の動き）

九　あわせ鏡（同）平林たい子の現実の見かたのアナーキスティックなものの批評。

十　転轍《てんてつ》（昭和十二年（一九三七）現代文学の転換期）

十一　人間の像（同）（岡本かの子）

十二　しかし明日へ

このような工合《ぐあい》です、……枚数の正確なところは不明です、整理してとってしまったところもあるし又こまかく一杯かきこんだところもありして。本文だけ三百枚ほどでしょうね。以内でしょう。それに年表が六十頁ほどついて。これは独特な本になります。個性的に、というよりも歴史的に。対象の扱いかたで。（ああそうそう、広告はおやめ、おやめ！）」（同前五一七〜五一八ページ）

この目次によると「一つ頁の上に」が落ちているが、これは内容からいって、おそらく先行の「ひろい飛沫」に統合したものと、思われる。

こうしてまとめられた著作は『近代日本の婦人作家』という題名［＊］もほぼきまり、三月はじめには初校も終わったが、その段階で、百合子は、もう一度書きかえを余儀なくされることになった。今度は、言論弾圧によるいわば〝文学外〟的強制である。

＊　単行本の題について、百合子は、一時、『波瀾ある星霜』あるいは『波瀾ある世代』として、「明治大正昭和の婦人の生活とその文学」という傍題をつけることを考えた（四一年二月五日ひるの手紙、第23巻五一八ページ）が、獄中の顕治からの「神話的記号によらない方がいい」（同二月八日の手紙、同五四七ページの注）という意見で、はずすことになった（同二月一五日の百合子の手紙、同前五三一ページ）。当時、「紀元二千六百年」の神話的キャンペーンが国を挙げてくりひろげられていた最中のことだけに、科学的な抵抗精神の一貫性という点で、とりわけ注意をひく経過である。

百合子が、この連作の執筆に先だって、他の数名の作家、評論家とともに、一年数ヵ月にわたって、作品の発表禁止という特別の攻撃をうけたことはすでにのべたが、執筆の一定の可能性が開けたのちにも、〝平和な〟環境が保障されていたわけではなかった。この連作自体、執筆の過程で抑圧者からの攻撃にさらされた。第六作「この岸辺には」を書き終わった直後、『文芸』から「ずっと連載していたもの、すこし方法をかえる必要がおこった」旨の連絡が、百合子のところにとどけられた。彼女は、「一寸出るとチクリなのね」との感想もふくめ、その情況や今後の対策についての考えを、獄中に書き送っている（三九年九月二七日の手紙、宮本顕治『宮本百合子の世界』による、『文芸評論選集』第三巻一九五～一九六ページ）。当局側の圧迫や攻撃によるこの種の困難は、おそらくその後も何回となくくりかえされたにちがいない。

第二次の執筆禁止という言論弾圧は、一九四一年はじめ、著書『近代日本の婦人作家』が誕生にいたる直前の二月二六日に、百合子をおそってきた。今度は、内閣情報局が各総合雑誌に執筆禁止者の名簿を内示したのである。その名簿に、宮本百合子がふくまれていたことは、いうまでもない。こうして、連作を可能にした執筆活動の合法性は、二年にもみたない短期間しかつづかず、大戦の終結する日まで、ついに回復されなかったのである。

この弾圧に直面して、婦人作家論の出版は不可能と思われたが、その後、おそらく、雑誌にすでに発表したものの単行本としての出版には、一定の可能性があることが明らかになったのであろう。百合子は、三月から、再び出版を可能にするための改作にとりかかる。

「中公の本の様々の手入れ、手つだいの人が来ていて、（あの娘さん）もう二日ほどで完成です。（表の方は）どんな片わでも、生まれるものなら生んで置きましょう。この忙しさは、粗悪なトンネルがくずれないうちに通りぬけて置こうとするような味ですね」（四一年三月二四日の宮本顕治への手紙、第24巻二二一～二二三ページ）

「中公の本、すっかり出来ているのを切ったり書き直したり貼りつけたり、経師屋稼業《きょうじや》です。一番面倒くさいところを今日大体終り。『都』がきいたら、内容によってかまわないと云ったのですって。何が何だか分らない有様です」（四一年四月七日の手紙、同前三九ページ）

「やっとこすっとこ、明日中に中公の手入れ終ります、決して見苦しい片輪ものではないだろうと骨折り甲斐《がい》もいくらかあります。まるで経師屋でした、あっち切ってこっちへはって。書きこんでは又貼って。この部分はどうせ全部くみかえですね。それでいいからというのだから、かまわないけれど。おしまいの『しかし明日へ』の『しかし』をとって、ただ『明日へ』とします、それでいいと思います。二つの章がとけこんで消えてしまいました。『渦潮』と『転轍』。枚数はまだ不明。かきこみの工合で見当がつきません」（四一年四月一四日の手紙、同前四五ページ）

言論弾圧と切り結んでのこうした苦労を経て、最終稿が「決して見苦しい片輪ものではない」形で完成し、五月にはその校正も出はじめ、やがて紙型もでき装幀もきまったが、多難な歴史を通りぬけたこの著書は、ついに出版の日を迎えるにいたらなかった。「一九四一年十二月八日が来た。アメリカとの戦争が開始された。九日には、数百人の人と同様、私も捕えられて拘禁生活にうつされた。中央公論社では、この突発事で出発を中止した」（『婦人と文学』への「前がき」、四七年三月、第17巻一三八ページ）。

敗戦によって日本に平和と言論の自由が訪れたとき、百合子は、偶然の機会に、失われた著書『近代日本の婦人作家』のゲラ刷りに再会することができた。そのことが契機になって、一九四七年一〇月、実業之日本社から『婦人と文学——近代日本の婦人作家——』という表題で出版されたのが、今日、私たちが読んでいる『婦人と文学』である。この出版のさい、百合子は、戦時下の文章が「奴隷の言葉」で綴られていることに、たえがたい苦痛をおぼえて、全篇にわたって整理、補筆をおこなった。事実上三回目の書き直しであり、枚数にして約五〇〇枚という大作となった。そのいきさつは、彼女自身の語るところを聞こう。

「よみ直して、あの時分精一杯に表現したつもりの事実が、あいまいな、今日読んでは意味のわからないような言葉で書かれているのを発見し、云うに云えない心もちがした。日本のすべての作家が、どんなにひどい状態におかれていたかということが、沁々《しみじみ》と痛感された。今日の読者に歴史的な文学運動の消長も理解されるように書き直し、最後の一章（『婦人と文学』の「十一、明日へ一九四一—四七（昭和十六年—二十二年）」のこと）も加えた」（『婦人と文学』への「前がき」、同前一三九ページ）

以上が、最初の連作から、三度の書きかえを経て今日の『婦人と文学』にいたった、この著作の出生譜である。

なお、「奴隷の言葉」をよみ返す苦痛に関しては、百合子が出版の準備にあたっていた一九四〇年当時、レーニンの『帝国主義論』に託して、この問題を語りあった獄内外のやりとりが、戦後の百合子の感慨にてらして興味深い。

「婦人作家史がまとまり、長篇が誕生するのは、たのしい骨折として待たれるね。世界経済の本〔レーニン『帝国主義論』のこと〕、本文は二百頁位だね。あの著者があとからよみ返すのは苦痛だといっている。あの心持はやはり『文学史』にも同情をもって思いめぐらされる。成長するために知性がめぐり合う風波の図景は、根本のところでは暖いいたわり、優しい評価をよびおこすものだね」（四〇年一一月一五日の宮本顕治から百合子への手紙、『十二年の手紙』〈新日本文庫版〉上三五五ページ、『宮本顕治　獄中からの手紙』下一五～一六ページ）

「……この間もつくづく思ったのですけれど、あのいい本、よみかえすのが苦痛であると云うにしろ、あれだけ明瞭《めいりょう》であり得たということは、何と沁々《しみじみ》と今日よりも二十五六年前の歴史の相貌を顧みさせるでしょう。現代の水の浅さはどうでしょう！」（四〇年一二月三〇日、百合子の顕治への手紙、同前三六二ページ、第23巻四一六ページ）

以上にみてきた歴史を経て戦後発表された『婦人と文学』は、目次でみるかぎり、第一〇章に「嵐の前」がつけくわえられている以外は、構成もほぼ原型をひきついでいるようにみえる。しかし、『文芸』等に連載した原型と読みくらべてみて、私は、内容がほとんど全面的に書きかえられており、それが当時書くべくして「外部の事情」から書きえなかった部分の補筆や「奴隷の言葉」の健全な言葉への復元にとどまるものでないことに、驚かされた。実際、それぞれの章の内容にしても、章の題名こそひきつがれているものの、論じている対象自体が大きく編成がえされており、たとえば「合わせ鏡」の章のように、筆者がこの題名にもっともふさわしいとした平林たい子論がそこからはずされて別の章（「ひろい飛沫」）に移されているといった場合なども、少なからずある。また同じ問題をとりあげても、そのことを論じる角度や文脈には、しばしば変動がある。

とくに、私が、『文芸』誌上の連作を、戦後発表された『婦人と文学』とは別個の、独自の価値と意義をもつ作品だということを痛感したのは、そこには、戦時体制下に、「人生と文学とを愛するこころに歴史をうらづけて、それを勇気の源に」しようとする意欲をもって日本文学の歴史と現代にとりくみ、現実のとらえ方はさまざまであれ、客観的には同じ苦難のもとにある無数の読者にたいし、そこからの教訓を明日への切実な指針として語りかけるという、緊張した問題意識が、全篇にみなぎり、みごとに具体化していることである。それから七年後、戦争と暗黒の時代が一応の終わりを告げ、当時の状況がすでにのりこえられた過去の歴史となった時点で、新たに書きかえられた『婦人と文学』が、こういう緊張した問題意識を、一九三九～四〇年の連作と共にしえなかったことは、当然であろう。一つだけ例をあげておこう。あとで詳しくみるように、百合子は、連作の最終回「しかし明日へ」で、当時の婦人作家たちの仕事の現状を分析しつつ、文学的後退と深刻な苦難の現実のなかに、明日への前進の条件を求め、絶望をしりぞけて前進の努力をつくすことを、婦人作家と日本の女性たちによびかけた。この章で彼女がとりあげた問題は、題材や論点としては、そのほとんどが『婦人と文学』第一〇章の「嵐の前」に再現している。しかし、それが、過ぎ去った歴史の問題として扱われるとき、同じ論点をとりあげても、おのずからちがった位置と内容をもたざるをえないことは、自明のことであろう。

もちろん、現行の『婦人と文学』は、社会史や文学史の歴史的叙述において原型とは見ちがえるような充実した内容をそなえてきているだけでなく、個々の作家論、作品論も、連作執筆後さらに激動の七年間を経験した百合子自身の文学的発展をも反映して、より精細なものとなっており、それ自身が、新しい時点での価値ある達成であることは、いうまでもない。それどころか、百合子は、この種の文学史が、歴史の進展とともに、ひきつづき書きあらためられることを予想して、「前がき」に、「近い将来に、日本文学史は必ず新しい社会の歴史の観点から書き直されるであろう」（第17巻一三九ページ）と書いた。連作はそれと対比して、文学論としても多くの荒けずりな面を残している。しかし、それだけにまた、百合子の文学および思想の成長と発展にとって、戦時の試練がなんであったかを探究するためにも、彼女が、戦時の条件下に、その婦人作家論をどのように展開したかを、当時執筆し発表された原型のままでとらえることは、一つの意義をもちうると思う。

四、近づく新しい潮鳴り

——第一作から第五作まで——

では、『婦人と文学』の原型となった連作は、どのような構成と内容をもっていたのか。その概要を、各篇ごとに、手紙その他で執筆の経過もたどりながら、みてゆくことにしたい。これは、一九四〇年に書かれた「昭和の十四年間」（第14巻）とともに、戦時下に公表された百合子の最後の文学評論となったものであり、彼女の当時の不屈の発言を読者に直接わかってもらうためにも、ある程度引用が多くなることを、ご了解いただきたいと思う。引用のさい、明白な誤植の訂正とともに、仮名づかいは、現代風にあらためた。

「**清風徐ろに吹来つて**」　明治初年の二人の婦人作家、三宅花圃《かほ》と樋口一葉の交流にふれたこの文章は、『中央公論』一九三九年五月号に、「人の姿」という表題の文章の前半として、後半の「作品の血脈」とあわせて掲載された随筆風の一文で、はじめから連作の出発点となることを意図して書かれたものではなかった。そのことは、さきに引用した「前がき」のなかで、「偶然三宅花圃の思い出話をよんで」云々と回想されているとおりである。また、「人の姿」の執筆について獄中に知らせた当時の手紙にも、「一つの方（『中公』）は花圃の書いた明治初年時代の追想の鏡にうつし出されている当時代の開化の姿の中にある矛盾や樋口一葉という人の、そういう貴婦人連の間にあっての境遇、芸術への反映というようなことと、先頃没した岡本かの子〔三九年二月没〕の人と作品とがその人の顔を見たときどうしても一つのものとなってぴったり感じに来ない、その感じの妙なことについて」（三九年四月一二日の手紙、第22巻二四九ページ）と、二つの主題について書いたことを一応のべてはいるが、それにつづく文章はもっぱら岡本かの子論で、「人の姿」を書いた時点での百合子の関心の重点は、友人としての交流もあったかの子論の方に傾いていたことが、うかがわれる。

「藪の鶯」このかた　『中央公論』につづいて『改造』から執筆依頼があった頃、百合子は、さきの一文に触発されて、婦人作家論にとりくむ意欲を抱きだしたようで、五月一〇日付の手紙でそのことについて書いている。

「『改造』へは、この間一寸一葉のことを書いたひきつづきの興味で明治開化期前後の女流作家の開化性（文学で金をとるようになった）と、文学作品そのものの内容の社会性とのいきさつについて、花圃や一葉やその他の人々のことを書いてみたいと思って居ります。楽しみなところがあります。明治文学史に一つもふれられていない点ですから。そして、このことは今日婦人作家のありようについてもいろいろ示唆するところがあり、些《いささ》かはその点にもふれたい」（同前二八五ページ）

上野図書館で、三宅花圃など明治二〇年代の婦人作家たちの小説にはじめて「おちかづきになる」など、新しい勉強を重ねたうえで、六月はじめ、「『藪の鶯』このかた」が書きあげられた。この一篇は、前半は三宅花圃論、後半は樋口一葉論と書き分けられている。とくに一葉論で、樋口一葉が、明治二〇年代の『文学界』の人びと（北村透谷ら）との交流や影響のもとに、その芸術の世界の到着点として「より広大なリアリズムへの荒野を見ず、ロマンティシズムの高踏的な塔への招待を見た」こと、そしてこのロマンティシズムも、「旧《ふる》いものから飛び立つ強い翼として育ちつつあった野生のロマンティシズム」とはいえず、「生きゆく風情《ふぜい》としてのロマンティシズム」であったことを指摘し、そこに彼女の文学の時代的制約を位置づけているのは、興味深い点である（『改造』三九年七月号、第14巻三一六ページ）。百合子は、どちらの場合でも、この時代の婦人作家が、「女が書くということに於ては新しい時代を具現」しながら、「女の真実の成長」に向かうことができず、文学自体も「旧いもの」のわく内にとどまらざるをえなかったのはなぜか、と問い、そこに、自由民権運動の鎮圧を経た後の「一種の復古時代」である明治二〇年～三〇年代の社会状況の反映をみている（三九年五月二九日、六月六日の顕治への手紙参照、第22巻三一一、三一四～三一五ページ）。「藪の鶯」にその雰囲気が色濃くもられているこの時代の反動性を、百合子は、言葉を選びつつ、しかも的確に、つぎのように叙述しているが、社会史を論じるさいのこうした周到な態度は、検閲をかいくぐる闘いの手段として、それ以後も随所にみられるところである。

「明治二十三年の国会開設を目前にして、嘗《かつ》ての中江兆民、板垣の運動など（自由民権運動のこと）は急速に没しつつあった明治二十年。欧化反動の時代の暁としての明治二十年。中島湘煙《しようえん》や福田英子の政治上の活動が、奇矯《ききよう》ではあったがそれもその時代の歴史の姿であったとしては見ら

れず、女の風俗が大そうわるかったとして考えさせられ、感じる時代の空気」(『改造』三九年七月号、第14巻三一二ページ)

また、結びの部分にある次の一節は、百合子がこの二人に共通するものとして発見した文学的、時代的制約の、結論的な一表現とみることができよう。

「日本の生活と文学とは動いているが、婦人によって最初にかかれた『藪の鶯』にしろ、古典の伝統による文学としては最後の珠玉と云うべき一葉の作品にしろ、その根に近々とふれてみれば、女の生活が一応ひろがるせきを得ながら、既に何かに屈したところからはじまっている」(同前三一七ページ)

一葉論は、現行の『婦人と文学』では最も大きく書き足し替えられた部分［＊］で、最初の作品からは、文章としてわずか二、三〇行がとり入れられているにすぎない。しかし、この最初の短いスケッチには、百合子の問題意識を簡潔かつ強烈にあらわしたものとして、独特の味わいがある。

＊　一葉論をどんな意図と方向で書き直したかについては、一九四〇年九月二四日および二七日の手紙の中の要約的解説(第23巻三〇三、三〇六ページ)が参考になる。後者は簡潔に次のようにのべている。

「一葉については明治二十九年来百種ばかりかいたものがあるようです。でも私は、そういう文献学的跋渉《ばつしよう》はしないで、いきなり作品と日記とその時代の生活全般とのてらし合わせで話しをすすめました。五十九枚かいてね。『文学界』のロマンティシズムと一葉の、互に交叉《こうさ》し合った旧《ふる》さ新しさの矛盾、ロマンティシズムそのもののもっていた限界の頂点で一葉の『たけくらべ』の完成と賞讃《しょうさん》とがあったこと、彼女のうちにあるいろいろな常識の葛藤など分析しました」（同前三〇六ページ）

短い翼　百合子はすでに「『藪の鶯』このかた」を執筆した段階から、これを連作として『改造』にひきつづき連載する可能性を考えていたが（三九年六月六日の手紙、第22巻三二四ページ）、結局、連作の舞台は『文芸』ときまった。その最初の一篇が、この「短い翼」で、末尾には「（七月号改造（藪の鶯このかた）続）」と注記されている。

のちに百合子は、最初の二回は随筆風に書いたが「『短い翼』からは視野もひろいところから見ています」（三九年九月一一日の手紙、同前四四〇ページ）とのべたように、「短い翼」では、花圃、一葉といった個々の婦人作家たちを中心にすえて論じてきたそれまでの書き方を一変させて、文学上の諸潮流が、時代的背景とともに、いわば舞台の主役となって論じられはじめたのが、構成上の一つの特徴となっている。

百合子はまず、日清戦争の勝利後、社会的な「明暗の対比」が鮮やかに浮かび上がるなかで、日本の文学が動きはじめ一種の活気を呈してきたさまを、泉鏡花《きょうか》、川上眉山《びざん》、広津柳浪《りゅうろう》の作品や、さらに社会小説（内田魯庵《ろあん》ら）、家庭小説（徳冨蘆花《ろか》『不如帰《ほととぎす》』）などを追いながらえがきだし、社会的現実が多かれ少なかれ文学の問題となりはじめたことに注目する。そして、それにもかかわらず、婦人作家の活動のほとんどみられなかったところに、婦人をおさえこんだ「過去からの要素」（社会・家族制度の半封建的なしがらみ）の「日本の土壌」における根深い作用を指摘している。

なお、百合子はここで、婦人作家の不在ということの異常性を、当時の婦人解放運動の先駆的高まりとも対比して浮きぼりにし、「文学の素地としての現実を見れば、当時は男が動いていたばかりでなく、女の動きも旺《さかん》で、廃娼《はいしょう》の気運も全国的なものであった。平民社とともに大須賀《おおすが》さとや、管野《かんの》すが等という婦人の存在が一つの色濃い歴史をつくりつつあった」と書いている（『文芸』三九年八月号、第14巻三二ページ）。いうまでもなく、管野すがとは、後年、でっちあげられた〝大逆事件〟で、幸徳秋水らとともに死刑に処せられた女性である。天皇の名による侵略戦争が拡大の一途をたどりつつあったさなかに、あえて管野すがの名を歴史に色濃く書きこんだ百合子の態度は、彼女がどんな気骨をもって時代にたちむかったのかの、一つの実証というべきであろう。

こうした状況を概括しながら、あらためて百合子は問いかける。

「三十年代の日本文学のありようは、俄《にわか》に多種多様な社会意識の芽立がはじまった一つの温床のような状態であり、トルストイ、ゾラ、ニイチェ、イプセン等が紹介され、具体的な影響をもつだけ近代社会の要素が日本にも生じて来ていたわけであろうが、イプセンの社会劇など、当時の婦人たちの日常の感情に呼びかけを持っていたのであろうか」（同前三二ページ）

百合子は、この問いに答えて、婦人の自覚といった「時代の反響」は、婦人作家ではなく、小杉天《てん》外《がい》や徳田秋声《しゅうせい》の作品にみられるにとどまったことを指摘する。つづいて、ニイチェ研究につながる高山樗牛《ちょぎゅう》の華麗なロマンティシズムが、その思想の退歩的な矛盾にもかかわらず、「ロマンティックな高らかな声の響が矛盾のままに谺《こだま》をよんで、……晶子の『みだれ髪』一巻ともなって現れたこと」の経緯が語られる。明治三〇年代のロマンティシズムが、明治二〇年代のそれとはちがった刺激を、婦人の個性の目覚めにあたええた背景には、「十年の歳月のうちに移って来ている婦人生活の現実の変化、社会への進出の歩度」があった。そして、ロマンティシズムのこうした役割が、フランスでは社会の進歩と改良をめざす試みと結びついたゾラなどの自然主義が、日本では、作者の主観や理想を否定して、ありのままの人生をありのままに描く「露骨なる描写」――「人生へ働きかける思想」を排し、「窮極において人間は獣的であるとした見かた」に矮小化《わいしょうか》された結果、ついに一人の婦人作家ももちえなかったこととの対比で、えがきだされているのが、印象的である。

百合子は、日本の自然主義のこうした限界、とくに婦人にとっては「より人間らしい女への翹望《ぎょうぼう》」とは反する潮流となったことを鋭く批判したのち、婦人の個性の目覚めが、三〇年代のロマンティシズムと結びついたのはなぜかを語るつぎの文章を結びとしている［＊］。ここには、百合子がこの一篇に「短い翼」の小題をつけた含意が示されている。

＊　ロマンティシズムと自然主義、リアリズムの交錯する展開についてのこうした追求の背景には、百合子が以前からもっていた一つのつよい問題意識――ロマンティシズムとリアリズムとの統一的な関連を理論的にも明確に把握したい、という要求があった。一九三二・三三年にソ連で社会主義リアリズムが提唱されたとき、その波紋がエンゲルスのバルザック論の誤った理解などとも結びつ

いて、プロレタリア文学運動の内部に、現状の無批判的描写を是とする右翼的な時流追従の傾向が生まれた。この傾向にたいして、百合子は早くから批判と警告の声をあげていたが、問題点の明確な理論的整理にまでは到達していなかった。「社会主義リアリズムの問題について」(三三年、第11巻三七〇~三七三ページ)、「バルザックに対する評価」(三五年、第12巻七三~一〇八ページ)、「今日の文学の展望」(三七年、第13巻二七九~二八二ページ)、「昭和の十四年間」(四〇年、第14巻二二五~二二六ページ)など。

百合子は、連作の「短い翼」の部分の書きかえの過程でさらに鋭くこの問題に迫り(四〇年九月二七日、一〇月四日の手紙、第23巻三〇六~三〇七、三一三~三一四ページ)、これに答えて、顕治が彼自身年来考えていた問題として、一つの結論的な見解を示している。

「ロマンチシズムのこと、リアリズムと対立的に今後考えるべきでないこと、その通りだ。面白いテーマで、僕は丸の内の一年生活〔三三年一二月~三四年一二月の留置場生活〕のとき、よく考えた。人間の認識は、対象の機械的反映でなく、認識に基く行為の基礎としての能動的モメントをもっている。文学作品も現実の描写とともに、こうした能動性を持たざるを得ない。その『能動性』が歴史的発展に対してプラス・進歩の場合も、マイナスの場合もある。反動的・退歩的ロマンチシズムと進歩的発展的ロマンチシズムがはっきり区別される所以《ゆえん》である。従って一つの作品は、リアリズムとロマンチシズムの統一として現実にはあるので、数年前新しいリアリズム〔社会主義リアリズム〕の話が出たとき、海外のすぐれた人物〔ゴーリキー〕が進歩的ロマンチシズムを同時に指摘したのは当然で、森山〔啓《けい》〕とかその他の批評家は、この『リアリズム』

を、全く消極的な横向き文学の看板に、一面的に変質させたのだ。敢えて『美感』と狭く限らないでも現実のリアルな認識に伴う正しい発展的『見透し』――この能動性がロマンチシズムの土台だ。過去の文学史に現われる様々の流派の名称としての『ロマンチシズム』は、一つの歴史の固有名詞で又別の問題だね」（四〇年一〇月八日の顕治の手紙、『十二年の手紙』上三四四ページ、『宮本顕治　獄中からの手紙』上三九〇ページ）

百合子は、これにつづく手紙で、「ロマンティシズムの問題、そうだったの？」（一〇月一二日の手紙、第23巻三二一ページ）と、一つの自得にいたったことを表現している。四〇年一〇月時点での百合子の到達は、「リアリズム」の名による混迷にたいして彼女がとってきた批判的立場を、理論的基礎をより明確なものにしただけでなく、彼女自身の今後の創作活動にとっても指針的意義をもっていた。

リアリズムとロマンティシズムの問題をめぐる獄内外のこのやりとりは、連作へのとりくみが百合子の文学理論上の成長と結びついていったことを、典型的な姿で示したものといえる。

入り乱れた羽搏き

日露戦争後の明治四〇年代、完成期・成熟期を迎えた自然主義をあらためて主

「自然主義の波は文学の上で強く幅ひろかったにもかかわらず、時をへだてて青鞜が現れたとき、幾分の転形は加えられつつ猶《なお》三十年代のロマンティシズムが、真の飛翔のためには今や全く短すぎる翼ながらも、まだぬぎ捨てられない翼として出現した所以《ゆえん》と見られるのである」（同前三二八ページ）

題にすえた百合子は、日本で自然主義が「一層豊富なリアリズムへと伸び得なかった」のは何故かと問い、それが本来もっていた「現実の観《み》かた、創作の方法上のマイナスの作用」とともに、文学にたいする外的強制――「日本独自な過去からもたらされている現実に向っての受動的な文学態度との関係」がその根底にあるとする。そしてこれにあきたらない若い世代が、ネオ・ロマンティシズムと呼ばれる唯美的、頽廃的、神秘的な傾向に転じながら、「社会批評の精神の放棄」をやはり共通の特徴としていたことを指摘した後、これらの作家たちをこのように方向づけた最大の社会的事情として、大逆事件以後の反動攻勢の抑圧作用を大胆に指摘している。

「彼〔永井荷風〕をこめる当時の若い作家たちの生活感情に、四十三年の幸徳《こうとく》事件から以後大正初頭にかけての社会のありようが、何の作用も及ぼしていないと果して云い得るだろうか。科学書『昆虫社会』という本が、おしまいの二つの字のために売られなかったという事実をきけば、一旦《いったん》自然主義の濤《おおなみ》に洗われて目ざめた若い男女の個性、自我、つよく味い、つよく生きんとする欲求が、おのずから方向を限られて、ロマンティックな傾きに趨《はし》らざるを得なかった事情も肯《うなず》けるように思う」(『文芸』三九年九月号、同前三三〇ページ)

同時に百合子が注目するのは、自然主義が、こういう日本的な限界と制約をもちながらも、現実にたいする客観的な態度という問題を通じて、「多くの流派への一つの門をひらいた形となった」(三九年八月二日の顕治への手紙、第22巻四〇五ページ)ことである。百合子は、こうした角度から、ネオ・ロマンティシズムの問題や自然派に対立して漱石がえがきだした女性の問題などを論じたのち、では、現実生活のうちにある当時の若い婦人たちは、時代の波をどのように心身に浴びていたのかとのべて、自然主義の態度が、「女にも、綺麗《きれい》ごとではない人生に直面して行く勇気と習性とを与え」、また、「当時の限度をもってではあるが、客観的な態度をもつということの可能」を知らせることで、女性の自覚の前進にとって一つの「収穫」となったことを解明する。「四十年代から大正年代にかけては、この婦人の自覚というものも、対男子としての一般性に止っていたことは、当時の日本の社会がおかれていた歴史の段階を語る大切な特徴であると思う」(『文芸』三九年九月号、第14巻三三三ページ)。

百合子がここで、日露戦争にさいして反戦の立場をしめした婦人作家たちへの共感と評価を、さりげない筆致で大胆に書きこんでいることも、注目される点である。

「この年(明治四三年)に、大塚楠緒子《くすおこ》が亡くなった。楠緒子夫人が三十八年(日露戦争の年)に書いた新体詩『お百度詣《ひやくどもうで》』は、その前年の晶子の『君死に給《たま》うこと勿《なか》れ』とともに、婦人作家の或る時期の記念的な意味をもつ作品としてのこされた」(同前三三四ページ)

百合子の筆は、こうした時代背景のもとに、明治も終わりに近い四四年、当時の「新しい女」の集団として発足した「青鞜」にすすみ、また「この時代の雰囲気を最も大胆に呼吸し、皮膚をもってその明暗を生き、時代とともに消長した」婦人作家田村俊子《としこ》の生涯と作品を論じる。これらの部分は、現行版でより詳細に展開されているので(ただし、「青鞜」のその後は、次篇の「分流」からここへ吸収され、反対に田村俊子論は「五、分流」に移されるという編集上の変更がある)、論の筋道を追うことはしないが、百合子が、「青鞜」を婦人解放運動の原点として単純に美化することはせず、その出発点に内在していた社会的現実を回避する傾向をも鋭く批判していること、そしてその後退傾向の背後に、大逆事件後の反動攻勢の重圧をみてとっていたこと［＊］だけは、読者の注意を引いておきたい。「当時知識的な職業婦人の代表のようであった婦人記者であった管野すが子の生涯の終結は、現に青鞜の結ばれた四十四年の空気の中に歴史的な悲劇として現れていた」（同前三三七ページ）。

＊　百合子は、平塚らいてうが、『青鞜』第一号の有名な文章「元始、女性は太陽であった」のなかで、「隠れたる太陽を、潜《ひそ》める天才を発現せよ」と叫びつつ、婦人の天才の発現の道を、もっぱら「主観化された個人の精神集注」のうちに求め、婦人参政権や経済的自立、家族制度の半封建的しがらみからの解放などの要求にむしろ反発的態度を示していることに注目した。そして、婦人の解放運動への抑圧も強まった当時の反動的な時代背景を示しながら、「そういう現実の活《い》きた動きを照らしあわせて、らいてうの感想の本質を読めば、彼女の自分としては雄々しい叫びも、その客観的実質では社会的要求の上で婦人の、或《あるい》は少くとも彼女の大きい譲歩と敗北とを語るものなのであった」との、分析的評価をおこなっている（『文芸』三九年九月号、第14巻三三五〜三三七ページ）。

この批判が基本的に適切なものであったことは、平塚らいてう自身の後年の反省によっても裏書きされている。らいてうは、自伝『元始、女性は太陽であった』のなかで、『青鞜』出発当時の自分の立場について、次のように回想している。

「『青鞜』の運動というと、すぐいわゆる婦人解放と、世間から思われていますが、それは婦人の政治的、社会的解放を主張したものでなく、人間としての婦人の自我の目ざめ、それの全的な解放を志向する心の革命から出発しなければうそだと思っていましたから、この時分のわたくしの頭のなかには欧米流のいわゆる女権論というものは全く入っていませんでした。しかし、後日、その発展段階において、政治的、経済的、社会的な婦人の自由と独立への要求として発芽するものは内蔵されていたと見るべきでしょう」（『元始、女性は太陽であった　上』大月書店刊、三三六～三三七ページ）

「元始、女性は太陽であった」と宣言して出発した「青鞜」の運動も、一躍して時代のチャンピオンとなった田村俊子の文学行動も、ともに、女性の新しい羽ばたきを示すものではあったが、その羽ばたきはまさに「入り乱れた」特徴をもっていて、女性の成長と発展の道を正しく踏みしめたものではなかった。百合子がこの篇の執筆中の八月二日、顕治への手紙の中で、「明治四十年以降」の時代にふれた次の一節は、「入り乱れた羽搏き」という言葉にこめた彼女の真意をつづったものといえる。

「ものを書いて行ける才能そのもののために社会の歴史の歪みにひっぱりこまれた俊子のような華美な悲惨もある。この時代は複雑です。そして又面白い。この時代には女の入り乱れた跫音《あしおと》が響いている。やがて〔神近《かみちか》〕市子《いちこ》が大杉〔栄〕を刺したのをクライマックスとして、新人会の時代が展開されて来て、文学は一つの〔約五字不明〕女の世界の中に於てもあるわけです」（第22巻四〇五ページ）

分流　この篇の最後には、（「入り乱れた羽摶き」の続）と付記されているから、百合子はこの二篇を、本来は、一体の気持で書いたのだろう。この篇では、夏目漱石の作品にみられる女性観の世俗的な皮相さ、「青鞜」の後半期の波乱などが、事実上「入り乱れた羽摶き」の延長として追求され、そのあとで、「白樺」に集まった人道主義的な作家たちの、女性とその生活にたいするとらえ方が問題にされている。また百合子自身の文学的出発［＊］も、それらの流れのなかで位置づけられる。

＊　百合子の文学的出発についての一節は、現行の『婦人と文学』にそのまま再現している（第17巻二二四～二二五ページ）。

最後の結びに近い部分で、百合子は、こう書いている。

「このようにして、大正の前半期の終りに当る年は次第にさしよせて来る次代の潮鳴りのうちに迎えられ、山川菊栄《きくえ》、伊藤野枝《のえ》は、東京市内の婦人活版印刷組合をつくろうとする人々によって顧問にあげられた［＊］。社会生活の底潮は、芸術の仕事に携《たずさわ》っている婦人たちが自覚するとしないにかかわらず、激しく流れはじめていた」（『文芸』三九年一〇月号、第14巻三五七ページ）

＊　これに対応する事実ははっきりしないが、『伊藤野枝全集　下』（学芸書林）に収められた一文「婦人労働者の覚醒」（一九一九年）には、「本年七月、博物館印刷所、東京書籍会社、日本書籍会社の各社職工の同盟罷工に際しては、婦人労働者もまた、男子に伍《ご》して会議にもつらなり、その意見を臆するところなく述べて、完全に一致の行動をとり、同一目的の貫徹に努めた」とあり、伊藤

がストライキに参加した婦人労働者たちとおこなったインタビュー「罷工《ひこう》婦人等と語る」も同じ巻に収録されているから、このストライキにつながる動きではないか、と思われる。なお、この全集の中に「彼女の真実——中條百合子を論ず——」（『文明批評』一八年一月号）という文章がある。『貧しき人々の群』『禰宜様《ねぎさま》宮田』などを読んだ伊藤が、この文章で、これらの作品を詳しく吟味し、そこにあらわれた百合子の「素直な聰明さと真実さ」にたいして絶大といってよい程の敬意と評価をあらわしているのは、たいへん興味深い点である。

ここでの「さしよせて来る次代の潮鳴り」という表現が、婦人解放運動の領域への労働者階級の登場を指していることは、文脈から明白である。婦人の前進と労働者階級の運動との結合という点に新しい時代の接近を予告する「次代の潮鳴り」をとらえたこの文章は、それが、産業報国連盟の結成（三八年七月）から全日本労働総同盟の解散（四〇年七月）など時流が労働組合の全面解体にむかう途上で書かれたことを思うと、ひときわ意味深いものがある。

この結びの部分を除けば、「分流」での論点の大部分は、編集上の組みかえはあっても、内容的には『婦人と文学』の四章、五章にほぼふくまれているので、これ以上の解説は避けたい。ただ、『婦人と文学』に再現していないつぎの一節は、「入り乱れた羽搏き」と「分流」の両篇にわたって百合子が追求したテーマを、一九三九年という時点での百合子自身の言葉で表現しているものであり、多少の長さをいとわず、紹介しておきたい。

「日本の近代文学に於ける婦人作家の生きかた、その仕事ぶりを見るとき、そのいずれもが、歴史的生活的に極めて強い必然にうごかされながら、発現として全く自然発生の道を辿っていることには、今日新たな愕《おどろ》きと深刻な自省を覚えるほどである。

自然主義の文学が、女を性器中心の存在のように見る面では、女は本然的な要求からそれに反撥《はんぱつ》した。それは全く自然発生の心持として感じられたものであったろうし、同時に、この潮流が日本の社会と文学の旧套《きゅうとう》に対して挑んだ闘いの収穫は、いつしか女が社会へ向う態度をも、或《ある》意味で広くつよく率直にした。そうなったものとしての女は、同じように自然発生的な情熱につき動かされて、ネオ・ロマンティシズムの時代の到来とともに、彼女等の属している社会集団の生活感情の根の上に熱烈に遽《あわただ》しく個性を燃やし或《あるい》は消耗した。その燃焼も消耗もすべて自然発生的であった。女の裡《うち》には抑えがたい本心の声があって、彼女達はそれに動かされずには居られないのであるが、而《しか》もその呻《うめ》きをおこさせている原因の社会事情そのものが、その歴史性の泥濘《ぬかるみ》の深さで、彼女たちの足をとり、方向を昏迷《こんめい》させ、更にひろくは、文芸上の各思潮の十分な発展開花を許さず、性急な、星の落ちるような曲線を描かしめて来てもいるのである。

四十年代の終り頃から、女を見る男の心にある様々の新しいもの古きものの衝突、矛盾は、益々《ますます》あからさまに両性の生活と文学とに作用して来ていて、第一次の欧洲大戦の終る頃までには、画期的なあらわれを持ったと思われる。

その後今日に到る迄、二十年の歳月は単なる歳月で推《お》しはかられない量と質との経験を日本の男女に与えて来ているのであるが、その間、当時の男の生活に無限の葛藤の因子となっていた様々の社会的な困難、矛盾、相剋《そうこく》は、どのように本質において推移し、そのどの程度で捨てられ高められて来ているだろうか、それこそは、一つの観《み》ものなのである」（同前三四七～三四八ページ）

五、プロレタリア文学の興隆とその波紋
――第六作から第一〇作まで――

第六作「この岸辺には」以後扱われるのは、新しい文学――プロレタリア文学がいよいよ登場し、日本の文学にも新しい世界がひらけてくる時代である。百合子は、「分流」を書き終わったあと、それ以後の構想について顕治に語りつつ、「このあたりから、なかなか面白くしかし書きかたがむずかしくなります」とのべている（三九年九月一一日の手紙、第22巻四三九～四四〇ページ）。

この岸辺には　百合子は、この篇を、第一次世界大戦とロシアの社会主義革命が日本の社会と女性の生活の各方面に大きな変化をひきおこしたことから、書き起こしている。

「大戦終結の前後、世界の心は個人から社会へと向けられ、これまで男対女の問題として個人生活の枠内で見られて来ていた軋轢《あつれき》、相剋《そうこく》、成長の欲望が、この時代に入ると所謂《いわゆる》男女問題の域を脱

して、はっきりと社会の課題として、その社会的動機原因にふれてとりあげられ、見られるようになって来た」(『文芸』三九年一一月号、第14巻三五九ページ)

彼女が大戦終結の「前後」とことさらに言っているのは、筆者が、戦争の終結だけではなく、終結前に起こったロシアの十月社会主義革命とその世界的な影響を問題にしていることを示す、工夫された表現だった。また、これにつづく文章で、彼女は「その頃社会の隅にまで漲《みなぎ》っていた『あらゆる人間が人間らしく生きようとする世界の心』」(同前ページ)と書き、この言葉を文中で何回かくりかえしているが、これは、社会主義の思想と運動を、検閲をかいくぐるぎりぎりの形で表現した傑作の一つといえよう。

こうした表現を自在に駆使しながら、百合子は、やがて日本共産党の創立にいたる大戦後の時代的激動を生き生きとえがきだし、文学の世界でも、やがてプロレタリア文学の運動に結実してゆく新しい潮流(百合子はこの段階については「新興文学」という呼びかたをしている)が姿をあらわして、それまでの文学的諸潮流に大きな衝撃をあたえたさまを、正面から論じている。この一篇が、ドイツのポーランド侵入を機に、戦争が世界的規模に拡大したさなかの一九三九年九月に執筆されたことを思うと、つぎの「渦潮《うずしお》」とともに、圧巻だという印象をひとしお深くする。

新しい文学の登場は、つぎのような文章で語られている。

「現代日本の合理的改造に従おうとする熱意が若い世代の間に高まるにつれ、『種蒔《たねま》く人』が大正十年〔一九二一年〕に発刊されるとともに、未来を負う芸術の生れるべき社会的地盤の評価の問題

が、文学上にも、つよい運動としての波紋をおこしはじめた」（同前三六二ページ）

百合子は、この新しい文学の波にたいする武者小路《むしゃのこうじ》の反発、これと対照的な有島武郎《たけお》の強烈な受けとめおよびそこから生まれた悲劇を、当時の「新興文学」の理論的な未熟さとも関連させながら、分析的に究明している。また、当時の婦人作家の動向を、新しい波について格別の理解をもたないまま、あれこれの生活体験を通じて社会的なものに接近しつつあった百合子自身のこともふくめて語り［＊］、最後に、新しい婦人作家宇野千代の作品論でしめくくっている。百合子が、ここで、宇野千代の作家としての動きをも、社会主義の思想と運動がよりひろい世界を婦人のために拓《ひら》いたなかで、その一つの源から、「現実の荒々しさ」に直面して幾筋もの方向のちがう水脈に分かれた「その一筋のありよう」（同前三六八ページ）と位置づけていることは、興味深い。

＊『伸子』執筆にいたるこの部分は、現行『婦人と文学』では、第七章「ひろい飛沫」に、数行のきわめて圧縮された表現でふれられているにすぎないので、全文引用しておこう。

「この時代〔第一次世界大戦後、新しい文学が登場した時代〕に、今日も猶《なお》歴史的な文献としての価値を失わない細井和喜蔵《わきぞう》の『女工哀史』が書かれた〔一九二四年〕。

一人の婦人作家として、自分はその本のことも知らなかったし、新興文学についても、格別な理解は持たなかった。けれども、家庭生活の不調和を直接の苦痛としてもちながら生活感情では、少くともぼんやり動きの方向をとっていて、大正一一年〔一九二二年〕の夏ごろであったろうか、婦人の芸術家、思想家を網羅してつくられたロシア飢饉《ききん》救済の仕事に加わったりした。

今から思うと実に面白いと思うのは、当時の自分としては、その会を発企した人たちの心持などちっとも分らず、自分が進歩的ではあるが一人の有名婦人として誘われている、その客観的な意味も知ってはいなかったことである。第三者の目に映る自分の社会層の色分けの自覚はなかった。其故《それゆえ》、その会のためには比較的真面目に働いて、何百円かの金が集り、会が解かれると、真の発企者であった婦人たちの接触もそれきりになって、却《かえ》って、それがきっかけで三宅やす子の『ウーマンカレント』などに近づいたことも面白いと思う。『八日会』というものも知らなかったのであった。

やがて自分は離婚して、長篇『伸子』〔第3巻〕を、三年に亘《わた》って書いた〔一九二四～二六年〕。作家として自身の社会性の限界については無自覚ななりに、精一杯のところで、親子、夫婦の愛と云い習わされて来ているものへの疑問、家庭生活というものの社会的な意味への疑問を描いた」（「この岸辺には」『文芸』三九年一一月号、第14巻三六六ページ）

渦潮　この篇のなかに、「底のふかく且《か》つひろいこの新しい文学の渦潮」〔同前三七三ページ〕という言葉がある。「渦潮」とは、つまり、新しい文学（プロレタリア文学）を、それがひきおこした大きな波紋をふくめてさした言葉のようで、この一篇の内容も、「この岸辺には」の直接の続篇というべきものとなっている。

百合子はまず、第一次世界大戦後に起こった新しい文学の潮流を、「万民の福利が考えられ、社会の動力として日々の社会的な勤労に従っている多数者の生活感情、その成長の欲望を映し扶《たす》けようとする新しい文学の動き」(『文芸』三九年一二月号、同前三六九ページ)と、あらためて特徴づけるとともに、それが大正一三年(一九二四年)には新しい文学雑誌『文芸戦線』の発刊にすすみ、そうした社会の気運が、多くの作家の作家としての生活態度に「微妙な作用」を与えたことをとりあげ、その角度から、菊池寛、志賀直哉《なおや》、新感覚派(横光利一ら)などの文学が何を意味したかを、分析してゆく。

つづいて百合子は、大正一四、一五年(一九二五、二六年)の頃のプロレタリア文学運動のいりくんだ発展の過程を「波頭と波頭とはおのずとうちあたって絶えず飛沫《しぶき》をあげながら、『文芸戦線』を中心とする文学運動は、急速な自身の成長に促されて年毎《ごと》の転々と脱皮とを行って」いた(同前三七二ページ)と描きだす。そして、これまでの自然発生的な創作態度を克服する方向で、当時の新しい文学の歩みに影響を与えたものとして、「外在批評」や「調べた作品」を提唱した青野季吉《すえきち》の諸論文、藤森成吉《せいきち》の文芸論および作品とともに、この連作執筆当時獄中にあったプロレタリア文学運動の指導者の一人で、一九二七年頃から『文芸戦線』に論文を発表しはじめた蔵原惟人《くらはらこれひと》の名をあげている。

この時期の文学運動と婦人作家との関連について、百合子は、「当時の新文学の運動は、まだ婦人作家の独特な意義というものを十分認識もしていず、その指導の必要も明瞭《めいりよう》にはしていなかった」が、「全般的な社会問題への関心のあらわれとして生じた新しい文学」は、そのことの当然の帰結として、「その社会性の必然から、現実生活の中でもまれながら文学を志している何人かの婦人たち」

をひきつけたとしている。ここで彼女が、新しい文学の渦潮が圏内にとらえはじめた若い婦人作家としてあげているのは、林芙美子《ふみこ》、窪川稲子、思想文芸雑誌『女人芸術』から出発した人びとなどの動きである（同前三七三〜三七五ページ）。

この篇の最後の主題は、プロレタリア文学の本格的な発展と、その段階で文学の世界全体におよぼした大きな影響である。ここでとりあげられたのは、プロレタリア文学運動が、日本共産党の存在および活動と不可分の関連をもって発展した時期の問題であった。百合子は、この時期以後は、検閲を考慮して、団体名も雑誌名も固有名詞はいっさいあげていない。しかしことの核心はしっかりととらえて明確にしてゆく。すなわち、若い婦人作家たちの動きの「背景の逞《たのも》しい力となっている新しい文学の領野にも、いろいろの花が咲き出した」として、その花ばなの名を書き連ねている。

「蔵原惟人の諸論文をはじめとして、徳永直《すなお》の『太陽のない街』、小林多喜二の『蟹工船《かにこうせん》』『不在地主』ほか記念的な小説。中野重治の『春さきの風』や『鉄の話』、窪川稲子の短篇十篇をあつめた『キャラメル工場から』も出版された。村山知義《ともよし》の『暴力団記』の出たのもこの時代である」（同前三七六ページ）

ここにあげられた作品は、『キャラメル工場から』以外のすべてが、一九二八年三月結成された全日本無産者芸術連盟（ナップ）の機関誌『戦旗』に、一九二八〜二九年の間に掲載されたものであった。だから少しでも事情を知る読者には、それがナップの時代を描いた文章であることは、すぐ了解されたわけである。百合子は、こういう形で、特高警察に虐殺された小林多喜二や投獄中の蔵原惟人の名をあげてその役割を明らかにしたうえで、新しい段階を迎えたプロレタリア文学の日本文学の上での役割と、それが既成の文壇にあたえた巨大な影響を、大胆な筆致で次のように叙述している。

「プロレタリア文学は、日本の文学の上を幅ひろく流れはじめた。よりひろく、より大きい流れをうつして流れはじめた。武田麟太郎《りんたろう》、藤沢桓夫《たけお》、片岡鉄兵《てっぺい》、細田民樹《たみき》、源吉《げんきち》等もそこに自身の成長の可能をもとめて来た。

新しい文学の問題が、まだぼんやりとした定義で枠づけられつつ現れた数年前でさえ、それが単に一つの流派に止らない本質が喚《よ》びおこした生活的な反響は大きくて、例えば、有島武郎の生涯の結末に見るような場合をも生じた。その時代から見れば、当時の新しい文学は、よかれあしかれ更に確乎《かっこ》としたものを加えて来ている。反撥《はんぱつ》するとすればはっきり反撥し得るものがあるようになって来ている。しかもその文学の流れはそのもので時の流れの迅《はや》さと、流れる時が再び還《かえ》るということとは無いと告げているようで、日々は既成の地盤に立つ作家にとって一種云うべからざる重い鋭い刺戟《しげき》であったことは十分に窺《うかが》われる」（同前ページ）

百合子は、このあと、昭和二年におこった芥川龍之介の自殺とその根底にある「ぼんやりした不安」を、ここで解明した文脈で論じている［＊］。

＊　「渦潮」の末尾に、この時期の百合子の状況が次のように書かれている。

「自分は、昭和二年〔一九二七年〕の暮、モスクワへの旅に立った。その年の九月に書いた『一本の花』〔第3巻〕には、『伸子』を完結した後の自身が、生活と文学の本質の発展に向けて抱いた疑問が語られていたのであった」(『文芸』三九年一二月号、同前三七八ページ)。

百合子は、「渦潮」を書きあげたあと、雑誌『新潮』のために小説『おもかげ』(第5巻)を、『文芸』のために小説『広場』(第5巻)を書いた。これらについて報告する手紙の中でも、『伸子』の世界と『おもかげ』『広場』の世界(どちらも『道標』の主題の一つとなった)とを一つの流れにつなぐ位置にたつものとして、『一本の花』に論及している(三九年一一月一五日および一二月六日の手紙、第23巻一七~一八、二八~二九ページ)。

のちに連作を単行本にまとめる過程で、当局から圧迫をうけて書きかえたさい、この「渦潮」が分解され消えてしまった章の一つとなったのは、けっして偶然とはいえないだろう。

ひろい飛沫《しぶき》　百合子は、プロレタリア文学とその影響を論じたそれまでの論調をうけて、この一篇をつぎのような文章をもって始めている。

「さて、このようにして昭和初頭の社会と文学とは、つよく盛りあがって来る波のとどろきと、その波頭によって截《き》られる大気の深い震盪《しんとう》とをもって動いていたのであったが、当時歴史の進歩を目ざした新しい文学運動や『女人芸術《にょにん》』のような雑誌のありようをめぐって擡頭《たいとう》しはじめた若い婦人作家たちの生活と芸術とにも関連し、特別な観察を誘われる一事がある。それは、この前後の時代に、社会の習俗全般への鋭い批判が向けられるようになると共に性道徳についての、新しい道への探求が猛烈な勢《いきおい》で波及したことである」(『文芸』四〇年二月号、同前三七八ページ)

彼女は、この探求のなかで、林房雄によってもちこまれたいわゆるコロンタイズムや、階級の名のもとに「婦人の性的潔癖性を男の側から否定する」などの風潮が生じたことを指摘し、この混迷の原因と背景を今日の眼で「眺め直す」という課題を、設定する。この一篇に「ひろい飛沫」と題したのは、おそらく、これらの混迷を、歴史的な波頭が岩にうちあたってあげるそのときの飛沫にたとえ、その一過性を象徴させたかったのではないだろうか。

現行の『婦人と文学』には、「ひろい飛沫」という小題は残されているものの、内容はまったく別個で、『文芸』誌上で百合子がこの題名のもとに論じた内容はほとんど大部分が省略されている。しかし、とりあげられた問題は、性問題における日本社会の後進性の歴史的究明としても、プロレタリア文学運動の自己分析としても、重要な意味をもっており、文学運動史上も貴重な意味をもつ歴史的文献の一つだといえよう。

そこでは、日本の社会が、明治の初めから六十有余年の間に、性問題での非近代的な後進性を何一つ解決しないままに推移してきたことが、歴史の事実をふりかえりつつ深く解明される。そして、筆者は、林房雄がコロンタイズムの名のもとに日本にもちこんだ「性的な欲求を充《みた》すことは、渇いたとき一杯の水を飲む行為に等しい」といった恋愛観とか、片岡鉄兵が小説『愛情の問題』（『改造』三一年一月号）でえがいた、「大きい目的」（階級的任務）のために「個人的なもの」（貞操）を否定するといった考え方などが、「新しくよりひろい健全な人間関係の在りようを創ってゆく」という社会進歩の立場とはまったく無縁のものであり、どちらも性問題における日本社会のこの非近代的な後進性、

「六十一年の間、本質的には何等展開解決を遂げ得ず、昔ながらの瘴気《しょうき》にふさがれている習俗」を根底にもってその上に立ちあらわれたもの（同前三八二〜三八五ページ）であることを、つよい公憤をも感じさせる鋭い分析で、明らかにする。

冒頭にものべたように、私は四年前に、百合子のこの文章を、コロンタイズムへの批判に焦点をあててではあったが、かなり詳細に紹介したので（不破『講座「家族、私有財産および国家の起源」入門』一八八〜一九三ページ）、ここでは、これ以上の内容紹介は割愛して、さきにすすむことにしたい［＊］。

＊百合子のコロンタイズム批判は本書一三七ページ以下に「補章」として収録。

一つ頁の上に

「ひろい飛沫」につづくこの文章の中心におかれているのは、野上弥生子《やえこ》の大作『真知子』である［＊］。後半では、それが、窪川稲子の作品や徳永直の『赤い恋以上』とかさね合わせる形で論じられている。

＊　野上弥生子は、「一つ頁の上で」ではじめて登場するわけではなく、その足どりは、しばしば百合子自身のそれと対比する形で、ずっと追われてきた。「分流」では、文学的出発における百合子の「生活そのものに向う動的な態度」が、「ホトトギス派を文学の苗床として成長した野上弥生子の現実鑑賞の態度」と対照され（『文芸』三九年九月号、第14巻三五七ページ）、「この岸辺には」では、「青鞜」の朝夕をめぐった騒々しさに巻きこまれず、知識婦人らしさ、賢明さを一層磨き上

げていた姿が、『多津子』などの作品とともにたどられ（同一一月号、同前三六三ページ）、「渦潮」では、百合子のモスクワへの旅立ちに触れた文章に先だつ形で、時代の流れとともに社会に目をむけはじめた野上弥生子の進境が次のようにえがかれていた。

「嘗《かつ》て野上弥生子に『多津子』をかかしめた中流的な若い知識婦人の生活を著しく変転した。自分の生活は変えないこの婦人作家の身辺にも『真知子』を外部から描かせるだけの見聞がたかめられた。よしや外から描かれたにしろ、それら題材が、当時のひろい現実のなかのどこかでは、『キャラメル工場から』の書かれた空気とまざりあっていたことも云い得よう」（同一二月号、同前三七八ページ）

「一つ頁の上に」での『真知子』論は、その作品論が、モスクワでこれを読んだ百合子の肉声を交えて語られているのが、一つの特徴である。

「この作品が連載されている頃、私は冬の永い国の都の下宿の机で、故国から送られて来る雑誌の上に折々読んでいたのであったが、当時のこの作品に対して抱いた生々しい不満の心持も、興味ふかく顧みられる。例えば、母と子、夫婦と子、良人《おっと》と妻というものの関係などが、現実のなかで異った形をとりはじめて来ている有様を目撃する日々の中で読む関という人物の貧寒な理窟、真知子の最後の便宜な納《おさま》りかたなどは、いかにも作者と真知子とが手をつなぎ合った形と感じられた。知識人としての女の心持として真知子に共感が抱けなかった。真知子は知識的な若い一人の女として、このましい典型の一つであろうか。当時私の心が答える声は否であったが、河井に対する自身の感情のうつり変りに対してどこか釘《くぎ》が一本ぬけている点でそれは今日でも全く

反対のものとはなっていない感じである」（『文芸』四〇年三月号、同前三九二〜三九三ページ）

本文に引用した文章がこれにつづくが、見てきたように、野上弥生子は、この連作で特別の地位をしめている。そのことは、百合子が、最初の結婚に苦悩していた一九二三年ごろ、野上弥生子のもとを訪ね、それ以来、終生深い交流をつづけていたこと、ソ連に出発する前にも、同行の湯浅芳子ともども、病でねていた弥生子を見舞って、別れを告げていることなどを考えると、いっそうの注意をひかれる点である。

『真知子』についての部分は、現行版の「八、合わせ鏡」に原型にきわめて近い形で収録されているが、注目したいことは、これが論じられた文脈が、連作のさいとはかなり変更されていることであろう。

「一つ頁の上に」では、冒頭、次のように書かれ、百合子が、コロンタイズムや片岡鉄兵『愛情の問題』を論じた問題意識の延長線上で、『真知子』のふくむ問題点をとりあげたことが、最初から明確にされている。

「当時片岡鉄兵によって書かれた『愛情の問題』は、その性道徳の誤られた一つの観念的な見かたの故に、謂《い》わばその誤りの故に、今日回顧されるのであるが、時代の強い波に引かれつつある知識人一般の生活感情のなかでは、片岡鉄兵が示したような錯誤が、必しも明瞭には批判し訂正し切られていず、より正当な性生活の見通しを立てるところまでは行っていなかったように思われる。

同じころ書かれた野上弥生子の『真知子』という長篇は、そういう点にふれて興味がある」（『文芸』一九四〇年三月号、第14巻三八七ページ）

こういう問題意識から、『真知子』を論じ終えた百合子は、この作品の連載当時、「冬の永い国の都」に滞在していた自分が、下宿の机の上で、故国から送られてくる雑誌で『真知子』の連載や林房雄の例の文章を読んだことを、それらに動かされた当時の感情をふくめて回想している。そして、そのとき、こうした混迷に「黙してい難いもの」を感じたことが、新しい文筆活動への重要な推力となったことを、次のように指摘している。

「コロンタイズムをとなえた林房雄の文章を婦人公論で見て、駭《おどろ》きと公憤に似た感情を動かされた時のことも、当時の生活の情景として忘れられない記憶の一つである。作家としての自分はその前後から、報告文学風のもの、紹介、解説のようなものをどっさり書き初める一つの時期［＊］に入った。そういう風に動いた心持もいろいろ複雑であったと思うけれども、その一つには、『真知子』の内部の渾沌《こんとん》に示されているより広汎な渾沌や奇妙な性道徳の解釈の新流行やらに対して、やはり黙してい難いものを感じたことが考えられる」（同前三九二～三九三ページ）

百合子がその時期に作家として直面した変化や矛盾を反省的に分析した興味深い文章がこれに続くが、ここでは割愛せざるをえない。

＊　百合子が「報告文学風のもの」を書き始めたのは、「ロンドン一九二九年」（『改造』三〇年六月号、第10巻所収）、「子供、子供、子供のモスクワ」（『改造』一九三〇年一〇月号、同前所収）あた

りからだが、一九三〇年一一月に日本に帰国して一二月にプロレタリア文学運動に参加して以後も、文筆的には一九三一年の一年間はそうした活動に集中した（旧版全集に「ソヴェト紀行」として諸論稿が収録された。それらは新版では第10、11巻に「ソヴェト紀行」という括りではなく収録されている）。この時期の文学的特質についての百合子の連作での反省は次のとおりである。

「文学のこととしてみると、この時期に私がそれまで作家としてもちつづけてきた文体、書きぶりに変化がおこって、速度が速い、即物的な文章になったことも、内部的なものとの連関で見のがせないことであったと思う。私の周囲に見るもの、そして聞くもの、それらは一つとして何かの感銘なしには過ぎなかった。一つの光景、一つの場面には、それぞれ実に深くひろく長い歴史の内容がつめこまれていて、しかも、それらは次から次へ何と速く推移しつつあっただろう。感情的にそれにひかれ、それを見送り、次を迎えるその速力から受ける影響は、その社会の内部にその一部として組みこまれて自身その速力をなしている人々とは、決して同じであり得ない。作家として、その速力ある物象を概括する芸術的な手法として私が持ち合わせていたものは、過去のリアリズムであったから、そこからおのずと溢れ出た一番近い形は、文章の上での同伴者風な傾向であったのだと思う。成長過程のそのような興味あるくいちがいが私の上に顕著であったことは、作家としての資質について云うときプラスの面からだけ云えないことも自覚される。又同時に、私たちの経たその時代は、文学の時代として見てもそのように敢《あえ》て破綻《はたん》させつつ育ててゆくものであったことも思いかえされるのである」（「一つ頁の上に」『文芸』四〇年三月号、第14巻三九三ページ）

なお、この篇の小題「一つ頁の上に」は、本文の中にある、真知子が日常生活の上では母たちよりも前進した地点で生きているようでも、「歴史の大きい頁が繰られるとき」、その生活の土台は、やはり母たちと同じおくれた土台に連なったものとして、「一つ頁のうちにある」という命題からとったものである（同前三九二ページ）。

あわせ鏡　この篇では、平林たい子と林芙美子、それに宇野千代という、当時プロレタリア文学の運動とはそれぞれ異質の立場にあった三人の婦人作家がとりあげられている。平林たい子論や林芙美子論の主要部分は、現行版の七、八章にそれぞれおさめられているが、ここで興味をひくのは、百合子が、その立場も作品の性格も異なる三人の作家を、最初の連作で、「あわせ鏡」の小題のもとになぜいっしょに論じたか、という点である。

この点について、百合子は、一九四〇年二月二四日の顕治への手紙のなかで、こう書いている。

「きのうきょうで『文芸』のを終りました。『あわせ鏡』というのです。例えばたい子の小説、芙美、千代これらの人の作品は、一方に歴史をちゃんとうつして（正面から）いるもう一面の鏡なしには決して本質が明らかにされることの出来ない作家たちですから。特にたい子の作品は、反撥をモチーフとしているという全く特殊なものですから。実にひねくれているものですね、書いていておどろかれます。自分のもっているボリュームの全体でひねくれてしまった不幸な人です」（第23巻一三一ページ）

つまり、歴史を正面からうつした「もう一面の鏡」――プロレタリア文学とのそれぞれなりのかかわりの中でしか、その本質が明らかにならないという意味で、このことを共通の角度として、当時文壇で活躍した三人の婦人作家を論じたというところに、この一篇の基調があった。

もちろん、プロレタリア文学とのかかわりの内容は、それぞれ性質や脈絡を異にしている。百合子は、それを、たい子の場合には、プロレタリア文学への反撥と抵抗として、芙美子の場合には、弾圧によるプロレタリア文学の「終息」後の社会的息苦しさと鬱積《うっせき》にその詩情の基盤をおいたものとして、とらえている。こうしたとらえ方は、原型の連作のうちにより鮮明に描述されている。

平林たい子について、百合子は、その作品での女性のえがき方が、「一方の文学」(プロレタリア文学)でのある理想化への反撥であり、そのために「歴史の又別の消極」へすべりこんだものであることを説き明かしたあと、つぎの総括的な文章でその批判をしめくくっている。

「歴史と作家とのかかわりあってゆく相は実に複雑であると思う。個人的な作家の持ち味というものに自覚した足をおいて、そこから自身の存在を文学に向って主張して行こうとする態度と、歴史の動きのうちに自身の成長の希望と動きをも綯《な》い合わせて、その成就と失敗との真実で移ってゆく生活を描いて行こうとする態度とは、歴史そのものの中へも本質的に非常に違ったものをもたらすのであると思う。一つ時代に生き合わせても、或る作家はその時代の明暗をそれなり正面から自身の文学のうちにてりかえす。或る作家は、いわば合わせ鏡のように、自身の芸術が映しているもうのをちゃんと歴史の面にかえして理解されるためには、常に正面から事象をうつしているもう一面の鏡を必要とし、それとてらし合わさなければならないという在りようで存在することがあるのも、私たちを深く考えさせる点であると思う」(『文芸』四〇年四月号、第14巻四〇二ページ)

林芙美子については、『放浪記』以後の一時期、女としてまた芸術家として自分の一切への絶望さえ感じていた彼女が、その数年後に「自身の詩性への自信」を強調するようになった経過をたどりつつ、絶望を自信に交替させた大きな背景が、プロレタリア文学の発展から終息への転換にあったことを、指摘する。

「この作者に自信を与えたものは、やはり時代の合わせ鏡の照りかえす一条の光が、その身に落ちたからであったことは、否めない事実である。

昭和七八年からのち、日本の文学は一方でプロレタリア文学の動きを終熄《しゆうそく》させられるとともに、深い混乱に陥った。文学を新しく育ててゆく文芸思潮というべきものが何一つまとまって浮んで来ないほど、日本の社会生活そのものの変化は急調であり、一般の人々の感じる動揺と息苦しさも思想的に感情的に激しいものがあった。その間に揉《も》まれる多くの人々の心もちが、『孤立無援』であるという事情は、『放浪記』の作者がそうであったのとは異った形で、しかもその頃の一般の感情に自覚されて居り、鬱積《うつせき》の何かのはけどころ、而《しか》もそのはけくちの目当なさを共感する響として、歴史としては逆もどり風に『放浪記』などが、多くよまれたのであった。そういうものとしてこの作者の詩情と云われるものもアッピールするものであったとは思われる」(同前四〇四ページ)

第八作「ひろい飛沫《しぶき》」への補章
――日本の文学運動の中で――

コロンタイの作品にあらわれた誤った恋愛観は、戦前の日本の民主運動、革命運動にも一定の影響をおよぼしました。一時期、プロレタリア文学運動に身をおき、逮捕されて転向、戦後は典型的な反動文学者として活動した林房雄は、コロンタイの『赤い恋』、『三代の恋』などを翻訳して紹介するとともに、「新『恋愛の道』―コロンタイ夫人の恋愛観」(『中央公論』一九二八年七月号)を発表して、ここに「新しい生活、新しい感情、新しい概念を持った階級の新しい道徳」があると絶賛し、資本主義社会の男女関係の危機からぬけだす唯一の道は、「恋愛遊戯」―恋愛なき肉体的結合の大胆な肯定にある、これこそ「働く者の恋愛観……プロレタリアートの恋愛観」であるとまで、極論しました。

一九八〇年に発表された『宮本顕治文芸評論選集』第一巻への「あとがき」で、宮本委員長は、当時のプロレタリア文学運動のなかで、これらの問題にたいして、科学的社会主義の見地からの批判が十分徹底した形でおこなわれなかったことを運動の自己批判としてふりかえりつつ、当時の文学作品に反映した「新しい社会や階級闘争での夫婦や恋愛のあり方」の問題についてあらためてたちいった理論的解明をおこないました(「あとがき」の第五節、六〇八~六二三ページ)。これは、文学＝芸術論の問題にとどまらず、恋愛や結婚の問題についての階級的な見方を正確にとらえるうえでも重要な文章として、ぜひ多くの人に読んでもらいたいと思いますが、私は、ここで、当時の制約された条件のもとではあるが、コロンタイをかついだ林房雄の無責任な恋愛論に、もっとも詳細な批判をくわえた一人の女性を紹介したいと思います。

それは、宮本百合子でした。最近、全集に発表された百合子のソ連滞在中の日記には、つぎのような文章があります。

「**七月二十日**（金曜）〔一九二八年〕

林房雄のコロンタイのチョーチン持をみよ、頭のひだがまだよく発育して居ないのを感ず。自分の本を売るにはなかなか有効であろう。何故《なぜ》なら、あの論文をよむと、どこに真髄があるのか判《わか》らず、本ものをよんで、はっきり理解したいと思うであろうから。

センチメンタルでない新しき恋をセンチメンタルな調子でかいてある論文なり。

然《しか》しいろいろ一寸面白《ちょっと》いと思った。つまり事実を見て居る人間として、自分の意見が対照的にはっきりして来た点など」（第28巻一四二ページ）

のちに、百合子は、ある文章で「コロンタイズムをとなえた林房雄の文章を婦人公論〔中央公論の誤りか——不破〕で見て、駭《おどろ》きと公憤に似た感情を動かされた時のことも、当時の生活の情景として忘れられない記録の一つである」と回想し、ソ連滞在中の自分がその前後からいろいろものを書きはじめたのは、「その一つには、『真知子』〔野上弥生子の長篇〕の内部の渾沌に示されているより広汎《こうはん》な渾沌や奇妙な性道徳の解釈の新流行やらに対して、やはり黙してい難《がた》いものを感じたことが考えられる」と書いています（「一つ頁《ページ》の上に—昭和初頭の婦人作家」『文芸』一九四〇年三月号、第14巻三九三ページ）。

しかし、百合子が、「林房雄のコロンタイのチョーチン持」にたいして、正面からのたちいった批判をくわえる機会をもったのは、モスクワで「駭《おどろ》きと公憤に似た感情」を動かされてから、約一二年たったのちのことでした［＊］。一九三九年から四〇年にかけて雑誌『文芸』に発表した、明治・大正・昭和の婦人作家を論じた連作（いま引用した文章も、その一つです）のなかで、彼女は、そのまるまる一回分をこの問題にあてて、一二年来の宿題を果たしたのでした（「ひろい飛沫《しぶき》—昭和初頭の婦人作家」『文芸』一九四〇年二月号、同前三七八～三八六ページ）。

＊ 百合子は、『文芸』のこの論文にさきだって、一九三五年に書いた小論「新しい一夫一婦」（『行動』一九三五年五月号）で、コロンタイズムや片岡鉄兵『愛情の問題』をとりあげているが、その批判はまだ簡潔なものだった。

この連作は、戦後、『婦人と文学』という表題でまとめられましたが（一九四八年刊）、そのさい、百合子は、戦時下の制約のもとで余儀なくされた「あいまいな」表現をあらため、「今日の読者に歴史的な文学運動の消長も理解されるように書き直し」ました（『婦人と文学』の「前がき」第17巻一三九ページ）。こうして戦後発行されたものでは、林のコロンタイズムへの批判は、かなり圧縮・要約されたものとなっているので、ここでは、『文芸』から、一九四〇年の時点での百合子の批判を直接紹介しておきましょう。

百合子は、この文章でまず、「社会の習俗全般への鋭い批判が向けられるようになると共に性道徳についての、新しい道への探求が猛烈な勢で波及したこと」を、昭和初頭の社会と文学の「特別な観察を誘われる」一つの動向としてあげ、そのなかで起こった一連の否定的な風潮をつぎのように叙述しています。

「林房雄が自身翻訳したコロンタイの『赤い恋』を新しい男女の新しい社会意識に立脚した性道徳と広告しはじめたことから、所謂《いわゆる》コロンタイズムが若い男女の一部を風靡《ふうび》した。ソ連の国内戦時代の混乱した社会にあらわれた性関係の誤った唯物的解釈、性的な欲望の満足は私的なことであって、渇いたとき一杯の水をのむ行為と等しい、というような考えかたが、事情を異にしている当時の日本の若い世代に何故《なぜ》一つの影響を与えたのであったろうか。

更にそれにひきつづく一時期に、性関係の階級性とともに、やはり恋愛や結婚は一面外的なこととされつつ、階級のためにという名目の下では婦人の性的潔癖性を男の側から否定するというような風潮を生じたのは、何故であったろうか」（第14巻三七九ページ）

この問題にたいする百合子の回答では、三つの点が注目されます。

第一は、コロンタイズムが、ソ連自体ではすでに批判され、一九二八年時点ではすでに過去のものとなっていた原理的な誤りであること、さらにこれをその時点で日本に移植した林房雄の時代錯誤ぶりの指摘です。

『赤い恋』は一つの社会が経過しつつあった過渡的な現象を単に描きうつしたというのでなく、筆者コロンタイがそこに何か原理めいたものを固定させて書いたところに多くの誤りを惹起《じゃっき》した。この小説が書かれた国では、一九一七年以後の十年間には、既にこの小説の女主人公たちの生きかたを国内戦当時の社会状態の片鱗《へんりん》として批判し、健《すこ》やかな若い世代は、恋愛と結婚と出産とを公《おおやけ》のこととして感じるだけの社会感情に立って生活し得る社会的文化的建設の歩みをもった。……本国では、社会の現実の諸条件でその段階を抜け出て居り、本も書店の店頭に見かけないようになっているにかかわらず、林房雄の手で日本の風土に移植されたコロンタイズムは、この風土の独特性から極めて多岐な反映を示さねばならぬこととなった」（同前三八三ページ）

第二は、この誤った恋愛観が一部の男女に「新しい」ものとして受けいれられた背景には、明治以来六一年間、結婚も恋愛も、古い習慣の息苦しいわくのなかにおしこめられ、なんの進展も解決もないままに推移してきた日本の非近代的な状態への、一部の知識人の小市民的な反発があったという分析です。

「これらのあらゆる現象は、六十一年の間、本質的には何等展開解決を遂げ得ず、昔ながらの瘴《しょう》気《き》にふさがれている習俗を根柢《こんてい》にもってその上に立ちあらわれたものなのである。一面ではよかれあしかれ近代化されつつも猶《なお》、西欧諸国や一部の中国の青年男女とはまるでちがう日本の靄《もや》に自身の感情の他の一面を重くつつまれそれを十分自覚もしないままの、旧《ふる》い新人とも云える世代であるのが、その現実の姿であった。従ってその混乱の激しさ、矛盾のひどさは全く独特な歴史の見ものであったと思われる。

性的な欲求を充《みた》すことは、渇いたとき一杯の水を飲む行為に等しい、というような表現は、適切な解釈もつけ加えられないままに、当時の風潮にとって、いかばかり刺戟《しげき》的であり、耳にのこる響《ひびき》となって伝播《でんぱ》したことであろう。恋愛や結婚・離婚が私的なことであって、大きい歴史の推進のためにつくす公的な努力に支障を与えなければ、相互に問題とするに足りぬことであるという『赤い恋』の考えかたは、理解力においては進歩の方向に即し、日常生活では小市民風な雰囲気を脱しないでいる当時の一部の自身の旧《ふる》さを知らぬ新しい知識人にとって、決してうけいれがたいものではなかったであろう」（同前三八二〜三八三ページ）

第三は、百合子が、こうしてもちだされた性問題にたいする「新しい」見方や態度なるものは、新しい社会と新しい人間関係をめざす進歩の方向にたつものであるどころか、女性を道具視する昔ながらの封建的な男の身がってとそれへの女の順応との〝再生産〟にすぎないことに、鋭い批判をむけていることです。

彼女は、当時、そういう角度で問題となった片岡鉄兵の小説『愛情の問題』（『改造』一九三一年一月号）をとりあげながら、つぎのようにのべています。

「大きい目的のために個人的なものを否定するというなかに、男をも女をもからめている封建の絆《きずな》が陰微な作用を営んで、男からは女を性対象としかみない習慣、女からは男に対する性的な受動性が滲《にじ》み出して、新しいより合理的なものを求めて行く努力の間にもなお一朝一夕に解ききれない矛盾や紛糾をもたらしたことなどが、まざまざとうかがわれる。女主人公が、貞操なんかなんだ、とそれを捨てる決心に向う心の中にわけ入ってみれば、男女のいきさつは、新しくよりひろい健全な人間関係の在りようを創《つく》ってゆくという立て前においてみられていず、やはり旧套《きゅうとう》の固定した考えかた、さながら女の体にだけついている物ででもあるかのように貞操という呼び名が、女自身によって抽象的に扱われ、観念的に否定されていることも、感慨ふかく理解されるのである」（同前三八五ページ）

百合子は、戦後、もう一度この運動に立ちもどる機会をもちました。それは、小説『道標』で、モスクワにいる伸子が、コロンタイズムを礼賛した「三木準作」の評論を読んで、「女にだけわかる猛裂さで抗議する」くだりです（第七巻二二〇～二二三ページ）。この二つの文章をいま読みくらべてみると、恋愛と結婚の問題にたいして、科学的社会主義の立場から百合子がとった態度の一貫性に、さらにまた、戦時の暗黒政治下の酷烈な条件のもとで、プロレタリア文学運動の歴史にあらわれた問題点について、ここまでたちいった批判的分析をくわえた百合子の真剣な取り組みに、あらためて心うたれるものがあります。

（『講座「家族、私有財産および国家の起源」入門』第八章より）

六、戦争と弾圧の嵐に抗して

――第一一作から最終作まで――

「転轍《てんてつ》」「人間の像」「しかし明日へ」の最後の三作は、プロレタリア文学の運動が権力の弾圧に内部の敗北主義がくわわって解体するにいたり、侵略戦争と暗黒政治の支配がいよいよ激しさの度をくわえていった時代――当時の百合子にとっての〝現代〟を、扱っている。さきに引用した一九三九年九月一一日の手紙で、百合子が「そこ〔昭和の後半〕をこそ念入りに書きたくて歴史をさかのぼったわけですから」（第22巻四四〇ページ）と語っているのは、連作全体にとってこの部分がもつ切実な重みを示す言葉である。

転轍　「転轍」は、抑圧下の余儀ない書きかえによって、「渦潮」とともに分解して消えてしまった篇の一つである。それは、三つの部分から構成されている。

最初の部分では、「あわせ鏡」を直接うけて、林芙美子、宇野千代等の婦人作家たちが、プロレタリア文学とはちがった形で自分の存在の足がかりを時代の感覚の上に置きながら、「はっきりとした文学上の主張やたたかいを行わなかった」のは何故かと問い、その根源にあるものとして、「我が身一つの文学の達成だけ」をめざし社会的態度がまったく欠如していることを指摘する。そこから百合子の考察は、「歴代の文学を推しすすめるべき芸術家として責任」はもっぱら男の仕事として、「文学理論としての自身の骨組み」はもたないままますませてきた一葉をふくむ明治以来の「婦人作家の在りよう」への反省として展開してゆく（第14巻四〇六～四〇七ページ）。

第二の部分は、プロレタリア文学が、この面で、どんな新局面を開いたかの、いまみた歴史的な流れと対比しての解明である。

百合子は、ソ連から帰国した一九三〇年に彼女が加盟した日本プロレタリア作家同盟（二九年創立）とそこでの婦人たちの活動について、やはり組織の名をあげないでこう書いている。

「その頃、窪川稲子や私は、平林たい子の属していた文学のグループともちがう文学の団体に加っていたのであったが、その文学の団体が、婦人の生活の中から文学を生む力を育てようとした試み［＊］は、今日もなお私たち女に少なからぬことを考えさせるものがあったと思う」（『文芸』四〇年六月号、第14巻四〇八ページ）

＊　百合子は、自筆年譜で、一九三二年一一月、作家同盟では、日本の半封建的な社会事情によって、婦人の社会上、文化上の重荷が非常に多く文学上の成長もはばまれていることを特別に考慮して、婦人、とくに働く婦人の文学的成長を助ける意味で「婦人委員会」が組織され、百合子がその責任者となったことを、記録している。また、作家同盟が加盟していた「日本プロレタリア文化連盟」も、婦人協議会をもち、そこから勤労婦人の雑誌『働く婦人』が刊行されることになり、百合

子はその編集責任者として、三二年一月の創刊号から三月まで編集にあたった。

彼女は、つづいて作家同盟に当時参加した一連の婦人たちの名をあげながら、その活動とそこにこめられた気持、欲求を描いたうえで、それが婦人作家の歴史にとってもった「記念的な意義」を、次のように特徴づけている。

「これらの人々は、婦人の生活というものを社会的な関係の中で歴史的に動いているものとして観《み》ようとする共通な理解で互に結ばれようとしていたばかりでなく、めいめいの創作方法とその解釈という点でも、そういう生活への態度から必然されるリアリズムに立った上で、同じグループの男の作家たちと共通な芸術理論と文学上の責任とを頒《わか》とうとした。

男と女とが文学におけるそのような共働の新しい典型を持とうと意識したことは、日本文学の歴史としては全く新しい意義をもつことであった。一貫した一つの文学理論と方法論に結ばれて、文化の上でも婦人が育って行こうとした姿は、彼女たちの健気《けなげ》さばかりではなく、日本の文学に新たな美を加えようとした男の健気さでもあったのである。

『青鞜』時代の方向のない個人的な女の自我の主張に比べれば何と遙かに歩み進められたように見えただろう。文学活動のなかに、婦人たちが自覚をもって自分たちの社会的現実への理解とそこから必然される文学理論と創作とを統一させようと歩み始めた、画期的な一歩であった」(同前四〇八〜四〇九ページ)

重要なことは、百合子がここでプロレタリア文学への単純な讃歌にとどまっていないことである。一九三四年の作家同盟の解体以後、この運動に参加した婦人たちのほとんど全部が、政治的社会的な弾圧に屈して、敗北と後退の軌道に転じた。百合子は、そういう事態を生みだした弱点が、運動のどこにあったかを自問し探求して、つぎのように答えている。

「新たな社会的な眼のひろがりは、女のおくれさせられている諸条件を客観的に見せ、それとのたたかいを女の成長への道として理解させたのではあったが、当時作家たらんとした婦人たち一人一人に、とりもなおさぬ、そのひろげられた社会的な眼そのもので、自身の内部にひそんでいるおくれた面をも具体的に客観的に把握させ、それとのたたかいを芸術化してゆくことこそ新しい文学の実質として、又歴史の局面として重要であることを理解させる処まで、文学の文学としての理解が高まっていたであろうか。

これへの答えは、遺憾ながら消極的なものであろうと思う」（同前四一〇ページ）

「このことは、そのような婦人の文学的グループが存在出来なくなった昭和九年からのち、一人一人孤立して文学的努力をしなければならなくなったとき、二年間ほどの集団的な文学勉強の経験［＊］にもかかわらず、それらの婦人たちの殆《ほとん》ど全部が、変転した良人《おっと》たちの生活の道に連れそって、或《あるい》は自分の個性の逸脱に負けて、まともな文学的成長をとげ得ていない今日までの実状からも、日本文学の中の深刻な宿題の一つとして顧みられるのである」（同前四一〇〜四一一ページ）

＊「二年間ほどの集団的な文学勉強の経験」というのは、婦人委員会を中心とした作家同盟での活

動を指している。百合子は、この文章につづいて、「僅《わず》か二年ほどという短かった時間の問題そのものにさえ重り合った歴史性の錯交が見られるのであると思う」との感慨をのべたあと、さらにこの「二年間」の時期の自分の作家活動について次のように語っている。

「この時代に前後して、沢山の啓蒙紹介の文章の一つとして私は『ズラかった信吉』という一つの啓蒙紹介風の話をかきはじめた。未完で終ったものであったし、文学作品としてみると、極めて中途半端な失敗の作品である。この作品の失敗のうちにも、やはり当時の文学の動きが含んでいた積極と消極とが、作者自身の積極、消極の面と結びあって素朴に興味ふかく照りかえしていると考えられるのである」(『文芸』四〇年六月号、第14巻四一一ページ)

最後の部分で、百合子は、プロレタリア文学運動の解体によって、日本文学がなにを失い、どのような混面の時期に入ったかを、端的に問題にしている。「プロレタリア文学が略《ほぼ》十年の歳月を経て、昭和九年文学運動としての存在を失ったにつれて、日本文学全体の上に深刻な混乱がまきおこされたのは当然であったと思う」(同前四一一ページ)。この解体は、プロレタリア文学に対立的な作家たちにとっても、社会的な存在意義の自覚と精神的なよりどころを喪失させる結果となった。「不安の文学」、「転向文学」あるいは「随筆文学」、「古典復興の趣味」や「ロマンティックなもの」への身のよせかけ(いわゆる日本浪曼派)など、〝流行〟的にはさまざまな作品と傾向があらわれたが、「生活と文学との現実に対する批判の精神」が急速に失われたのが共通の傾向で、日本の文学は「文芸思潮らしいものをもち得ない」時期に入った。百合子は、最後に婦人作家に関連して、「文学を生む土壌としての婦人の社会的な生活圏に対する感覚や常識」が微妙な変化を示しはじめたことを、宇野千代、森田たま、神近市子《かみちかいちこ》、岡本かの子らの文章にふれつつ、指摘している。

「転轍」というこの一篇の小題についていえば、この言葉に、日本文学全体の「転換期」という意味とともに、プロレタリア文学運動に参加した少なからぬ作家たちにとって、それが、その軌道の逆行的な切り換えとなったことへの指摘をふくませたいというのが、百合子の真意ではなかっただろうか。

人間の像　作家論としてこの篇の中心におかれているのは、岡本かの子論であるが、かの子論一般ではなく、「当時のヒューマニズムが文学に及ぼした波調」の中で、かの子の文学を「眺め」たところに、百合子が力を入れた基調があった。

「当時のヒューマニズム」というのは、プロレタリア文学運動の解体後に、文学の世界でとなえられたもので、「人間復興」の声をあげながら、人間性を抑圧する社会的現実――侵略戦争と反動の現実に批判と抗議を向けることを回避し、逆に「人間敗北のその姿の認容」の上に、人間の内面にのみ人間性の要素を求めるという「悲しい地すべりに立っていた」ものだった。このヒューマニズムは「幾何《いくばく》もなく……重い濤《おおなみ》の下に巻き去られて、次第に作品から人間像の追放され、やがて全く自我を喪《うしな》った過去の純文学が文学の外のよりつよい力に已《おの》れを托《たく》すに到った過程」がすすむが、百合子は、そういう結末にいたった要因の一つを、「当時のヒューマニズム」が「ヒューマニズムの本質の一つをなす批判の精神」への反発をかくすことができなかった事実のうちに求めている（『文芸』四〇年八月号、同前四一四ページ）。「当時のヒューマニズム」にたいするこうした批判を、百合子は、「人間の像」に先行して書きあげた文学史論「昭和の十四年間」で、より詳細に展開している（『日本文学入門』四〇年八月刊所収、同前二三一～二三九ページ）。

百合子は、当時のヒューマニズムのこの波調が、一連の婦人作家の創作のモティーヴを、「これ迄の婦人作家が内心に求めて来たもの」とはちがったものとした点を、鋭く追求する。すなわち、プロレタリア文学運動の中で、婦人作家たちは、「その個人生活に切りくちを見せて来る日常の諸々相のなかに、女と男とがおかれた社会的ないきさつを、歴史の消長とともにとらえようと欲する」ところまで、社会と芸術の世界において成長して来ていた［＊］が、誤ったヒューマニズムの風潮とともに、モティーヴの必然にかわって、作者の作品に対する意欲のはげしさ、たくましさが着目されるようになり、その主我的な傾向を、もっとも多彩かつ奔放に展開してみせたのが、岡本かの子である――ここに、百合子のかの子論の分析の筋みちがあった。

＊　百合子は、そのことを示す作品として、自分の『乳房』を、窪川稲子の『くれない』とともにあげ、これらは「その世界に夫々《それぞれ》特殊な条件をもち、それを作者が十分に描きつくしていない憾《うら》みはありながら、そのような本質の作品としては或《あ》るものを示した」（『文芸』四〇年八月号、同前四一五ページ）とのべている。

百合子は、川上喜久子、小山いと子などの最近の作品に「芸術上の主我性」を指摘したあと、岡本かの子の世界は、色どり、体臭、量感などのすべてがまるで別の星の生きもののようでありながら、「作品の世界に君臨してゆく足さばき」に彼女たちの「同時代性」がうかがわれるとして、かの子の世界にせまってゆく。

「最近の二三年間に、この特殊な歌人作家はその命の彩《あや》を吐きつくした。謂《い》わば旺《さかん》なる死であったとも思えるがこの婦人作家の独特さには、何か只《ただ》そのわきをそれなりのものとして見て過させない何かがある。日本の文学が近い過去に経た特殊なヒューマニズムに誘い出されうち出されたこの婦人作家の世界にはどんな練金の術が秘されていたのだろう」（『文芸』四〇年八月号、第14巻四一六ページ）

そして、夫岡本一平との内的交渉の、地肌のままの素描として書かれた『かの女の朝』という作品を中心に、かの子の文学世界の構造を明らかにし、そこから次のような結論をひきだしている。

「美や雄渾《ゆうこん》や溌溂《はつらつ》が、それらの人間的な要素で対象の世界をうち展《ひら》きそのものとして確立させてゆくというよりは、美ならんとし、雄渾ならんとした溢《あふ》るる意企が作品の全結構をなしていたことは、この婦人作家の個性のこととして又当時のヒューマニズムが時代的性格の一要素として文学の態度に示していた対象に対して主我な創作方法との連聯《れんれん》として、私たちの目をひくところであると思われる」（同前四二一～四二二ページ）

かの子論は、現行版の「九、人間の像」（第17巻所収）の後半部分に再現しているが、これを分析する百合子の問題意識は、連作のうちにいっそう鮮明に読みとることができる。

しかし明日へ　百合子は、連作の最終回「しかし明日へ」の執筆に先だって、一九四〇年七月一三日、上野図書館から獄中の顕治に次のように書き送っている。

「『文芸』の最後のところの下拵《したごしら》えのために来ているのですけれど、所謂《いわゆる》輩出した婦人作家たちのものをよんでいるわけですが。どうも。……婦人作家という職業の確立、一家をなすことに、実に汲々《きゅうきゅう》たるところが最近のこのひとたちの共通性です。年れいのこともある、女としての男との生活のけたをはずれていることからもある、小説をかくためには一旦常識の世界を見すてているのだから、女がその見すてたところで身を立てるということは、経済上の必要ともかさなって、職業人としての食ってゆける面へだけ敏感になるのですね。ここがしめくくりとしてあてられる今日の現象です。婦人の評論的な活動のにぶいことと、この一家をなす必要に迫られていることから、明日の婦人作家がどうぬけ出し育って来るかが大きい課題です。これは、文化の、もっともっと大きい課題とつづいて居りますからね」（第23巻二三九ページ）

ここには、百合子がこの最終回にこめた思い――日本文学の荒廃に直面して絶望することなく、婦人作家の現状のうちにも、そこから脱出して明日への前進をひらく道とその手がかりを探究し、同じ時点に生きる共産主義婦人作家として、前進への努力を婦人たちに呼びかけるという熱情が、圧縮した形で表現されていた。

ヒューマニズム問題の混迷にくわえて、「社会小説」への要望が急カーブで生産文学、農民文学、大陸開拓文学という方向に流れるとか、「民衆の文学」という名目が「文学外のよりつよい力」への屈服の口実にされるとか、人間生活の息吹きと結びつくかにみえた「報告文学」が結局は戦場報告に帰着してしまうなど、日本の文学全体が侵略戦争と専制政治を肯定する方向で荒廃の度を深める中で、この一時期、婦人作家たちの活動が目だった。その作品の内容は、以前の時代にくらべれば社会的視野が失われているなど大きな後退をみせているが、そこには、時流に直接ひきこまれた男の作家たちとは異なる一つの重要な特質――一部から「芸術至上主義」と呼ばれた特質があった。武田麟太郎は、当時、婦人作家たちの芸術至上主義を、男の作家とはちがって、「生々しい現実に下手《へた》に煩されていないための怪我の功名」だとし、そこに「日本における女性の状態の低さ」をみて、芸術至上主義からの自己解放をすすめる文芸時評を書いた。百合子は、武田麟太郎のこの婦人作家論を、男性中心の偏見を思わずむきだしにした青野季吉の「窪川稲子論」とあわせてとりあげ、「自身をもくるんでいる文化の精神の低さ」に気づかずに、婦人作家の日本的な低さ狭さをそれだけ切りはなして問題にするこれらの評言に、ほかならぬ男の作家の低さがあらわれていることを、痛烈に指摘する。

つづいて、百合子は、婦人作家の「芸術至上主義」なるものの分析にすすみ、そこにある前進への要素［＊］を、二つの面から明らかにする。

＊　百合子は、ここでは、婦人作家の現状から、少しでも前進への要素と可能性を見いだそうとして、こういう分析をあえておこなっているが、婦人作家たちの生活と文学の現実の後退状況を軽くみていたわけではなく、すでにみたように、『獄中への手紙』のなかでは、事態の深刻さについて

より率直に語っていた。そして、実際、情勢のその後の進展のなかで起こったのは、「婦人作家の擡頭《たいとう》」が未来の発展の約束にはつながらず、そのポスター・バリューが軍情報局に利用されて、戦地への従軍その他戦争協力に総動員されるという「無慙《むざん》なさかおとし」であった。百合子は、この事情を、戦後一九五〇年に執筆した「婦人作家」の「十二年間（一九三三―一九四五）」の項で、戦時下の連作の問題意識に対応する形で分析している（第19巻一九二～一九三ページ）。

一つは、それが、「純文学」が現実に敗北して放棄してしまった「自我の確立」の課題を、限られた条件のもとでではあるが、いわばかつての「純文学」の地点にたって、ひきつづき文学の主題としていることである。

「現代文学の全野を見わたせば、明治以来自我を対象として来た所謂純文学が、この六、七年来歴史の波濤《はとう》に洗われて自我の確立を失い、自我における自意識と行為の分裂を経て、遂に自我が放棄され、現実に敗北している文学の姿としてあらわれている今日、一部の人々が評価する婦人作家の芸術至上性というものが、局限された意味で、女自身による自我の発見や主張の真実性におかれていることは、非常に意味ふかい点だと思う」（『文芸』四〇年一〇月号、第14巻四三五～四三六ページ）

百合子は、戦時下の日本における婦人作家の文学活動のこうした特質が、婦人作家たちのおかれた経済的社会的条件、すなわち、婦人にとって特別の困難をふくむ日本のおくれた条件のもとで、古いわくを打ちこわしつつ作家への道を歩んできた婦人たちは、職業としての文学を成り立たせる上でも男の作家のもたない大きな困難にさらされていることと結びついていることを指摘する。

「そこまで漕《こ》ぎつけるために、婦人作家の大部分は、幾艘《いくそう》かのボートをおのれのうしろに焼きすてて居り、その思いを裏づけて文学を語るとき、彼女たちの声はおのずから芸術への献身に顫《ふる》えるであろうし、同じその思いで世路を照して眺めたとき、そこには生存へのある脅しをもって職業としての文学の経緯が浮び上って来るであろう」（同前四三六ページ）。

百合子は、そのことから、婦人作家にとって展望的な意味をもつ、もう一つの重要な要素をひきだす。それは、その困難にたえて女の生活と文学を営もうとしたら、婦人作家にとって、「純文学」の門をくぐりぬけての前進の道は、反動的現実に屈服して自我や個性を放棄した「現代文学」に順応、追従する方向にはありえず、現実との切り結びの中から、いやでも「現実へのより明らかな角度」を学ぶという方向こそがその道となるだろう、ということである。

「既に今日、これらの婦人作家が犇《ひしめ》き合うようにして純文学という一つの門をくぐりぬけて身を現してみれば、目前にひろがる文学の広茫《こうぼう》たる野面はどのような有様《ありよう》におかれているだろうか。日本の文学はこの数年来幾変転したが、今またこの野にふきかかっている気流は、その歴史性において決して駘蕩《たいとう》たるものではあり得ない。これから愈々《いよいよ》、文学における性格をもきずき上げる時期に向う婦人作家にとって、かりに文学に個性がいらないものとされ、女に性格は語るべき条件でないとされたとしたら、成長の困難はいかばかりであろう。……

しかも私たちは、それらの歴史に堪えて、やっぱり文学の仕事をつづけてゆくのだという以外はない。そのようにして歴史を堪えつつ女の生活と文学とが営まれてゆく過程に、いやでもよりひろい現実は、婦人作家たちに彼女一人一人の、現実へのより明らかな角度を学ばせることにもなるであろう」（同前四三六～四三七ページ）

ここで「現実へのより明らかな角度」という言葉で意味されているものが、権力の弾圧によっておしひしがれたプロレタリア文学の到達点につらなるもの、それをより高い段階と内容をもって発展的に継承したものであることは、彼女がこの連作に刻みこんだ歴史の全体にてらして明白であろう。

百合子は、「しかし明日へ」を書き終わったとき、その感動を、顕治に次のように伝えている。

「今回の『文芸』の仕事は、私たちにとってなかなか忘れ難いものとなりました。とにかく一年の上つづけて来た仕事でしたから、かき終って何だか余韻永く、なかなか眠れませんでした。ヴェートウベンなんかのシムフォニーがフィナレに来て、もう終わろうとして、しかし未だ情熱がうちかえして響くあの心理のリズムは文字で表現されるものにもあって、終りはなかなかむずかしゅうございました」（四〇年九月三日の手紙、第23巻二八九ページ）

つづいて彼女は、「しかし明日へ」という小題とともに、婦人作家の成長の条件がますます困難になるなかで、そのはげましとして『女人芸術』にも登場した詩人永瀬清子の詩をとくに選んで結びとしたことを語っている（これは、公刊されたばかりの彼女の第二詩集『諸国の天女』［＊］―一九四〇年八月刊―におさめられていた「デカダンスは」の一節だった）。連作全体は、日本の女性と婦人作家の全体に絶望をいましめた、次の痛切な呼びかけで結ばれていた。

＊『諸国の天女』については、百合子は「しかし明日へ」を執筆した直後に評論「『静かなる愛』と『諸国の天女』」(『新女苑』四〇年一〇月号)を書き、「女が考える、という合理的な事実を承認して、それをまざまざとした感性で表現してゆく天稟《てんぴん》」に賞賛の言葉を送っている。「デカダンスは」は、そこでも「女の成長のためのたたかい」をうたった詩の一つとして、全文が紹介されている(第15巻一九ページ)。永瀬清子「宮子百合子の痛み」(一九七九〜八一年刊行の新日本出版社版『宮本百合子全集』所収「宮子百合子全集月報10」〈第十三巻〉)には、「昭和十五年、それまで文通もなく、一面識もなかった私だったが、それまでに読んでいた作品についての尊敬の意味から自分の詩集『諸国の天女』(河出書房)をお送りした」とある。

「永瀬清子の詩集『諸国の天女』は、芸術にたずさわるあらゆる女性へのおくりもののような一巻であるが、その中に短いけれど響はつよく杳《はる》かなうたい出しの二句をもつ詩がある。

女性としてかなしいくらいふしぎな責任。

それは絶望してはならないことだ。

とくに日本の女性、日本の文学やそのほかの芸術に携る女性は、絶望を知らない雑草のような根をもたなければならない」(『文芸』四〇年一〇月号、第14巻四三七ページ)

七、貫かれた「作家必死の事柄」

宮本百合子がこの連作を書いた一九三九〜一九四〇年とは、どのような時代だったろうか。『日本共産党の六十年』に付された「党史年表」を中心に、その前後の日本と世界の主な諸事件をぬきだして、百合子の年譜の、連作に焦点をあてた要点をこれとかさねあわせると、彼女がこれを執筆した当時の政治的社会的環境の苛烈さが、あらためて迫真的に浮きぼりにされてくる。

こういう状況のもとで、百合子がこの仕事に正面からとりくんでそれをやりとげ、堂々と世に問うたことは、その機会をあたえつづけた編集者の勇気ある良識とともに、実に驚嘆に値する。実際、この連作を掲載した『文芸』誌をとっても、戦時色は日ごとに強まり、百合子が最終作「しかし明日へ」で前進の努力をよびかけた同じ号（四〇年一〇月号）が最大の売り物としたのは、対談「時代の考察」で、そこでは小林秀雄が、中島健蔵を相手に朝鮮や満州を「銃後文芸講演」でかけめぐった自慢話や、新体制運動はヒトラーの『吾が闘争』の「烈々たる精神」に学べとかを得々としてのべたてていた。また、「文芸時評」を担当した戦争作家上田広《ひろし》は、一連の映画や小説の戦争にたいする態度の消極性を問題にして、「時代への関心」が足りないと、口をきわめて叱責する、さらにはヒトラ

	1937年	
日本と世界の動き	7・7 日本帝国主義、中国にたいする全面侵略戦争を開始（政府は第一次近衛内閣） 10・12 国民精神総動員中央連盟創立、「八紘一宇」がかかげられる 10・17 全日本労働総同盟大会、ストライキ絶滅を宣言 11・8 社会大衆党第六回大会「戦争協力」決議 12・13 日本軍が南京を占領（大虐殺事件をひきおこす） 12・15 山川均ら「労農派」の検挙	2・13 唯物論研究会解散 3・13 （ドイツ、オーストリ
百合子をめぐる事情	9・27 獄中の宮本顕治の誕生日（10・17）を記念し、中條百合子を宮本百合子の筆名に改める 12・27 内務省警保局が宮本百合子、戸坂潤ら七人の執筆禁止について雑誌社をあつめて指示（第一次執筆禁止）	

ー・ドイツの宣伝相ゲッベルスの「芸術」に関する演説まで訳載されるという、濃厚な〝時局的〟色彩をもった編集ぶりだった。そのなかで、百合子の連作が、一年の余にわたって掲載されたのである。

　しかも、百合子がやりとげた仕事は、まさに「生涯的仕事《ライフ・ワーク》」（宮本顕治）の名に値するきわめて本格的なものだった。

　婦人作家史が中心の主題とされているとはいえ、すでにみてきたように、そこでは、明治初年――一八八〇年代から現在（一九三九、四〇年）にいたる日本文学全体の歴史が、その土台をなす社会

1938年	1939年
アを併合） 4・1 国家総動員法公布 5・19 日本軍、徐州を占領 7・30 産業報国連盟結成（労働組合の解体へ） 9・29〜30（ミュンヘン会談） 10・21 日本軍が広東を占領 10・27 日本軍が武漢三鎮を占領	1・5 平沼内閣成立 3・20（スペイン内戦、人民戦線派の敗北で終わる）
7・14 顕治の予審は白紙のまま終結 12・21 急性盲腸炎で入院手術（翌年1・10退院）	1月ごろから執筆禁止が徐々にゆるむ 4月上旬 連作の第一作となった「人の姿」執筆（『中央公論』五月号掲載） 4・13〜25 顕治の弟達治の出征を見送るため山口県島田へ

発展と解放闘争の歴史との生きた関連のもとに、大きなスケールでたどられる。そして、その歴史の全体をつらぬいている大局の流れとして、社会の「合理的改造」、「よりひろい健全な人間関係」の建設にいたる社会発展の方向をしっかりふまえながら、この六〇年間に文学の世界に登場した主要な文学的潮流のすべてについて、その役割と限界、相互の関連を明らかにしようとつとめる。

　主題である婦人作家の問題も、社会と文学のこの歴史の流れのなかで解明される。それは、文学の世界にだけ局限された解明ではなく、宮本顕治がのちに的確に特質

1939年
5・11　ノモンハン事件（9・15停戦協定） 7・8　国民徴用令公布 8・23　（独ソ不可侵条約調印） 8・30　阿部内閣成立 9・1　（ドイツ軍がポーランドに侵入、第二次世界大戦始まる） 10・18　価格等統制令、賃金臨時措置令公布 12・6　小作料統制令公布
6・4〜6　第二作「『藪の鶯』このかた」執筆（『改造』七月号） 7・3〜5　第三作「短い翼」執筆（これより『文芸』に連載） 7・11　宮本顕治等の治安維持法違反等被告事件の公判が始まる。百合子、第一回から関連被告の公判の傍聴をつづける 8・4〜6　第四作「入り乱れた羽搏き」執筆 9・4〜6　第五作「分流」執筆 10・12　第六作「この岸辺には」脱稿 11・2　第七作「渦潮」執筆開始

づけたように、「社会・家族制度の半封建の重いしがらみに面して日本の婦人が個性の解放を求めた足どりから、労働者階級の歴史的使命にめざめ社会的・政治的自由と平和を求める広範なたたかいに進んだ足どりの、文学の世界での追求」（『宮本百合子の世界』、『文芸評論選集』第三巻一九六ページ）であった。

　なかでも特筆して強調しなければならないことは、百合子が、この連作のなかで、プロレタリア文学の思想と運動について一つの歴史的な総括をおこない、日本文学の歴史に不滅の光芒《こうぼう》を放つその全体的な意義を明らかにしたことで

1940年
1・16　米内内閣成立 2・10　津田左右吉『神代史の研究』など発禁 3・7　「反軍演説」（2・2）を理由に、民政党の斎藤隆夫、衆議院から除名 5・10　（ドイツ軍、ベネルクス三国に侵攻開始） 6・1　六大都市で砂糖、マッチの切符制開始 6・14　（ドイツ軍、パリ占領） 7・6　「翼賛政治」にむかって社会大衆党解散 7・21　全日本労働総同盟解散 7・22　第二次近衛内閣成立
1・9　第八作「ひろい飛沫」脱稿 2・3　第九作「一つ頁の上に」執筆開始 2・23～24　第一〇作「あわせ鏡」執筆 4・18　宮本顕治第一回公判陳述、百合子傍聴 **4月末**　第一一作「転轍」執筆 5・4、18、28　顕治の公判を傍聴 6・4～14　山口県島田へ 6・22　「昭和の十四年間」脱稿 7・6　第一二作「人間の像」脱稿 7・20　第六回公判への出廷後、顕治喀血、公判出廷は中止となる **8月**　眼が疲れて仕事ができな

ある。おそらくこれは、百合子によってこの時はじめておこなわれた仕事ではなかっただろうか。プロレタリア文学運動のにない手であった作家同盟は、外部からの弾圧と内部におこった敗北主義的混迷のうちに、一九三四年、自分の歴史に総括的な評価をおこなう余裕ももたないまま、解体していた。宮本顕治、蔵原惟人など、この運動に指導的役割を果した人びとは、逮捕されて獄中にあり、獄外にあって個々の活動を余儀なくされた作家、評論家のなかでは、あれこれの「転轍」の道にふみだしたものが多く、この運動の立場を発展的に継承して文学活動

1940年	1941年
9・23 日本軍、北部仏印に侵入 9・27 日独伊三国同盟調印 10・12 大政翼賛会発足（総裁・近衛首相） 11・10 「紀元二千六百年」の記念式典。新聞、ラジオ等が天皇主義の一大キャンペーン 11・23 大日本産業報国会設立	1・8 東条陸相が「戦陣訓」を通達 3・7 国防保安法公布 3・10 改悪治安維持法公布 6・22 （ドイツ軍がソ連に侵
くなる 9・3 最終作「しかし明日へ」脱稿 9月から単行本として出版する予定で必要な加筆・整理を開始 12・22 中央公論社に序文、年表、目次をとどける	2・26 再び作品発表を禁止される（第二次執筆禁止） 4月 新しい条件下で、書きかえの作業

に当たろうとするものはきわめて限られた存在でしかなくなっていた。論壇では、言論への抑圧と統制が日ましに強まるなかで、プロレタリア文学を批判、非難する声はあっても、基本的にこれを擁護する立場からこの運動と思想を論じる議論は、ほとんど姿を消していた。そのなかで、プロレタリア文学の全体的意義の解明を正面から本格的な問題とし、厳重な言論統制下にそれをみごとにやりとおした百合子の気概と力量は、どんな形容詞をもって評価してもし足りないというのが、私のいつわらざる実感である。

連作の主題である婦人作家の問

1941年

入、独ソ戦始まる）
10・18　東条内閣成立
12・8　天皇が開戦の詔勅、米英に宣戦布告

7・14～8・3　顕治の弟達治の再度応召のため、山口県島田へ
12・9　理由不明で駒込署に検挙

題についても、プロレタリア文学によってはじめて、婦人作家の新しい境地――個人的に「自分一個の社会的文学的達成をもって万事了《おわ》る」とした従来の婦人作家たちの態度とは反対に、「女が歴史のなかでおかれて来た位置というもの、自分以外の多数の女の今日生きている現実、その現実をましなものとしようとしている刻々の努力を自分たちの芸術を貫いて鳴《な》る実感とし念願する」態度――がひらかれたことが、画期的な前進として位置づけられた（「転轍」『文芸』四〇年六月号、第14巻四〇九～四一〇ページ）。

百合子がこの連作でおこなったプロレタリア文学の歴史の叙述とその総括は、奴隷の言葉や、言及できない多くの問題を残すなどの余儀ない制約をもっていたうえ、書かれた内容の上でも、最初の仕事として避けるわけにはゆかない不正確さや不適切さを、もっているかも知れない。宮本顕治の『文芸評論選集』第一巻への「あとがき」のようなすぐれた全面的な総括が、今日の到達点にたっておこなわれ、『日本プロレタリア文学集』の刊行もすすんで、その全業績を視野に入れた考察が可能になっている現在では、いっそうそのことが指摘されうるであろう。そうした問題のたちいった吟味は、現在の私の能力をこえることで、文学の専門の方がたの検討にまちたいところである。しかし、かりにそのような未熟さをそなえていたとしても、そのことが、嵐をついてこの課題に挑戦した百合子の

態度とその業績の偉大さをそこなうものでないことは、明瞭であろう。

プロレタリア文学についての百合子の解明で、私がとくに深い印象をうけたいくつかの点がある。

第一は、百合子が、プロレタリア文学を、日本文学の孤立した特異な潮流としてとらえず、過去・現在にわたる文学の世界全体を視野におさめてそこにしめるプロレタリア文学の地位を明らかにし、日本文学の歴史自体が、社会的現実の発展を土台にその内在的必然をもって生みだしたものとして、プロレタリア文学の生成と興隆、強権による終息という全過程をえがきだしていることである。

百合子が『種蒔く人』の時期から、『文芸戦線』の時期、さらに『戦旗』とナップ、プロレタリア作家同盟の時期と、プロレタリア文学運動の誕生と興隆の歴史をたどりつつ、それが日本文学にどのような波紋をおよぼしたかを、広い視野で究明してきたことは、すでにみたとおりである。「白樺」派にせよ、新感覚派にせよ、あるいは文学の世界に名をなしたその他の作家たちにせよ、同時代に活動したいかなる作家、いかなる文学潮流も、プロレタリア文学とそれが提起した問題から、影響をうけないですんだものはなかった。百合子は、プロレタリア文学とブルジョア文学の関係といった一般論や図式論にたよるのではなく、それぞれの作家や潮流について、その作品や主張、その根底にある生活態度や意識の内実にまで分析の目をとどかせつつ、プロレタリア文学とのかかわりを生きた現実として明らかにし、プロレタリア文学こそが時代をうつす「正面の鏡」であって、それとの関連のなかでみてこそ、あれこれの作家や潮流の本当の相貌が理解されることを、独自の筆致で具体的に実証してゆく。この新しい文学の誕生以前の諸潮流——明治のロマンティシズムや自然主義についても、それが、どういう点で、後代のプロレタリア文学に先行する位置と意義をしめていたかが、分析の角度として重視されている。
百合子は、以前、プロレタリア文学以前のいろいろな作家や潮流にたいする態度を論じ、プロレタリア文学の前につぎのような課題を提起したことがある。
「われわれがなおこれ〔ブルジョア文学〕をとりあげ吟味するのは、これらの作家たちの作品を機械的にプロレタリア文学の立前と照らし合わせてそれが非現実的な、主観的作品だときめつけるのが眼目なのではなくて、われわれが生き、たたかい、そしてそれを芸術のうちに再現しようとしているこの社会的現実のうちに、彼らをしてそのような作品をかかしめている要因があるということ、それを文学の面においてはブルジョア文学の作品形象のうちにとらえ、理解すること、これが私たちの目的である」(「一九三四年度におけるブルジョア文学の動向」『文学評論』三四年一二月号、第12巻四四ページ)
「偉大で才能ある過去、或《あるい》は現在のブルジョア作家の一生とそこにのこされている文学的業績とから私達が遺産として価値あるものを獲《え》て行こうと努力する場合、私たちの探求の中心は常にその作家の生活態度の中に現れ、従って各作品に鋭くふくまれて出ている諸矛盾の解明というところにおかれざるを得ないようになって来る。非常に天分ある大作家でも、矛盾相剋《そうこく》するブルジョア階級の世界観の環内に止っているところにあっては、文学的練磨がつみ重ねられ、才能が流暢《りゅうちょう》に物語り出すにつれ益々《ますます》その作家に現れる矛盾は、その作家自身にとって克服し難い妥協なく顕著なもの

となって来る」(「作家研究ノート」三五年、同前一五一ページ)
百合子の連作、婦人作家論は、みずから設定したこの基本態度をもって日本の近代・現代の文学世界全体の究明にあたった彼女の努力の、壮大な結実ともいうことができるだろう。
第二は、百合子が、プロレタリア文学の歴史の展開にあたって、その価値ある意義を讃えるにとどまらず、それがもった弱点や欠陥についても、これをどんな方向で克服すべきかの積極的展開とともに、その時点で可能な限りの解明をおこなっていることである。
『種蒔く人』の段階での、「箇々の作家の出身や題材だけを現象的にやかましく云って、有産知識人がもっている歴史上の進歩の可能や必然を見なかった」未熟さ(「この岸辺には」『文芸』三九年一一月号、第14巻三六五ページ)、社会の動きにたいする文化・文学の関係を「ただ従の関係でだけ」見て「文学がそれとして働きかけてゆく力をもっている面」を見落とした誤謬(同前)、大衆性の問題の卑俗な解釈[*](「渦潮」『文芸』三九年一二月号、同前三六九ページ)等の指摘。

＊　百合子は、『種蒔く人』の創刊当時、「社会講談」が問題になった事例をあげ、「民衆の芸術の特質である大衆性というものの解釈」を反映させた「なかなか興味ある一つの記念」としたうえで、「新しい文学理論が幾多の変転を経て困難のうちに成長しつつあった過程に、常にこの大衆性の問題は文化上の古き力、新しき力のぶつかり合うモメントとしてのこされて今日に及んでいる次第である」(『文芸』三九年一二月号、第14巻三六九ページ)と書き、それが今日の問題でもあることを指摘している。この文章を読んで思いだされるのは、「日記」によると、百合子と顕治の出会いの

時期に、顕治からうけた文学理論の啓発として最も感銘深く記録されているのが、新しい文学の文学性と大衆性の問題だったことである。すなわち、「日記」の三一年一〇月三〇日のページにこう記されている。

「○自分は、一ヵ年いわば文化活動だけやって来た。そして、この二つの違い＝文化活動と芸術活動との——理解しかけていたところにM〔宮本顕治のこと〕に会い、一寸《ちよつと》話し、氷解したのだ。

○芸術的作品のコクをぬき、レベルを下げ、そういう意味での大衆化によって、プロレタリア文化の水準を引きあげ、かつプロレタリア文学の達成を期待したってだめだ。

○プロレタリア作家は、文化啓蒙《けいもう》的な書きものと芸術作品とをハッキリ区別して考え、ドシドシ啓蒙するかたわら、傑出した作品を書いて行くべきなのだ。

○自分がこれまでもっていたあらゆるコクのある見かた、考えかた、観察のしかた、それはみんないるのだ。

プロレタリア作家として決していらないものではない。コルのは具体性のハアクのためだ。

〔欄外に〕

芸術活動と文化活動は二つのものだ。文化啓蒙のためのものは、解説的に書かれるとしても、芸術が芸術であるためには、その芸術的要素を十分活《い》かし高める必要がある」（第28巻四七九ページ）

これは、百合子の文学活動への一つの転機となった。その二日後の日記には、小説にむかおうという気持が意欲的に記されている。実際、百合子が久方ぶりに小説の筆をとり、長篇『舗道』を雑誌に連載しはじめたのは、その直後からだった（『婦人之友』三二年一～四月号、四月検挙のため中絶）。

さらにプロレタリア文学のよりすすんだ段階で、一部におこった性道徳をめぐる混迷の批判（「ひろい飛沫」「一つ頁の上に」）、また「文学作品の評価における芸術性」を、「内容形式相互に流れ交《まじわ》る血肉的なそのいきさつに於て」理解せず、創作の過程で作品の内容を二元的にとらえる時代的未熟さ（「転轍」『文芸』四〇年六月号、同前四〇九ページ）、「作家がおくっている日々の生活の実際の内容即文学内容と見あやまる素朴な傾向」（同前［＊］）、婦人作家の問題としては、女が歴史のなかでおかれた位置を批判的に語りながら、自身の内部にひそむおくれた面を客観的に把握し、それとの闘いを文学と生活のなかで自覚するところまですすみえなかった弱点（同前四一〇ページ）等の自己分析。

＊　「転轍」では、プロレタリア文学運動に参加した婦人作家たちが歴史的な前進の第一歩をふみだしたことへの評価とともに、この一歩のなかに「端初的ないくつかの困難」をはらんでいたことが指摘され、そのなかには「男の作家たちにおけると同じ事情から生れた困難」もあったとして、当時のプロレタリア文学運動全体にかかわる問題点が、次のように分析されている。

「例えば文学作品の評価における芸術性というものが当時はまだ十分内容形式相互に流れ交る血肉的なそのいきさつに於て理解されていなかったため、創作の過程に作品の内容と形式とが何となし二つのもののように示されていたことなどは、男の作家にとっても、婦人の作家にとっても共通な一つの困難を与えた時代的未熟さであった。

芸術性の理解にあたってそのような二元的なような不明確さがあったことは、当時の歴史がもたらした日々の生活感情から自然作品の内容偏重に導いたし、その内容を重く見ることは、やがて文学以前のところまで溢れ出て、男女にかかわらず作家がおくっている日々の生活の実際の内容即文学内容と見あやまる素朴な傾向をも現した。そして、その生活内容というものも当時としてのよりどころをもって評価された訳であった」(『文芸』四〇年六月号、第14巻四〇九ページ)

このように、主な点をひろってみても、プロレタリア文学の運動の理論的反省にとどまらず、今日の民主主義文学運動をふくめ、社会進歩の事業と結びつこうとするすべての文学運動にとって、貴重な意義をもつ多くの問題提起がここにふくまれていることを、理解していただけると思う。

第三は、百合子が、一九三四年のプロレタリア文学運動の解体が、その組織への弾圧というにとどまらず、日本文学全体を荒廃と退化にみちびく決定的な転機となったことを、明らかにしたことである。

百合子は「転轍」で、プロレタリア文学の解体が「日本文学全体の上に深刻な混乱」をまきおこしたことを論じたとき、その混乱ぶりを次のように特徴づけた。

「社会生活そのものが文学作品にも社会性を無視し得ないところまで前進して来ていて、当時はプロレタリア文学に対立の旗じるしを文学の立場としている作家たちでさえも、客観的にはその対立によってこそ自己の社会的な存在意義を自覚し、明示し、確認し得ていたのであった。対立する文学運動のくずされたことは、従来その文学運動のなかにいた作家たちを混迷させたのみならず、対立的な作家たちにも精神のよりどころを喪失させる結果となった。……

生活と文学との現実に対する批判の精神は、歴史の動向への見とおしが目標として失われたと同時に文学の上にも急速に喪《うしな》われた」（『文芸』四〇年六月号、同前四一一ページ）

こうした角度から、百合子は、不安の文学や転向文学、「古典復興」、日本浪曼派、「人間復興」、生産文学、農民文学、大陸開拓文学、報告文学など、文学の世界に当時次つぎとあらわれた諸傾向を分析しつつ、文学が、侵略戦争と暗黒政治という「文学の外のよりつよい力」に屈服し、さらにはその屈服と混乱に高い「現代的意義」を認めたりするところにまでいたる転落の過程を冷静にたどり、「目前にひろがる文学の広茫たる野面」をえがきだしてみせる。それはすでに、第五章で、「転轍」「人間の像」「しかし明日へ」と、各篇を追ってみたところである。

百合子は、戦後発表した『婦人と文学』で、同じ問題について、検閲を顧慮しない明確な言葉で、次のように書いている。

「日本のおくれた近代性のなかで、ともかく世界的水準を目ざしつつ、日本文学そのものの客観的進展に努めて来ていたのは、プロレタリア文学運動であった。日本の人民の自主性と文化の自主性を願って絶対主義支配に抵抗し、文学運動をたたかっていた、そのプロレタリア文学が存在されなくなったということは、とりも直さず、日本文学の客観的な防衛力が文学そのものの領域から奪われたことを意味した。

今日かえりみれば、それからのちひきつづいて文学の世界に渾沌《こんとん》をもち来すばかりであった文学理論、批評の消滅の現象こそ、一九三七年七月中国に対する侵略戦がはじまってから、日本の殆《ほとん》どすべての作家、詩人が、軍事目的のために動員され、文芸家協会は文学報国会となって、軍報道部情報局の分店となり、日本の文学は、文学そのものとして崩壊しなければならないきっかけとなったのであった。

けれども、当時、このことは見とおされなかった」（第17巻二八七ページ）

これは、敗戦後の一九四七年の時点で、戦時に現におこった文学崩壊の全経過をふりかえっての指摘であるが、彼女が基本的には同じ指摘を、すでに早く一九四〇年の時点でおこなっていたことは、その輝かしい先見性を歴史による証明とともに示したものであった。

プロレタリア文学が破壊されたことの日本文学全体にとっての致命的な意味を正確に把握することは、同時に、日本文学の未来ある再生は、それが新しい時代にどのような形態をとろうとも、プロレタリア文学がきりひらいた道の発展的継承をはなれてはありえないことを、さし示したものである。百合子が「しかし明日へ」の最後の呼びかけで、「現実へのより明らかな角度」の回復を強調したゆえんもそこにあった。

以上、百合子の連作・婦人作家論の特質の若干をみてきたが、第二章でものべたように、これは、百合子がすでにもちあわせていた見地を、婦人作家論を素材にそのときの情勢に即して展開してみせたというものではなかった。それは、問題への全力をつくしてのとりくみを通じて、自身の文学理論と日本文学の研究を、プロレタリア文学の総括をふくめて、あらたに大きく発展させた労作であった。たとえば、「この岸辺には」執筆中の顕治への手紙に、「有島武郎の『宣言一つ』の本質を、今度はじめて当時の文芸の解釈との関係で理解しました」(三九年九月一七日の手紙、第22巻四四二ページ)とある。実際、この問題にかぎらず、百合子が連作に書きこんだ多くの命題が、真剣な研究と追求によって到達され仕上げられた結論だった。彼女は、獄中への手紙のなかで、総括的な感想としても、この研究を通じてえられたみずからの成長と発展について、何度か書いている。

「いつか三笠のためにかいた百十五枚ほどの文学史めいたものをよみ直しましたが、これは今日の目で見るとどこか下手《へた》です。……その整理の下手《へた》さは何かしら、客観性の不足が私としては感じられ、あの節出なくて惜しくもないという気がしました。……『文芸』の仕事は、そういう点では随分ためになっているとびっくりします」(四〇年一月九日の手紙、第23巻八八ページ)

「この頃、やっと気まぐれでない勉強の意味がわかりかかったようです。例えば『文芸』のを一貫してここまで来ると、いろいろはっきりして、今『現代文学読本』(日本評論)のために書いている(栄さんにたのんで)『昭和の十四年間』は、一昨年正月にかいた『文学』(三笠の)よりずっとましになりました。そういう成長はたのしみです」(四〇年二月一三日の手紙、同前一二六ページ)

ここで「三笠のためにかいた文学史」といわれているのは、一九三七年一二月、三笠書房『発達史日本講座』の第一〇巻『現代研究』の文学の部のために書いた、「今日の文学の展望」（全集第13巻）のことである。これは書きあげたものの、第一次執筆禁止措置のために発表されないままに終わった。それを二年後に読みかえしてみて、「あの節出なくて惜しくもない」という気がしたほど、百合子は、『文芸』の仕事にとりくんでの自分の成長を実感したのである。

こうした成長を可能にした原動力はなにか。百合子は、これにつづく手紙で、少なくとも一つの、しかし特別に重要な意義をもつ要因について、こうのべている。

「勉学の方も、どうもやはりそういうお礼をいうことになりそうですね。私はこの頃どんなに深く本当の勉強をしている人間と、そうでない人とが、相当な年になって違って来るかということを痛感しているかしれません。若い時代は何というか、特に女の作家なんかテムペラメントの流露《りゅうろ》で何とかやっているが、そろそろ本当に年を重ねて来ると、そういうものだけでは不断の新鮮さ、不断の進歩が見られなくなります。実際勉強は大切です。特に三十以後の勉強というものは、将来を何か決定します。だから、書くことでも、読むことでも、本当に真面目にやるべきです、『文芸』の仕事していて、猶《なお》そう思うのです」（四〇年二月二五日の手紙、第23巻一三五～一三六ページ）

第一次執筆禁止の困難な状況のもとにあった一九三八～三九年の時期に、百合子は、顕治の獄中からの指導と助言にはげまされて、自身の未熟さをのりこえ、いっそうの革命的脱皮をとげるための自己分析を全面的におこなうとともに、これまで本格的にはなしえないできたマルクス、エンゲルス、レーニンの古典の学習に集中的な努力をそそいだ。それが、この手紙にいわれている「勉学」であり、この勉学が、文学史にむかう意欲と結びついたことは、「宮本百合子と古典学習」（『女性のひろば』八六年三月号）でも紹介したとおりである。連作・婦人作家論は、この努力が百合子の文学の「目に見えぬ土台」（四〇年一月一三日の手紙、同前九二ページ）をより広く強固なものにしたことの、一つの雄弁な実証だった。そして百合子の戦時下の不屈の闘争と成長・脱皮を、獄中からささえつづけた顕治が、一九三八〜四〇年というこの時点では、三〇歳代に足を踏みいれたばかりの若い革命家だったという事実も、今日、深い感銘をもってふりかえられる歴史である。

連作へのとりくみを通じての百合子の成長について語る場合、見落とすことができないのは、百合子が、この文学史のなかに、簡潔にではあるが、彼女自身の文学的関心――作家としての足どりの一歩一歩を書きこみ、そのことによって、婦人作家論に、彼女の文学的発展の決算および指針という意義をもたせていることである。

「白樺」の影響をうけつつ、幼稚ながら、「作家の生涯は、生活と芸術との現実的な推進の関係ではかられるべきものという理解」に立っての文学的出発、そして結婚・離婚の苦しいいきさつのうちに「女として自身の抱いている人間的希望の社会的な関係、土台というようなもの」も作家として徐々に自覚していったこと（「分流」『文芸』三九年一〇月号、第14巻三五七ページ）、新しい文学について格別の理解をもたないまま、生活感情ではぼんやりその方向をむき、ロシア飢饉救済の仕事に加わったりした体験、長篇『伸子』で、自身の社会性の限界については無自覚なりに、親子、夫婦など家庭生活の社会的な意味への疑問を、精一杯のところで描いたこと（「この岸辺には」『文芸』三九年一一月号、同前三六六ページ）、『一本の花』（二七年）に、『伸子』完結以後の自身が、「生活と文学の本質の発展に向けて抱いた疑問」を語ったのち、二七年暮、モスクワへの旅に立ったこと（「渦潮」『文芸』三九年一二月号、同前三七八ページ）、モスクワ滞在中、コロンタイズムなどの日本での〝流行〟に感情を動かされて、報告文学風のものなどをどっさり書きはじめる一つの時期に入ったこと、その時期に経験した作家としての文体や書きぶりの変化と、その根底にある成長過程の矛盾——表現すべき歴史の内容と、自分が持ちあわせていた「過去のリアリズム」の手法とのくいちがい（「一つ頁の上に」『文芸』四〇年三月号、同前三九三ページ）、帰国後参加したプロレタリア作家同盟での婦人作家としての活動と経験、その前進面と困難性、百合子の未完の失敗作『ズラかった信吉』（三一年）にも反映した当時の文学の積極と消極（「転轍」『文芸』四〇年六月号、四〇八～四一一ページ）、作家同盟解体後に発表した『乳房』（三五年）の意義（「人間の像」『文芸』四〇年八月号、同前四一五ページ）など、である。

文学史とあわせて自身の成長過程の自己検討をもおこなってきた百合子にとって、この連作の執筆が、創作活動における彼女の大きな転機と結びついたことは、けっして偶然ではないであろう。五年前に「宮本百合子の『十二年』」であとづけたように、戦後の『二つの庭』『道標』に代表される創作上の彼女のライフ・ワークの構想（突然の死のために書かれないままに終わったが、さらに『春のある冬』『十二年』が予定されていた）は、連作・婦人作家論へのとりくみをふくむ戦時下の革命的脱皮の時期をへて、準備されたものであった。

「作家が永い生涯の間で何度発展をとげるか、そしてその時にどの位作品をのこしてゆくか、これは大なる研究に値し、作家必死《（ママ）》の事柄です」（三六年一二月一二日の手紙、第21巻一二一ページ）私は、五年前の講演でも、『獄中への手紙』のこの一節を引いて、「まさにこの『作家必死の事柄』を生涯つらぬいたのが、宮本百合子の五一年の生涯でした」と結んだ（本書七九ページ）。百合子が婦人作家論に書きこんだ自身の文学的発展の歴史を、彼女にかわってさらに書きつづけるならば、戦時下の「十二年」をこそ、戦後の〝羽音高い飛翔〟を準備した、思想と文学の発展のもっとも意義深い時期として、位置づけなければならないだろう。そして、戦時下に発表された最後の大作である連作・婦人作家論が、この成長と発展の過程の記録として、他にかえがたい価値をもっていることを、最後にもう一度指摘したいと思う。

この論稿が、この分野でのよりたちいった研究への一助ともなれば、幸いである。

（『文化評論』一九八六年三月号）

古典学習における「文学的読み方」
――宮本百合子の場合――

『獄中への手紙』によると、宮本百合子が科学的社会主義の古典の学習に、最も集中的かつ連続的にとりくんだのは、一九三八年六月から一九四〇年末にいたる時期のようである。彼女はその前年の一二月末に、作品発表禁止という暴圧をうけた。弾圧下の困難な時期を明日の活動への蓄積に活用するよう、「基本的な勉強」へのすすめも獄中からあり、その助言のもとに、長らく宿題となっていた古典学習を開始したのである。百合子はそれまでにも一連の古典に目を通しており、なかには再読というものもかなりあったが、順序だてての系統的な学習は初めてだった。

その感想は『手紙』にくわしく書きのこされているが、「ユリの手紙をよみ、何と科学の文学的読み方だろうと微笑するところが多い」という顕治の評言(一九三九年三月二四日の手紙、『十二年の手紙』〈新日本文庫版〉上二三九ページ、『宮本顕治　獄中からの手紙』上二四一ページ)もあるように、なかなか独特のもので、古典からの触発がただちに文学への意欲とも血肉ともなってゆく様が生き生きと読みとれるのは、なによりも興味深い点である。

そして、この時期の古典学習は、嵐に抗して苦難の時代を生きぬいた戦時下の百合子の生活と文学をささえる強固な支柱の一つとなったし、また、百合子が戦後、広い視野と展望にたって壮大な文学的・社会的活動を展開することを可能にした、最大の条件の一つともなったのである。

この古典学習と百合子の感想については、前に「宮本百合子と古典学習」(『女性のひろば』八六年三月号、不破『宮本百合子と十二年』新日本出版社、一九八六年所収)を書いたが、そこではごく一部にしかふれられなかったので、今回は、『手紙』に登場する古典の全著作について、百合子の感想の全体を、それをめぐる若干の事情もふくめながら、まとめて紹介することとしたい。

資本主義の歴史と「農民文学」

エンゲルス『空想から科学へ』　一九三八年六月～七月

百合子が最初に読みだしたのは、エンゲルス『空想から科学へ』で、一九三八年六月一九日、訪問していた顕治の郷里山口県島田から、「歴史の細部に亘《わた》っての特性」が実に感じられ、思索を広く深く刺戟されるという、最初の感想が送られている（三八年六月一九日の手紙、第21巻三五九ページ）。百合子がここで、細部にわたる特性をつかんだという「歴史」とはなにか。それは、科学的社会主義の理論の成立・形成にいたる人間思想の発展の歴史とも考えられるが、私にはやはり、エンゲルスが第三章で展開している人間社会の歴史——中世社会から近代の資本主義社会へ、さらにその矛盾の成熟をへて社会主義的未来にむかう歴史をさしたもののように、思われる。この本を読み直して、自分が生きているこの時代、なによりも日本資本主義の現状を、その歴史的特性においてとらえる力が自分の胎内に育つことを、百合子は実感したのではないだろうか。

注目されるのは、彼女が、それにつづく手紙で、この学習から得たものを島田での生活の見聞とも重ねあわせて、農民文学への関心を強めていることである。

「私はこの間うちの勉強から非常に興味あるヒントを得て、大変貴方《あなた》と喋《しやべ》って見たい。文学としては農民文学の問題ですが。現代の日本の農民文学というものは、和田伝《つとう》の『沃土《よくど》』などではどんな価値ある題材をとり落しているかというような点です。昔研究された条件より実に大飛躍をして居る農村の性質＝大河内さん〔理研コンツェルンを組織した大河内正敏〕の工業化や組合化の有様《ありさま》、世界の有様と比べてそれを眺め渡した姿など。借金を背負っているということは、例えば富雄さんの暮しについておよこしになったような方向へも行き得るのでね。一代をそれで終ることが珍しくはないのです」（三八年七月七日の手紙　山口県島田より　同前三七一ページ）

百合子の目に映った山口県島田の農村風景は、牧歌的なものではなく、半封建的な諸関係に独占資本主義と戦争経済の重圧がくわわって、大きな変貌のただ中にあった。百合子は、島田を訪れる度に、軍需工場の建設による農村の変化、戦時統制による農家の組合編入など、その状況を獄中に報告していた。借金の問題もその一つで、顕治は前年八月一六日の手紙で、郷里の個々の家族が背負っている負債を、「数十億の負債（日本の農民全体が負っていた負債総額のこと――不破）の一環としての負債」としてとらえるべきだという見方を、伝えてきていた（『十二年の手紙』上一三三ページ、『宮本顕治　獄中からの手紙』上一二一ページ）。『空想から科学へ』には、資本主義の歴史的発展の重要な内容として、資本主義による農村の変革――農民の小経営が分解と隷属の運命に投げこまれる過程のリアルな叙述がある。百合子は、その叙述を指針として、エンゲルスが研究した当時の条件よりもさらに「大飛躍」をしている日本の農村の変貌をとらえ、その眼で、日本で農民文学としてもてはやされていたものの問題点を解明したい、と考えたのであろう。

百合子は、ここで「貴方と喋って見たい」とのべた農民文学論を、二年後に書いた評論「昭和の十四年間」（一九四〇年）の中で本格的に展開した（第14巻二四六～二四九ページ）。そこでは、日本が農業国でありながら、長塚節《たかし》の『土』以外には農民文学にめざましい収穫をもたないできたこと、プロレタリア文学が初めて「農民が土との関係の中で置かれている歴史の現実に触れて、農民自身による生活表現としての農民文学を導き出そうとした」こと、それが解体して以後のいわゆる農民文学は、作者がもっている観念を農民の存在条件の中に求めるという観念的傾向に立ったもので、日本の農村・農民の存在条件を科学的に観察し分析する実証の精神を欠いたこと、そのことに「内外の事情」による制約がくわわって、戦時下の農民の生活をリアルに描写する「文学的正直さ」にも徹しえないでいることなどが、やがて国策的時流にまきこまれていった作者たちの姿とともに、詳しく指摘されている。彼女が手紙でいった、和田伝『沃土』が「とり落している」ものも、まさにそこにあったのである。

彼女は、資本主義の歴史の特性についての学習を深めるにつれ、農民文学論への関心だけでなく、自らの作品で農村を描きたいという文学的意欲をもあらたに強めたようである。『その年』(三九年、第5巻)は、短篇ながら、そういう側面をもった作品だった。その意欲は、学習がレーニン『帝国主義論』にすすむ頃には、戦時統制下の農村をも視野におさめて、「三代に亘《わた》る日本の米の物語の推移」(第24巻三五ページ)をその長篇世界の一つの柱にするという雄大な構想を語るところまで、具体化してゆく(四〇年一二月一七日の手紙、第23巻四〇〇ページ)。

また、もう少しあとのことになるが、百合子の郷里である福島県開成山から知人が来て、軍需工場の建設によって、彼女が処女作『貧しき人々の群』で描いた農村(桑野村)がすっかり変貌した話を聞くくだりがある。百合子は、「昔の桑野村と何と云う違いでしょう。その変りかたは興味深く、例えばこの佐藤(来訪した知人のこと)などを活き活き書けたら、全くたいしたものだと思います。そして、それは私の第一作(『貧しき人々の群』)の歴史に従った展開なのだけれども」(四三年二月六日の手紙、第24巻三七八ページ)と書いている。これも、同じ関心の延長とも読める文章である。

万年筆の線と赤鉛筆の線と

マルクス、エンゲルス『ドイツ・イデオロギー』 一九三八年一〇月

百合子が次に読みすすんだのは、マルクス、エンゲルスが二十代の若い時代に共同で書いた『ドイツ・イデオロギー』だった。八月九日の顕治の手紙に、「『ドイチェ・イデオロギー』の著者が人間の生活諸関係を、ただ人間の感性の交渉に抽象する弱々しい素朴論を分析しているが、バルザックの時代と歴史性は異る今日の新しい作家も、現実世界についての逞《たくま》しい根本的把握と深い世間智によって、その作品を十分に高いリアリティで築く必要があるね」(『十二年の手紙』上一七五ページ、『獄中からの手紙』上一六一～一六二ページ)とあるから、それに示唆をえて、この本を選んだのかも知れない。

顕治がここでふれているのは、おそらく、人間を抽象的な観念的存在としてとらえて「意識の変革」だけを問題にした当時のドイツの観念論者たちにたいして、「現実的諸個人、彼らの行動、および彼らの物質的生活諸条件」こそがあらゆる人間歴史の前提であることの確認を対置した、『ドイツ・イデオロギー』の最初の数節であろう(古典選書、一七、二六ページ)。実際、顕治は、一九三一

年に書いた「小林秀雄論」（『改造』一九三二年一二月号）で、しきりに「人間的真実」を強調する小林の「人間論」の観念性を批判したさい、『ドイツ・イデロオギー』のこの部分を援用していた（『宮本顕治文芸評論選集』第一巻所収）。

百合子は手紙に書いている。

「薄い一冊の文庫本をさっき手紙をかき終ってから読みはじめている。教科書類は大事にしてあるので、さし当り手元にあるのを、きょうからとしてよみはじめているところです」（一九三八年一〇月二一日の手紙、第21巻四七八ページ）

「薄い一冊の文庫本」とは、三木清の訳による岩波文庫版のことで、フォイエルバッハに関する第一章だけをおさめたものである。原本はソ連で最初に出たいわゆるリャザノフ版だったから、草稿の編集ぶりは、私たちがマルクス＝エンゲルス全集などでいま目にしているもの（アドラッキー版）とは、ずいぶん違っていた。

「この本はなつかしい本です。手ずれて、万年筆の線がところどころにひっぱられている。更にそれから時をおいて、赤い鉛筆の条《すじ》がひっぱられているが、ペンの線と鉛筆の線との間には微妙な相異があって、ペンがより集約的な表現に沿うて走っているのに対して、赤鉛筆はより説明的な解説にまでひろがってつけられている。赤鉛筆をもってよんだときと今日の間には何年かが経っています。

本は何と可愛《かわい》いものでしょう」（同前）

万年筆の集約的な線とは顕治のもの、赤鉛筆の説明的な線とは百合子のものだろうか。二人で相ついで一冊の本を読んだ「なつかしさ」をこめて、学習にうちこむ百合子の姿が目に浮かぶようである。

つづく一〇月二三日の手紙には、訳者である三木清の、「横向き人生態度」と訳文とにたいする批判が語られている（同前四八五ページ）。「横向き」云々は、雑誌に出た人物評からとった言葉のようだが（八月二九日の手紙、同前四二三ページ）、彼女が意識していた三木清の当時の文学的＝哲学的立場の問題点については、宮本顕治「政治と芸術・政治の優位性に関する問題」（一九三一～三三年、『文芸評論選集』第一巻三九一～三九八ページ）および百合子「今日の文学の展望」（一九三七年、全集第13巻三〇三～三〇五ページ）が、参考になると思う。

今日の文学批評の根底に

エンゲルス『フォイエルバッハ論』一九三八年一〇月

次の一〇月二六日の手紙には、当時の百合子の日課が説明されている。午前、巣鴨拘置所で顕治との面会、午後、勉強かお客など、夕食後、教課書、九時前後入浴、就寝とあるから（第21巻四八八～

四八九ページ）、古典の学習には、この頃は、だいたい夕食後の二時間あまりを当てていたのだろう。一一月にはさらに拡大して、一日「五六時間から七時間」を勉強に当てている、とある（第22巻三七ページ）。

一〇月二八日発信の手紙では、二六日に書いた部分（手紙の中には、何日かにわたって書きつづけて、まとめて発信しているものがある）で、「夕飯後の本」として、『フォイエルバッハ論』を今読んでいることを知らせ、読んだばかりの『ドイツ・イデオロギー』と関連させての感想を、まずのべている。

「これは実に面白い。非常に明瞭に書かれていて、この間二度目によんだドイツ哲学の内容の分析の行われている本（『ドイツ・イデオロギー』）との連続で本当に面白い。吸われるように読んで居ます。前の本の或箇処《かしょ》はこの本で一層はっきりとされるし、この本では直接書かれていない部分は、既によんだものによって与えられている」（第21巻四八九〜四九〇ページ）

そして、『フォイエルバッハ論』の読書を手がかりに、フォイエルバッハからマルクス、エンゲルス、さらにレーニンにまで思いをめぐらせたあと、次のように書いている。

「この哲学書の抽象人間や愛について（対して）の批評は、今日の文学批評の根底におかれるべき性質のものです。この哲学者（フォイエルバッハ）が『彼自身死ぬほど嫌っていた抽象の王国から、活ける実在への道を発見することが出来なかった』ために、自然と人間とに密着しつつ、その現実的な在りようは理解しなかったという悲劇を、やがては怠慢を、この批評家（エンゲルス）は、情をもって彼を孤独におき『零落するに委《ゆだね》させた』その国の事情に主な原因をみとめているが、今日の読者は、零落に自分をまかせた（貧困と零落とは質のちがうものですから）本人の抑々《そもそも》の生活への態度をやはり考えずにはいません」（同前四九〇ページ）

百合子は、フォイエルバッハの「抽象の王国」が、当時の文壇・評論界などのヒューマニズム論議のうちに再現していることを、まざまざとみたのである。この論議は、ヨーロッパでの人民戦線運動などの影響のもとに、一九三六～三七年頃から起こってきたものだが、「人間の復興」やヒューマニズムをとなえながら、今日の「生ける現実」、すなわち人間性を圧殺する歴史と社会の現実に眼を向けることを避け、もっぱら「人間中心の心情」の探究に逃避しようとした点で、プロレタリア文学運動解体後の、当時の文学的後退の流れから脱け出たものではなかった。百合子は、この声が最初にあげられた一九三六年以来、文学評論の上で、重視してそのもつ意味の究明にとりくんできたが、十分な解明をなしえないまま、第一次執筆禁止の弾圧を迎えていた。そうした文脈でこの手紙を読むと、ここにのべられているのは、『フォイエルバッハ論』のうちに、この問題を科学的に取り扱うしっかりした足場を発見した感銘であることがわかる。

また、百合子が、フォイエルバッハの、とくに一八四八年の手紙以後の思想的な「零落」とその原因を「情をもって」論じたエンゲルスの文章（古典選書六五ページ）から、当時の日本における文学者たちの思想的「零落」および客観事情だけには帰せられないその責任についての考察を、独自に発展させているのも、注目される点である。

手紙は、つづけて、ジャーナリズムへの無意識的な迎合を警告した顕治の助言にもふれながら、百合子が、時流に抗して生きる作家にとっての教訓を、さまざまな角度から、『フォイエルバッハ論』のうちにくみとっていることを示している。

「いつかあなたが、ジャーナリスティックなユリの文筆活動ということを仰云《おっしゃ》いましたね。云われた精髄が新しい意味でわかりかけて来て居ります」

「昨今の流行語の一つにこういうのがあります。十九世紀は分析、綜合《そうごう》の世紀であった。しかして今世紀は（ナチの如《ごと》く）行動の世紀である。須《すべか》らく世紀の子たれ。松・平・の一属。こういう輩《やから》の、嘗《かつ》ての勉強が、こういう箇処《かしょ》（自然科学が十八世紀は蒐集の学、十九世紀がその整理の学としての分析綜合の学として発展した云々《うんぬん》）というようなところをアクロバットの跳《は》ね台にしているのですね。成程《なるほど》。ローゼンベルグの『二十世紀の神話』が谷川の『日本の神話』の種の如《ごと》きか」（全集第21巻四九〇～四九二ページ）

なお、引用された訳文からみると、百合子が読んでいるのは、作野文夫訳の岩波文庫版のようである。文中には、党創立の初期には党中央委員の任にもあった訳者の、その後の「身のふりかた」への批判も、のべられている。

「だが、この本を訳したひとは、人間の或瞬間に、全く自分の卑俗な便宜で、きっとこういうところ〔哲学上の対立の相対性についてのエンゲルスの説明〕を全く死枯させて自身の身のふりかたに役立てようとしたのでしょうね。丁度《ちょうど》リアリズムの問題を、不具にしようとして人々が、バルザックについて書かれた手紙を、最低に読み直したように」（同前四八五ページ）

バルザック云々は、プロレタリア文学運動の最後の時期に、一部の人びとが、社会主義リアリズムの問題と結びつけて、バルザックに関するエンゲルスの手紙を歪曲し、作家に世界観なんかいらないという敗北的後退的傾向のタテにしようとしたことを、指している。

『起源』から『史的唯物論』へ

エンゲルス『家族、私有財産および国家の起源』 一九三八年一〇月〜一一月

同じ手紙は、翌二七日に書いた部分で、「きわめてつながり工合のよい、必然の興味で」、読書がエンゲルスの『起源』にすすんだことを、知らせている。

「著作が、全体的な叙述、更にその重要な部分部分についての深め・解説として展開されている過程は、真面目な仕事ぶりというものについて大いに教えるところがあります。所謂《いわゆる》ジャーナリスティックな文筆との相違が益々《ますます》歴然として来る。こういう読書は適当の速度、量、一貫性で、次から次へと成長的にされる時、特に多くの収穫があることを感じます。（偶然の一冊は、何かを与えるにしろ、断片的で終りがちです。）そういう風に読むと、光が気持よく前後左右を照すような愉快があります」（一九三八年一〇月二八日発信、第21巻四九二ページ）

「非常に爽快《そうかい》なよろこびをもって読み終りました。現実に対する深い洞察から生じている結論、そして確信は、何と人間を鼓舞し、自身の合理性への欲求の自然であることを一層深く肯《うなず》かしめるでしょう！」（一一月九日の手紙、第22巻一三～一四ページ）

『起源』を読み終えたこの喜びは、結婚と家族の問題についての百合子のそれまでの苦悩が深かっただけに、特別の切実さをもって読まれる文章である。その読書の成果は、百合子が翌年執筆したバッハオーフェン『母権論』（富野敬照《けいしょう》訳、白揚社刊）の書評「先駆的な古典として」（三九年、第13巻）にも反映した。

バッハオーフェンはスイスの歴史家で、その『母権論』（一八六一年）は原始社会史、とくに家族史学に最初のメスをいれた文字通り先駆的な労作である。エンゲルスは『起源』の本文と第四版序文との中で、世界史上母権制が父権制に先行することをはじめ、バッハオーフェンが『母権論』で明らかにした四つの発見を「偉大な功績」とよんで高く評価したが、同時に、家族形態の歴史的な変化を「宗教的観念の進歩の結果」、とくに信仰する神々の交替によって説明しようとしたその神秘主義には、科学的批判をくわえた。百合子は、エンゲルスのこの見地をふまえ、発展的にうけつがれるべきこの書の先駆性はどこにあるか、またのりこえられるべき「神秘的な観念の制約」はどこにあるかを、短い書評のうちに示すことに成功している。

「病気をする前に、新しい興味で勉強しなおしていた本は、バッハオーフェンの先駆的な意味を十分に明らかにしていたのでそのブックレビューは、今日を生きている女としての現実に科学的な

よい意味でのアカデミックな裏づけをもって書くことが出来てうれしかった」(三九年二月一九日の手紙、第22巻一七二ページ)

この学習の成果として、より重要なことは、百合子の女性解放論が、これによって、理論的な深みと確固性を、いちだんと鮮明のものとしたことだろう。その結実は、翌年執筆をはじめた連作・婦人作家論に、もっとも鮮やかにあらわれていた。

エンゲルス『史的唯物論について』　一九三八年一一月

百合子は、『起源』の読了を報告した同じ手紙で、若干の偶然的な事情から、『マルクス・エンゲルス二巻選集』を手にとったことを、のべている。これは、アドラツキーの手になる戦前版の選集(一九三三年、マルクス五〇年祭記念出版で、邦訳も同年、ナウカ社刊)で、一九三七年二月、顕治＝百合子の結婚五周年の記念の一つとして、百合子が買い求めたものだった。この『二巻選集』は、冒頭に、「序説」としてエンゲルスのマルクス回想二篇、マルクスとマルクス主義についてのレーニンの文章四篇、ラフェルグとリープクネヒトのマルクス追想二篇をまとめてあった。リープクネヒトの回想文を読んだ百合子が、青年たちの学習をはげますマルクスの姿に獄中の顕治の姿を二重うつしにさせて、特別の感慨をいだいたことは、「宮本百合子の古典学習」ですでに紹介したとおりである。

百合子は、それにつづいて、『二巻選集』の上巻に収められたエンゲルスの『史的唯物論について』(『空想から科学へ』の英語版の序論、一八九二年)に向かったようである。

「私の勉強は今日から哲学のものにうつります。伝記のつづきに、その本に入っていたある序文でイギリスの十五―十八世紀までの歴史的展望をよんで、実に面白かったし有益で、英文学史というものが、やはり、まだ本国でさえ書かれるようには書かれていないと感じました。漱石の十八世紀の英文学研究をも又改めて面白く思いました。十七世紀に町人の文化が発生して、写実を主とする肖像画が生れ、文学の性格描写が生じ、音楽でヘンデルのような表題楽が生じたこと、日本の西鶴が十七世紀であるのも面白い」（一九三八年一一月一二日夜の手紙、第22巻一七～一八ページ）

古典の学習から人間の生活と思想の歴史について体得したことを、世界と日本の文学史のより深い理解に結びつけるのは、百合子の読み方の一つの特徴だが、『空想から科学へ』の英語版発行にあたって、イギリスの読者のために宗教改革以来のイギリスの階級闘争史と哲学思想史を略述したエンゲルスの文章は、彼女にとってこの面でとくに触発的だったようである。

大著『反デューリング論』にとりくんで

エンゲルス『反デューリング論』　一九三八年一一月～一二月

それから二日後、一一月一四日に書かれた手紙（発信は一五日）では、百合子が、新しい大学ノートを古典の「勉強帳」として用意して、エンゲルスの大著『反デューリング論』へのとりくみを開始したことが、語られている。「オイゲン先生」についてのこの第一信は、『反デューリング論』にとりくむ百合子の構え――エンゲルスの主張（「云われていること」）の正当さとともに、「云いかたの正当さ」、つまりデューリングの議論の混雑をどこでとらえその矛盾をどのように追究してゆくかという論法の本質をも、二重に学びとろうという本格的な学習の構えを、まず示してみせる。そのあとでは、これが「私の哲学的読書力のギリギリのところ」だとして、自然科学の部分で知識の貧弱さから難渋したこと、「科学の第三の部類」＝社会科学のところにきたら「俄《にわか》に息が楽になった」ことを、率直にのべている（第22巻二〇～二一ページ）。

以下は、それにつづく、「オイゲン先生」についての第二信等々である。

「オイゲン先生の二人の人間からはじまる経済の空中楼閣につれて、ロビンソンの話があるでしょう〔第二篇経済学、一、対象と方法、二、暴力論〕。あの作品を、漱石は十八世紀の英国文学の評論の中で、当時の最も下等なる側の代表と云ってとりあげています。漱石の下等というのは、それが理想小説でもないし、美的小説でもないし、どの頁をあけて見ても汗の匂いがして、椅子《いす》をこしらえたり何かばっかりしているからだそうです。そして、構成のだらだらしたところを突いて、自分の小説構成論を述べて居ります」（三八年一一月二一日夜の手紙、第22巻三〇ページ）

「ロビンソンの話」というのは、「オイゲン先生」ことデューリングが、あらゆる搾取の本質は暴力にあるという〝暴力史観〟の論拠として、ロビンソンとフライデーの物語をもちだしたことである。

エンゲルスは、この「子供じみた用例」――ロビンソン物語自体が、オイゲン先生の意図に反して、「暴力が手段にすぎず、……経済的利益が目的である」ことの証明になっていることを、みごとな論法で明らかにし、史的唯物論の基本を展開してゆく。百合子は、エンゲルスのこの文章を読みながら、あわせて漱石のロビンソン論のことを考えるのである。

やがて第三篇「社会主義」に入った百合子は、一週間後の手紙で、冒頭に登場するフランスの啓蒙思想家たちについての考察から、再びヒューマニズムの問題をふりかえっている。彼女が、二年来とりくんできたこの問題に関して、古典学習からなにを得たかは、あとでまとめてみることにしたい。

「オイゲン先生の終りの部につれて（第三篇）十八世紀の啓蒙家たちのこと、文学のことをこれまでよりややまとまった形で学ぶことが出来て、大変愉快です。『永遠の理性』と考えられた（啓蒙家たちによって）ものの実質が、当時の進化しつつあった一定の層の悟性の理想化であり、その矛盾が、光輝ある発火を妙なところ、ナポレオンのポケットへもって行ったことなど、何と教えることが多いでしょう。

啓蒙家たちのことは、文学におけるヒューマニズムの問題のあったとき、いろいろな人がちょいちょいふれたが、真に彼等の理性の本質にふれたものは記憶にない。それはとりも直さず、それをなし得るだけの現代の理性らしい理性がないということです。オイゲン先生は傍《かたわ》ら十五世紀から十八世紀にかけてのヨーロッパ文学史を展望させつつ、予定通り火曜日頃に終ります」（三八年一一月二八日夕の手紙、同前三七ページ）

「『オイゲン先生反駁《はんばく》』は実に面白かった。そして有益であり、面白さに於ては勉強はじまって以来でした。ああいう風に全面にふれているところに独特の妙味があります」（一九三八年一二月五日朝の手紙、同前四六ページ）

科学的社会主義の理論をその三つの構成部分の全体にわたって解明した『反デューリング論』から、百合子が学び吸収したものは、たいへん大きかったようである。二年後に、それまでの学習の全体をふりかえったときにも、彼女は、「一番私の血肉になった」ものとして、『空想から科学へ』『家族、私有財産および国家の起源』とともに、『反デューリング論』をあげている（一九四〇年九月二七日夜の手紙、第23巻三〇九ページ）。

『住宅問題』とプルードン

エンゲルス『住宅問題』一九三八年一二月〜一九三九年二月

百合子が『反デューリング論』を読んだのは、改造社版マルクス・エンゲルス全集第一二巻の河野密《みつ》・林要《かなめ》共訳のものだったようで、彼女は、その読了を報告した同じ手紙で、全集の同じ巻に入っていたエンゲルス『住宅問題』を読みはじめたことを知らせている。その関心が一九三八年の日本の住宅事情とただちに結びつくところも、興味深い。

「この間教えて頂いた哲学の本にうつる前、同じ一冊の中に入っている住宅についての文章をちょっと読みます。何しろ昨今住宅問題は倒るところで話題となって居る始末です。やすい貸家は殆《ほとん》どない。一方『朝日』の広告にしろ、売家ばかりです。ドンドン売り家が出ている。近年なかった現象です。十条の方などでは女工さん『帰ってあんた眠るだけですもの、一部屋へ三人ぐらいおいて十七円ぐらいずつとっても、たのんでおいてくれって云いますよ』というボロイ儲けの話も耳にします。興味があります。この文章のわきにひかれているのは、貴方《あなた》の線かしら」（一九三八年一二月五日朝の手紙、第22巻四六ページ）

顕治がすすめた「哲学の本」が何かははっきりしないが、エンゲルス『自然弁証法』とレーニン『唯物論と経験批判論』の読書がその後もすすめられている（一九四〇年一一月一五日の手紙など）から、そのどちらかと見るのが妥当ではないか。

エンゲルスの『住宅問題』の第一篇は、一八七二年、ドイツ社会民主労働党（アイゼナッハ派）の機関紙「デル・フォルクスシュタート」（編集の中心はリープクネヒト）にのったプルードン派の連続論文にたいする回答として書かれたもので、「プルードンは住宅問題をどう解決するか」という表題をもっていた。エンゲルスは、この論文で、ドイツの住宅難とその解決策を直接の主題としながら、プルードンに代表される小ブルジョア社会主義の立場と、マルクス、エンゲルスの名と結びついた科学的社会主義の立場との根本的なちがいを、エンゲルス独特の具体的かつ明快な論法で明らかにしてゆく。この論文（第二篇）と、続いて執筆したブルジョア的解決策への批判にあてた第二篇およびプルードン派の反論への再反論の第三篇をあわせて一つにまとめたのが、いま私たちの読んでいる『住宅問題』である。

この本の読み方にも、内容と同時にその論法をも学びとろうとする百合子の本格的な読み方が、くっきりと示された。彼女は一二月一五日の手紙で次のように書いている。

「住宅問題をよみはじめていること、前の手紙に書きましたが、これも亦《また》、大いに教えます。これは、問題のそもそもの意味、扱いかた、正しい理解において問題はどこに問題をもっているかということについて考えかたを示しているから、大変面白い。プルードンが、何故住宅問題をとりあげるかという、その動機の分析は、有意義です」（第22巻五八ページ）

すなわち、エンゲルスが、プルードン派その他の住宅問題のとりあげ方の、どこに問題点を見いだし、この問題の正しい扱い方、道理ある理解をどのように対置しているか、その根本をしっかりつかもうというのである。プルードン派の「動機」の分析というのは、小ブルジョア社会主義者がこの点でたずさわるのは、「資本家が労働者を労働者として搾取する」資本主義的搾取の根本的害悪ではなく、主として、住宅問題のような「労働者階級が他の諸階級、とくに小ブルジョアジーと共通にしている……苦難」だという、エンゲルスの批判であろう（全集⑱二〇五～二〇七ページ）。

百合子は、この手紙の一週間後に盲腸の手術で入院したが、回復とともに、中断していた『住宅問題』の学習を再開して読みおえたようで、翌年二月一九日の手紙には、その感想が、再び日本の現実の住宅問題との関連で語られている。

「プルードンへの批評にしろ、五千円範囲の住宅建築には今度の増税もかからないというような点と結びあっていてやはり面白いこと」（第22巻一七二ページ）

経済学とマルクスの文章論

マルクス『賃金、価格および利潤』一九三九年三月

百合子は、『住宅問題』のあと、『二巻選集』にたちもどり、そこに収められた経済学関連の一連の論文に読みすすんだ。

最初のものは、マルクスの『賃金、価格および利潤』で、内容とともにマルクスの文章にも惚れこんだ百合子は、一九三九年三月一五日に書いた手紙（発信は一八日）で、チンダル、ファブルや芥川など内外の科学者や文学者の文章との比較論を、次のように展開している。

「初歩の経済について、古い好人物大工のウエストンさんの説の誤りを正してやっている文章。実に面白くよんで居ります。チンダルの『アルプス紀行』は、科学者が科学について書く文章の実に立派な典型であって、ファブルなど誤りの甚《はなはだ》しい一例と感じましたが、こういう種類の文章の

見本として文学的にさえ面白い。手に入っていること、底の底までわかっていること、情熱をもってつかんでいること、あらゆる現実の解明の見事さは、それなしには文章の輪廓《りんかく》の鮮明ささえもない。芥川龍之介の文章は作文です。嘘ではない。しかし彼の力がとらえ得る狭さをスタイルの確固さでかためようという努力がつよくみられる意味で作文的です、少くとも。文学の永生の一要素はスタイルであると彼はいい、メリメを愛した。しかし面白いわね、彼が今日および明日よまれるとして、それは彼の生涯の歴史的な矛盾の姿をよませているのだから。この場合、スタイルさえもその矛盾の一様相として現れている」（第22巻二〇三ページ）

補足的にいえば、百合子が科学者の文章として、アイルランド生まれの物理学者チンダルのどこを評価し、フランスの有名な昆虫学者ファブルのどこを「誤り」としたかは、二年前に書いた「作家のみた科学者の文学的活動」（『科学ペン』三七年一〇月号、第13巻二〇五～二〇七ページ）ですでにのべていたことだが、この手紙の翌一九四〇年に執筆した「科学の常識のため」（『新女苑』八月号、第14巻二六七～二六九ページ）にいっそう詳しいので、参照されたい。

いま引用した文章に「こういう筆致の生きている文学史が書きたい」という文章がつづくのだが、この手紙にはまた、次のような感想も語られている。

「この本の中にこういう忘れられない一句がありました。『時間は人間発展の室である』時は金《タイムイズマネー》なりという比喩《ひゆ》との何たる対比。人間が生活と歴史について、まじめな理解を深めれば深めるほど、時間がいかに人間発展の室であるかを諒解《りょうかい》してくる。『睡眠、食事等による生理的な』云々《うんぬん》と、時間の実質が討究されているわけですが、こういう一句は適切に自律的な日常性というあなたからの課題へ還《かえ》って来て、それの真の重要性というか、そのものが身についたときの可能性ポテンシャリティの増大について、人間らしい積極性というものが、決して低俗な几帳面《きちようめん》さと同じでないということについて理解させる。（益々《ますます》よく、という意味。）」（第22巻一〇四ページ）

ここで問題になっているのは、この著作のなかの、「時間は人間の発達の場である。思うままに処分できる自由な時間をもたない人間、睡眠や食事などによるたんなる生理的な中断をのぞけば、その全生涯を資本家のために労働によって奪われる人間は、牛馬にもおとるものである」（古典選書一七〇～一七一ページ）という、マルクスの文章である。マルクスは、この文章を、資本の暴虐な搾取を告発し、労働日の合理的短縮をめざす労働者の闘争を根拠づけるために書いたが、百合子はそこに、人間らしい発展のために時間を自律的に活用するという、自分自身への教訓を読みとっている。ここで、「あなたからの課題」といっているのは、逮捕投獄のくりかえしとその後の精力的な文筆活動による過労に第一次執筆禁止の重圧がくわわって、不安定になっている百合子の心身の健康を回復させるために、前年夏、獄中の顕治が彼女に課した、生活の日常的規律を確立する問題であった。

「僕はユリが作家としても、生活者としてもこの自律性によって、純粋な清澄さと、強靱な深さのある世界を築きあげることを深く期待する。僕等が今年の課題とした早寝や義務勉強も、この強靱な自律性の体得のための道標となるものだと考える。……だんだん向上するだろうが、食事時間を五時間前後おくことが理想的なわけだから、そのためにも早起、従って早寝が否応なしに必要となろう。自分で種々の条件を考えて日常律をつくり、それが合理的である以上、最大限にそれに近づけることに『向上』が生まれるのだと思う」（顕治の一九三九年三月九日の手紙、『十二年の手紙』上二二五ページ、『宮本顕治　獄中からの手紙』上二二七ページ）。

経済学の「初歩」と文学の探究

エンゲルス『資本論』第二巻序文　一九三九年三月

三月一七日執筆の手紙（一八日発信）では、「今経済学に関する初歩。三つの不可分の要素はわかります。そして、今日のトピックに沈潜するためにも、文学の展望の上にも尽きぬ源泉として活気の基になることもわかります」とある（第22巻二〇六ページ）。『二巻選集』では、『賃金、価格および利潤』につづいて、「マルクスの『資本論』」（エンゲルス、『デモクラーティッシェス・ヴォッヘンブラット』のための書評）、「マルクス『資本論』第二巻の序文より」（エンゲルス）、「資本主義的蓄積の歴史的傾向」（マルクス）、「経済学批判序文」（マルクス）、「K・マルクス『経済学批判』」（エンゲルス）という五つの小論をまとめてのせており、読書がその部分にすすんできての感想だと思われる。「三つの不可分の要素」とは、周知のように、レーニンが「マルクス主義の三つの源泉と三つの構成部分」

や「カール・マルクス」で規定した、科学的社会主義の三つの構成部分のことだが、『二巻選集』では、この二つの論文は、ともに百合子が前年一一月に読んだ「序説」の部分におさめられていた。「わかります」というのは、「三つの不可分の要素」のうちで経済学のしめる比重が理解できるという意味であろう。

翌一八日の手紙（一九日発信）は、『資本論』第二巻序文を読んでの手紙である。

「『発見』ということについてこの序文（第二巻への）の中になかなか面白いことが云われて居ります。酸素のことですが。十八世紀には酸素がまだ知られていないので、物の燃えるのは、燃素という仮定的物体が燃焼体から分離されるからと考えられていたのですってね。……パリの一科学者が燃素を分離したりするのではなくて、新しいこの元素（酸素）が燃焼体と化合するものであることを発見し、真の発見者となった。と。そして『燃焼的形態において逆立ちしていた全科学をばここにはじめて直立せしめた』と。経済関係の基本的な点にふれて云われるが、どうもこの燃素的観念というものは、ひとごとならず笑えるところあり。文学における現実の発見とは何であるか。作家の内的構成がどんなに主観的範囲に限られて在ったかということを思います。自分の生活でだけ解決していることを、社会的に解決したように思ったり、現実の発見ということは文学を直立せしめるものであり、其故《それゆえ》なまくらな足では立たせられぬというところでしょう。面白い」（同前二〇八～二〇九ページ）

エンゲルスがこの序文で酸素の発見にいたる化学の歴史をふりかえったのは、マルクス以前に剰余価値の発見者がいたといってマルクスを〝反論〟する連中を相手にして、マルクスの剰余価値発見の深い全面的な意義を解明するためだった。百合子は、この〝燃素的観念〟の問題から、そのことにとどまらず、社会的現実に対する文学の在り方——文学が現実との関係で逆立ちでいるか直立するか——についての思索を発展させ、問題の唯物論的理解を深める重要な契機をつかんでいる。

マルクス『経済学批判』の序言　一九三九年三月

百合子は、その日のうちに、『経済学批判』の序言に読みすすんだようで、同じ手紙のつづく部分で次のように書いている。

「ねえ、ここにこういうことがあります。『我々は自分で理解するという主たる目的の』ために二冊の厚い八折判の哲学の原稿〔『ドイツ・イデオロギー』のこと〕を書いたということ。——自分で、理解するためにそれだけの労をおしまなかった人たち。その労作がこのようにも人類生活に役立つということ。こういう展開のうちに花開いている個性と歴史。自分そのもののひろく複雑豊富な内容。この文字はこれまでその本の解説にもついていてよんだのですが、新しくうけとるものがあります。……本当に、私は自分で理解するためにどれだけのことをしているでしょう。文学においても。再び文学のプログラムのことが浮ぶ。これは他の誰彼にわかっていないように私にも分っていない。正しく今日までの過程も跡づけられていない有様です。かえって踏みかためられた小道には雑草といら草とが茂っているままです」（同前二一〇ページ）

「自分で理解するために」というマルクスの言葉への百合子の感銘は、私たちにまた別の感銘をよびおこす。百合子が、発表のためではなく、自分で理解するために、またなにを理解したかを顕治との対話で深め確認するために、この手紙をふくめて一二年間に数千枚の『獄中への手紙』を書きつづけたことを、知っているからである。

「日本浪曼派」のマルクス歪曲

マルクス『経済学批判序説』一九三九年三月

翌一九日執筆の手紙は、百合子が、『資本論』にいどむ前段として、『経済学批判』にとりかかったことが、報告されている。その手紙のなかから、まず『経済学批判序説』についての感想をぬきだして、紹介しておこう。

百合子は、その感想を、「さあここでめぐり会った」という言葉から始めている。それには、それだけの経緯《いきさつ》があった。

二年前、一九三七年八月号の『文芸』と『中央公論』に、それぞれ、評論家亀井勝一郎と小林秀雄の評論がのった。当時、それに反批判をくわえた百合子の文章「文芸時評」（中外商業新報、一九三七年七月〜八月、第13巻）によれば、どちらも「この数年来世界文芸批評の分野に立ちあらわれている科学的批評の態度」を否定し、「古典の生れた環境の解明だけでは新しく文化を再生せしめ、『自己を変貌せしめる』役には立たず、それを憧《あこが》れ、信仰し、永遠の青春として味到してはじめて血肉となるのである」という論調で、日本浪曼派の復古的潮流を正当化しようとしたものだった。そして、二人の筆者は、申しあわせたように、マルクスの『経済学批判序説』のギリシア芸術についての同じ一句を引用し、「等しくその上に立場を求めて」いたことだった（同書一七八ページ）。

百合子は、当時はマルクスのこの文章そのものを読んでおらず、「読者の全部が『経済学批判』を読んでいるとは思われず、私も亦《また》マルクス学者でないから知らないが」とことわりながら、引用されている文章だけからみても、亀井、小林らの「解しかた」の誤りは明白だと批判し、プロレタリア文学が当時到達した科学的批評の精神について、次のように解明した。

「もとより具象的な感覚のものである芸術の味得や評価をするに当って単にそれがつくられた時代の社会的環境の説明や当時の歴史がしからしめた認識の限界性だけを云々《うんぬん》するだけでは終らないものであることは、既に正常な情感を具《そな》えた一般人に充分分っているところである。人類が今日まで夥《おびただ》しい努力と犠牲によって押しすすめて来た文化の蓄積を最も豊富、活溌に人間性の開花に資するようにうけとり活用して、そのような動的形態の中に脈々と燃える人間精神の不撓《ふとう》な前進の美を感得することは、何故これらの批評家にとってこれ程まで感情的に承認しにくいことなのであろう？　これらの人々の内心がどんなカラクリで昏迷《こんめい》していればとて、文化上のガンジーさんの糸車

にしがみついて、人類の進歩をうしろへうしろへと繰り戻して行きたいのであろうか?」(第22巻一七八〜一七九ページ)

日本的「ロマンチストたち」とのこうした論争があっただけに、『序説』を読んだ百合子の報告には、めぐりあいの喜びと、自分の理解が基本的に誤っていなかったことを知ったことへの喜びと、二重の喜びが脈うっていることが感じられる。

「さあここでめぐり会った。亀井氏を筆頭とするロマンチストたちが盛《さかん》に引っぱりまわして、ごみだらけにしていた一句が。(芸術に関する)例のギリシア神話のことです。『困難はギリシア芸術及び史詩(ホーマー)が或る社会的発達形態と結びついていることを理解することにあるのではない。困難は、それらが今も尚《なお》われらに芸術的享楽を与え、且《か》つ或点では規範として又及びがたい規範として通るのを何と解するかにある。』ここを引用し、『人類が最も麗《うるわ》しく展開されている人類の社会的少年時代が、二度と還《かえ》らぬ段階として何故永遠の魅力を発揮してはならぬというのか?』『彼等の芸術が吾々《われわれ》の上に持つ魅力は、それを生い立たせている未発達な社会段階と矛盾するものではない。魅力はむしろ後者の結果であり、未熟な社会的諸条件——その下にあの芸術が成り立ち、その下にのみ成り立ち得たところの——が、二度と再び帰らぬことと、はなれがたく結ばれている』等を引用して、全く逆に使った。そして、『大人は二度と子供には成れぬ』という意味の深さ、更に『子供の純真は彼をよろこばせ、彼は更にその真実をより高き平面に復生産しようと努めないだろうか』と云われていることの文学における現実の意味はまるでかくしておいたこと。

『あらゆる神話は想像において、想像によって、自然力を征服し、支配し、かたちづくる。だからそれは自然力に対する現実の支配が生ずると共に消滅する』というのも何と面白いでしょうね」(同前二一二〜二一三ページ)

W―G―Wに初めて出会う

マルクス『経済学批判』 一九三九年三月

百合子が読んだ『経済学批判』は、改造社版全集第七巻所収の猪俣津南雄《いのまたつなお》訳のもののようだが、彼女は、ギリシア芸術について語った同じ手紙で、この著作にとりかかった最初の感想を次のようにのべている。

「この本は厖大《ぼうだい》な一系列の仕事が多年にわたってどのような一貫性で遂行されてゆくかということについて、実に興味ふかくまじめなおどろきを感じさせます。そしてますます前の方にかいたこと、即ち《すなわ》自分自身に理解するために、努力しつくす力、紛糾の間から現実の真のありようを示そうとする努力というものが偉大な仕事の無私な源泉となっているか、云わばそれなしでは目先のパタパタではとてもやり遂げ得るものではないことが痛切に感じられます。文学作品の大きいものにしても全くおなじであり、ブランデスだって十九世紀の文芸思潮に関するあれだけの仕事は、その日暮しでしたのではなかったこと明白です。更にそのように無私で強力なバネを内部にもち得るということそのものが、どんなに強力な現実把握上で行われるかということも語っています。

専門的に云えば、私は極めて皮相的な一読者でしかないことを認めざるを得ない。宝が宝としての価値の十分さでわからない。何故《なぜ》ならそれだけの準備がないから。しかし現実の問題としてははっきりわかります。そこが学者でないありがたさ。面白いわね。

このような突こみ、綜合《そうごう》性、様々な示唆的です。心にある文学的覚書（その中で文学のプログラムをわかってゆきたいと考えている）の核へ種々のヒントが吸いよせられてゆく。この前書いたものを継続して、而《しか》も文学の諸相をもっとも歴史の土台に深く掘りさげてかき、その過程でプログラムについても理解してゆきたい、そう思っているので」（三九年三月一九日の手紙、第22巻二一一～二一二ページ）

この感銘が、その数ヵ月後に、百合子を近代日本の婦人作家論の歴史的研究という「立体的・体系的な仕事」にうちこませるうえで、一つの力となったことは、否めないだろう。ここでブランデスというのは、デンマークの文芸史家ブランデスの代表作『十九世紀文芸主潮』全六巻（一八七二～九〇年）のことである。百合子は、この本を早くから読んでいたようで、一九三四年一二月、顕治への通信が可能となった最初の頃の手紙で、差入れる文学書の計画の中にもブランデスのこの著書をあげていたし、その後も何度か話題にしている。

経済学の本格的な勉強にいよいよとりくもうとする百合子に、獄中からは、「小説と違って、殊に翻訳を通じて読む場合、一句の端まで分りかねる場合があっても、大体の意味を了解して全巻を読破することに務める方が結局有意義だ」（顕治の同年三月二四日の手紙、『十二年の手紙』上二三九ページ、『宮本顕治　獄中からの手紙』上二四一ページ）という助言が送られてきた。「文学的読み方」という評言も、この手紙の中の言葉である。彼女は三月二六日の手紙で、「この頃は、……文章に拘泥《こうでい》せず、全体をつかんで読んでゆくこつは些《いささ》か身につけ」た旨伝えつつ、経済学との最初の正面からの出あいに、これまでの読書になかった苦労をしている様子を、率直に語っている。

「何しろ、W—G—W〔商品—貨幣—商品〕というような式には初めて出会うのですから。そしてこんなものは云って見ればアルファベットでしょう？　そこからえっちらおっちら歩いているのですから。グランマー〔文法〕とはよく仰云《おつしや》ったこと。こういう文法が一通りわかれば、随分多くの他のことがわかりやすくなるのでしょう」（三月二六日の手紙、第22巻二一九〜二二〇ページ）

しかし、W—G—Wで苦労しながらも、文学的感興がつきないのは、あくまで百合子風である。

「貨幣が主に説明されているところなど実に面白い。人間生活として面白い、バルザック風な。グラッドストーンというお爺《じい》さん〔イギリスの政治家で、蔵相、首相を歴任した〕は、なかなか洒落《しやれ》たことを申したのですね、『人間は恋で馬鹿になるよりも、貨幣の理論ではもっと馬鹿になる』と。この老政治家の夫人は賢夫人で、議会に重大な演説のある日、馬車に同乗して、ドアでひどく指をつめ痛み甚《はなはだ》しかったが良人《おつと》には一言も訴えなかったという一つ話があります。議会へ、そもそも同乗して行くというところ。日本の幾多の賢夫人たちはその良妻ぶりを示すそのような機会を決して持たないわけですね」（同前二二〇ページ）

貨幣をめぐる資本主義社会の経済生活を「バルザック風」と評したのは、まさに名言だった。百合子がその時はまだ読んでいなかった『資本論』では、バルザックの描写は、マルクスの引用に何回か登場してくる。

『資本論』に接した感歎と羨望

マルクス『資本論』第一部　一九三九年三月〜九月

四日後の手紙（三月三〇日）では、待望の『資本論』の読書にやっととりかかったことが報告されているから、『経済学批判』は相当なスピードで読了したようである。百合子が、パリ滞在中の一九二九年一〇月―一一月、経済学者の平貞蔵について『資本論』の最初の部分を勉強したことは、「日記」に出ているし、『道標』にも作品化されている。『資本論』の学習がそれ以来のことだとしたら、約一〇年ぶりのであいである。

この手紙でのべられている、百合子が『資本論』からうけた感歎と羨望の大きさ、そこから生まれた自身の文学評論への反省などは、前の論文「宮本百合子と古典学習」で紹介したが、彼女がそれにつづいてのべている、文学評論における「学問性」の考察も、興味深いものである。

「古今の文芸評論を読破したという学問性だけは、学問性でない。それを読んだことなくても、学問性はあり得ます、正常な生活と文学とを語り、判読し得る。そういう学問性にまでめぐり合えないものが、卑俗な学問性に反撥して、現象主義になり、批評家はいらないと壮言する作家を生むし、一方、そう云われるのも事更わるくないというような批評家を生んでいる。

私にも、どうやら学問らしいものの面白さが、わかって来たことをおよろこび下さい」（第22巻二二六ページ）

つづいて、第一部上（高畠素之訳全五巻の第一巻）を読み終わりつつある五月一五日付の手紙の一節を引いておこう。

「もう少々で第一巻終り。分業というようなことでも大ざっぱに考えているだけであったのに、いろいろわかり面白うございます。それに又文学的と笑われるかもしれないが、この本の構成の立派さが実に屡々《しばしば》感歎《かんたん》をひきおこします。文学作品の構成というものは、つきつめると、一人の作者が、その現実の諸関係をどう見ているかということの反映であることが、こういう違った例で一層確められます。その展開の方法、掘り下げの方法、そして又再び発展してゆく動的な思索。偉いものですね。一口に云えない美しさ畏《おそろ》しさがあります」（同前二九四ページ）

百合子は当時まだ読んでいなかったと思うが、マルクスが『資本論』執筆中にエンゲルスにあてて書いた、「たとえどんな欠陥があろうとも、僕の著書の長所は、それが一つの芸術的な全体をなしているということなのだ」という言葉（一八六五年七月三一日の手紙、古典選書『マルクス、エンゲルス書簡選集』上二七三～二七四ページ）を、思い起こさせるような感想である。

このあとで、彼女も以前読んだことのあるプラトンの『共和国』を、分業論の角度から分析したマルクスの文章に接して、「哲学としてよんだ時代からぼんやり盲目窓のように立っていたものが、こういう現実的な光りでパッと開いたような面白さ」が語られている。

分業から「機械および大工業」の章に読みすすんだ彼女は、「おきまりの読書、その中で、南北戦争がイギリスの木綿製造の機械を改良させた速力のおそろしい勢であることが書かれて居ります。『風と共に』の作者はそういうことをどのように知っているでしょう」（五月一七日執筆、二〇日付の手紙、同前二九九ページ）と書いている。おそらく、第五節「労働者と機械との闘争」の「イギリス綿業における、アメリカ南北戦争にもとづく機械の諸改良の総成果」のくだりを読んでいたのだろう（『資本論』新日本新書版③七五二～七五四ページ）。『風と共に』とはミッチェルの『風と共に去りぬ』のこと。この小説は、その後、顕治も読んで、何回となく二人の間の話題となった。

この前後から、執筆禁止が事実上とけ、連作・婦人作家論や一連の小説を雑誌に書くなど、執筆活動もかなり多忙になるが、手紙によれば、第一部に関するかぎり、『資本論』の読書は、予定通りのテンポではないものの、かなり快調にすすんだようで、五月中に第一部上が読了され、九月はじめには、第一部下も完了したことが、記録されている。

第二部、第三部との悪戦苦闘

『資本論』第二部、第三部　一九三九年九月〜一九四〇年一〇月

『資本論』第一部を読了して以後は、手紙に主に現われるのは、彼女の悪戦苦闘ぶりである。九月はじめに読みはじめた第二部は、約四ヵ月後の一二月二七日の手紙で読了が報じられるが、この巻については、百合子調の文学的感想も、ほとんど聞こえてこない。

獄中からは、この時期に、おそらく励ましの気持もこめて、次のような手紙が送られている。

「このごろは文学的よみかたについても感想を聞かぬが、興味はつづいて居るかね。ディアレクテーク〔弁証法〕の具体的適用の豊富の場としてよむほど有益の度が増すと思う。どんな風にユリの制作の一つのよき土台となって居るか、いささか作物拝見したいところもある」（顕治の一一月四日付の手紙、『宮本顕治　獄中からの手紙』上二八七ページ）

百合子の一一月一八日の手紙には、翻訳についての話とともに、苦闘はしても、これをやりとげて作家としての骨格をきずこうという意欲が語られる。

「読書のこと。翻訳の仕方ということは実に関係が大きいと思います。初めの方だけ岩波の文庫

本で出ていて、あれは先お話していたように何しろ漢詩をかくひとが訳したのですから、実にわかりよく精神活動の美さえつたえられていましたが。でも私はもうこれには謂《い》わばへたりついているのですから。骨格というものは実に大切ね。そして、例えば作家として年も若く単なる生得の直感にたよってだけちゃんと仕事の出来る時代がすぎると益々《ますます》このことは考えられます。文学の豊かな肉づけのなかに埋められてしかもその肉を人体としてまとめるもの」（第23巻二二ページ）

百合子が初めに読んだ岩波の文庫本というのは、河上肇《はじめ》が訳したもので、いまでも「科学的社会主義の方法――唯物弁証法――を体した『資本論』の邦訳」（土屋保男「『資本論』の邦訳をめぐって」『マルクス「資本論」の研究』下、所収、新日本出版社刊）への最初の企てと評される画期的な仕事だったが、河上肇が地下活動を余儀なくされる中で、第一部の途中で中断した。百合子は、それ以後の部分は、高畠素之《もとゆき》訳の改造社版『資本論』で読んだわけだが、これは日本で最初の完訳という意義をもつものの、訳者が科学的社会主義者でなく、マルクスの世界観や弁証法についての理解をもたないまま訳したという致命的な弱点をもっていた。この訳文ととりくんだ百合子の読書の難航ぶりをみるにつけても、科学的社会主義に通じた人びとの手による読みやすい訳書に恵まれている今日の読者の幸いを思わずにはいられない。

また、第二部を読んでいるさなかの一二月六日の手紙で、一つの作品の構想が、『資本論』第一部の読書からの大きな収穫との関連で説明されていることも、注目される。

「この次の〔『三月の第四日曜』〕では、この点で歴史の新しい頁の匂《にお》いというものを描かれている生活の姿そのものからプンプン立ててみたいと思うの。細部までしっかり見て、描き出して、明暗をくっきりとね。この姉弟《きょうだい》の生活の絵を思うと、それの背景の気分のなかにこの間うちの読書にあらわれていた少年と少女の生活状態が浮んで来ます。そして、このランカシアの時代は何と素朴な野蛮さであったろうかと思うの。その少年少女たちは不幸のなかで放置されていたのです。その精神を。精神は荒廃にまかされていました。……その時代はすぎています。その素朴な時代は昔です」（同前三〇〜三一ページ）

マルクスは、第一部の「いわゆる本源的蓄積」の章で、全身のあらゆる毛穴から「血と汚物とをしたたらせ」て生まれてきた資本の秘密をあばいたとき、「児童略奪や児童奴隷化」がその重要な一側面をなすことを指摘、その実例として、イギリスのランカシャーでの児童たちの悲惨な歴史を紹介している（新日本新書版『資本論』④一二九六〜一二九九ページ）。百合子は、この歴史と対比しつつ、少年少女を軍需工業に動員する一九三〇年代の日本をとらえ、『三月の第四日曜』に作品化したのである。

のちに第三部で苦労したさいにも、なかなかすすまない『資本論』読了への意欲をみずからはげます気持ちでか、彼女は再びこのテーマにたちかえっている。

「読書は又肩をすくめて。ヨンジュウ八マイ（頁）。しかし私はあの『三月の第四日曜』の男の子のその後の運命を近頃現代の少年の運命としてひどく心をひかれて居ります。少年の犯罪が激増しているということは心を痛ましめます、彼等の訴えが耳に響いて来ます。その響はこのささやかなヨンジュウ八マイのなかにつよく反響いたします、人間の心の代償は誰からも払われないということは」(一九四〇年四月三〇日の手紙、23巻一八一ページ)

百合子が、三〇年代以後の日本を描く大長篇をもし完成させていたら、『資本論』学習の所産でもあるこれらの少年少女たちとその運命は、かならずその中にしかるべき位置をしめたに違いない。

第三部の読書は、一九四〇年一月に始まったようである。テンポはいよいよおそくなり、一日二ページとか一ページとかいう最小限の基準も、〝せめ苦めいた〟状況となって、一〇月には、獄中の助言者の同意を得て『資本論』の学習を中断し、『帝国主義論』その他の「新しい読書」にプログラムをうつすことにした。その二ヵ月前の八月一日の手紙に、「たくさんの式」の中からやっと這い出して、「このこととドイツが金本位を廃止することとはどういうのだろうかしらと思う地点に立っているところ」とあるから(同前二六三ページ)、少なくとも第四篇の商品・貨幣取引資本か第五篇の利子生み資本のあたりまではすすんでいたのだろう。

百合子は『資本論』全巻読了の計画をこれで終わりにすることなく、その後の『手紙』の中でも、再挑戦の話が何回か出てくる(一九四〇年一一月二四日、一九四四年二月一一日など)が、それ以上のことは、明らかでない。

世界大戦下に『帝国主義論』を読む

レーニン『帝国主義論』　一九四〇年一二月

百合子がレーニン『帝国主義論』を読んだのは、太平洋戦争の始まるちょうど一年前、一九四〇年一二月のことだった。

獄中の顕治は、早くから『帝国主義論』を読むことを彼女にすすめていた。百合子が『資本論』と悪戦苦闘していた一九三九年九月二三日の手紙に、「今の大冊の他、岩波文庫等にあるもので、是非今時よんでおくべきものもあるね」（『十二年の手紙』上三〇〇ページ、『宮本顕治　獄中からの手紙』上二七六ページ）とあり、一〇月三日には「岩波文庫のことを書いたのは、あの中の『インペリアリズム論』が一九一四年の理解のためにごくごく重要だから」（同前二八〇ページ）と念を押している。ドイツのポーランド侵略でついに第二次世界大戦が火を噴いた一九三九年秋、帝国主義と帝国主義戦争の本質を深く把握した上で、時流に正しく対処することを願っての、獄中からの助言だった。しかし、この勧告はなかなか具体化されるにいたらず、顕治は、翌一九四〇年一〇月三日の手紙でも、百合子が当時とりくんでいた明治文学の問題（連作・婦人作家論を単行本にまとめるため、明治文学の部分を書き直していた）にこと寄せて、再び同じ助言をくりかえしている。「明治文学のためにも一九一六年頃出た『帝国論』も非常に有益だね」（同前三八八ページ）。

また、百合子が当時執筆した「キュリー夫人」（第15巻）「フロレンス・ナイチンゲールの生涯」（第14巻）に、戦争の性質評価のあいまいさが示されていたことも、獄中からの学習のすすめを、いよいよ緊要なものとした（顕治の四〇年一一月四日午後、七日朝、九日朝の手紙など）。なお、参考までにいえば、百合子の一一月六日の手紙には、ナイチンゲール論の執筆のさい、エンゲルス『イギリスにおける労働者階級の状態』の勉強が助けとなったとのべられている。

顕治の助言にこたえて百合子は、一一月一三日、問題の本の読書にとりかかったことを知らせるが、何か不安に思ったのか「五五一頁ある本です。よんでいるのは」と書き（第23巻三七〇ページ）、折返しの顕治の手紙で「世界経済の本、本文は二百頁位だね」（『十二年の手紙』上三五五ページ、『宮本顕治　獄中からの手紙』下一六ページ）との指摘をうけて、本を取り違えていたことに気づく。百合子がまちがえて読み始めたのは、当時、白揚社から刊行されていた「レーニン重要著作集」の一つ『帝国主義戦争』（一九三六年刊）で、一九一四年九月〜一九一七年四月にレーニンが執筆して党機関紙に発表した論文三九篇を収録する本文五五一ページの大冊だった。

早速、岩波文庫のレーニン『帝国主義』（長谷部文雄訳）を手に入れる努力をした百合子は、一二月一七日には、この本を読んでの最初の感想を、次のように書き送っている。

「文庫本ね、適当なときに、適切なもので、ずっと『文学史』について云われていた諸点、自分でもいろいろと考えていた諸点はっきりして、確信がついて、何とうれしい気持でしょう。『人間に還《かえ》れ』という文学上の表現が或種の作家にとってはデカダンスからの救いである（これはしかし広汎《こうはん》ね、生産文学から農民文学から知性の文学から生活派文学に亘《わた》るのですから。）が、或る作家にとっては逆転になるということの意味が、鮮明に見えます。一本の道の上を一つの曲り角からこっち迄そのまま辿《たど》って来るのではなくて、ぐるりとのダイナミックないきさつで質の変ったものとなるのだという、その機微は、何と文芸評論にとって、大切な精髄的なものでしょう。芸術至上主義をも否定出来ないというとき、それはありのままに云えば、やっぱりいつか又自由なあきないが出来るようになりましょうというのと同然であるということ、その評論的質のこと、何と微妙でしょう。芸術至上主義論に対して本能的疑問は『人間に還れ』より一層自然に、私にはあったわけでしたから」（第23巻三九九ページ）

この手紙はなかなか難解だが、その意味をくみとるには、これに対応する顕治の手紙とあわせて読む必要がある。「文学史」というのは、百合子がこの年、日本評論社の『日本文学入門』（一九四〇年八月刊）に書いた「昭和の十四年間」のこと。彼女は、六月二二日、この評論を書きあげた日に、そのテーマについて次のように書いていた。

「九年（日本プロレタリア作家同盟の解散）以後、芸術性をよりどころとしていた純文学が、どんなに自我を喪失して、文学以外の力にその身を托《たく》すようになったか、そのことからどんなに卑俗化、誤った功利性への屈伏、観念化が生じて人間の像が消えて来たか、その再生が今日と明日の文

学の課題であるという現実の必然のテーマがあるわけです」（同前二二八ページ）

顕治は、一一月はじめに『日本文学入門』を入手して、一連の手紙で、その評論にたいする分析的な評価をおこなっていた（一一月四日、七日朝、九日朝、一一日午後、一四日午後、一五日、一六日朝、一九日午後、二一日午後、一二月一一日午後等、『十二年の手紙』および『宮本顕治　獄中からの手紙』による）。とくに一一月七日朝の最初の手紙では、次のような率直な感想がズバリのべられているが、これも、キュリー、ナイチンゲール問題とともに、『帝国主義論』学習のすすめに直接つながっていった。「ユリの教養、芸術的素質の豊富さは、この一巻にも充分溢れて居るが、新しく加えるべき教養は、科学の古典だと云うこと、矢張り年来の気付は正しかったと思う」（『宮本顕治　獄中からの手紙』下九ページ）。

これらの手紙で論じられてきた「昭和の十四年間」をめぐる論点の一つに、ヒューマニズムの問題があった。百合子は、一九三八年来の古典学習で、当時のヒューマニズム論議にたいする批判的見地を深め、「昭和の十四年間」では、「人間性を重圧する社会事情」の分析やそれとのたたかいをさけて、「人間中心の心情」一般の肯定に堕したその弱点を的確に批判していたが（第14巻二三三～二三九ページ）、この傾向のもつ意味を、その時代の日本の社会事情から客観的にとらえ、そういう眼でヒューマニズムの論議の健全な発展方向を全面的に示すところまではいたらなかった。獄中からの手紙は、その点をとくに指摘していた。

『帝国主義論』を読んで、レーニンによるこの時代の「資本主義最後の発展段階」としての時代的特徴づけとともに、あれこれの政治的、社会的な潮流や傾向の客観的位置の解明に接した百合子は、当時の日本で、侵略戦争の開始と拡大の過程に生まれた、文学界の後退的潮流を分析するうえでも、そこから多くの得るところがあったのだろう。この手紙でとりあげている、「人間に還れ」という表現がある者にとっては進歩、ある者にとっては退歩になるという問題も、一二月一一日午後の手紙で顕治がのべたことで、百合子の一七日の手紙にこたえた一二月二七日の顕治の手紙でも、デカダンスとの関連をふくめあらためて論じられている（『十二年の手紙』『宮本顕治　獄中からの手紙』）。また「芸術至上主義」の問題がどうしてここで出てきたかをみるには、百合子の一一月二二日夜の手紙での、先行する指摘が参考になる（第23巻三七二～三七三ページ）。

百合子は、一二月一七日のこの手紙で、「もうすこし仕事片づけたらこの本をもう一度よんでね、つづいて第十章のところのこまかくかいたものをよんで、そして初め間違えてよみはじめたものをよむつもりです、面白い。レバーをのむときのようよ。ああこれだけのむと、あしたもてる、そんな慾ばった感じで血の殖《ふ》える感じ」（同前四〇〇ページ）と、『帝国主義論』が帝国主義戦争下に生きる百合子の文字通りの血肉となってゆく心持を、生なましく報告している。「こまかくかいたもの」とは、文庫版が、第一〇章に続いて、付録としてこまかい活字で訳載していた、第二インタナショナルの「バーゼル宣言」（一九一一年、「附録　バアゼルにおける臨時社会主義者大会の宣言」）を指しているのではないか、と思われる。

なお『帝国主義論』の読書から、農村と米の歴史をめぐる作品の構想を得たこと（四〇年一二月一七日）や、レーニンの「奴隷の言葉」をめぐる感想（一二月三〇日）などは、別の場所で詳しく書いたので、ここでは割愛したい。

以上、マルクス、エンゲルス、レーニンの古典を読んだ百合子の感想の主なものを見てきたが、ここに示された「文学的読み方」には、文学・芸術の領域をも包括する力をもつ科学的社会主義の理論の奥行きの深さ、広さとともに、古典との対話から限りない教訓をくみだす百合子の卓抜な文学的力量が反映している、と言えるだろう。

彼女の文学と古典学習との接点は、きわめて広範であり、また有機的である。この小論では、それらの接点をできるだけ網羅的に拾いだすことを任務とし、それへの補足としては、前後の事情その他について、百合子の文章の理解に必要だと思われる、最小限の解説をつけるにとどめた。

（『文化評論』一九八六年五月号）

試練の一二年と作家・宮本百合子

一、『獄中への手紙』を読んで

治安維持法と文化野蛮に抗して

三〇巻にのぼる『宮本百合子全集』のなかで、目を通した回数のいちばん多いものは何か、と聞かれたら、私はためらいなく『獄中への手紙』（第一九巻～第二二巻、新版では第21巻～第25巻、なお以下の全集でのページは新版のページで示した）だと答えます。ここに収められた九九四通の手紙は、公表を予定して書かれた〝作品〟ではありませんし、暗黒政治、それも戦時体制下の獄中への通信という不自由さが全体にまとわりついています。しかし、その一行一行が、百合子の生活と文学の全力をそそぎこめた所産であって、いかなる作品にもおとらぬ、いやある意味では作品以上の重みを持っています。

これらの手紙で語られている内容は、その話題の多面的な豊かさと、最悪の事態のもとにあっても明日への確信を失わない精神の強固な不屈さとで、まず読む者の心をうちます。

手紙の相手である宮本顕治は、外界から断絶した獄中生活にあっても、これらの手紙のおかげで、時勢のおもむく姿をいつも生きたリアルな形でとらえることができたと、私に話したことがあります。そのことについて、百合子自身、戦後も間もない時期に、こう書いています。

「ここに、一人の知識人が、理性に立った社会判断の故に治安維持法にふれて、自由を奪われ、獄中生活をしている。その妻も、文学の活動について同じような困難に面しながら、心からその良人《おっと》の立場を支持し、その肉体と精神とを可能な限り健全な、柔軟性にとんだものとして護《まも》ろうとして、野蛮で、恥知らずな検閲の不自由をかいくぐりつつ話題の明るさと、ひろさと、獄外で推移しつつある世態とをさりげない家族通信の裡《うち》に映そうと努力したことは、その筆者が誰であり彼であるということをぬきにして、一見消極であるが、真の意味では積極的な日本の文化野蛮との闘いの一例であった」（「『どう考えるか』に就て」一九四六年、第16巻五五ページ）

彼女はつづけて、検閲をかいくぐる文化野蛮との忍耐づよい闘いが、獄の内外を結ぶ精神交流の範囲と内容をおしひろげていったさまを、次のように叙述しています。

「岩ばかりの峡谷の間から、かすかに、目に立たず流れ出し、忍耐づよく時とともにその流域をひろげ、初めは日常茶飯の話題しかなかったものが、いつしか文化・文学の諸問題から世界情勢についての観測までを互に語り合う健やかな知識と情感との綯《な》い合わされた精神交流となって十二年を成長しつづけてきた……」（同前五五〜五六ページ）

抵抗者の立場で国民的苦難の時期を

実際、『獄中への手紙』を、一九三四年一二月八日の第一信（これは中途でおさえられて顕治の手もとにはとどかなかった）から読み続けると、百合子が、さりげない筆遣いで身辺の日常的な話題と織りまぜながら、反動と戦争の暗流におし流されてゆく「世態」や文壇の軍国的荒廃の進行を、年ごとに深まる庶民生活の困難と窮迫の状況とあわせて、獄中に伝える克明な努力を払っていることが、よくわかります。

日本プロレタリア作家同盟の解散、顕治の戦友だった今野大力《だいりき》や今村恒夫の死、蔵原惟人《くらはらこれひと》の母の消息なども、顕治だけにわかる言葉で刻々報告されますし、一九三七年に開始された日中戦争についても、その翌年の手紙では、「二十二人の作家が来るべき漢口《かんこう》陥落記録のために出発する由です。内務省情報部や何かのあっせんだそうです」（一九三八年八月二九日の手紙、第21巻四二四ページ）と、文壇での戦争協力の潮流の横行ぶりが報じられ、つづいて、靖国神社の臨時大祭の「二百万の人出」に、兄や良人を失った若い婦人が多かった状況をとらえて、戦争による犠牲が早くも日本の社会をおおいはじめたことを描きだしています（一〇月二一日の手紙、同前四七九〜四八〇ページ）。

百合子の筆は、時とともにいっそう大胆なひろがりをみせ、配給制度など戦時統制経済と物資不足のもとで、国民の日常生活が、衣食住、交通とエネルギー、娯楽などすべての面で追いこめられてゆく状況、顕治の故郷山口県島田や百合子の郷里福島県郡山などにみられる農村の戦時下の変貌、若者らしい楽しみも奪われ、「卒業即応召」から学徒出陣へとすすむ青年学生の苦悩、出版界・言論界の質量両面からの圧殺的再編、「大東亜文学者大会」と作家の従軍、大陸に職を求めて移動する人びとの生きざま、年ごとに暗さを増す出征風景と〝銃後〟に残される家族の不安、防空演習や灯火管制が日常化した隣組生活、学童の集団疎開と空襲にそなえての街々の取りこわしなど、戦争の重圧下に日本社会と国民生活がおしひしがれてゆく過程が、リアリストの広く鋭い視野でとらえられ、記録されています。一九四五年の手紙には、大空襲で焼け野原になった〝きずだらけの東京〟の状況の生なましい描写があります。

「日本橋まで歩いて行ったら、白木屋も使えるのは一、二階だけらしく上部はくすぶった焼籠《やけかご》のようです。……この辺は小さい小さい店舗がぎっしり詰っていて、一間の間口で都会の生活を営んでいたのですからこうなると、もう一望の焼跡で、生活の跡はどんな個性ものこしません」（一九四五年四月六日の手紙、第25巻四二二ページ）

百合子自身の生活体験に裏打ちされたこれらの描写は、一つひとつの手紙をとってみれば、その時どきの局部的な断面にすぎませんが、一〇〇〇通近い通信を総体として読みとおすならば、一二年間の国民的苦難の時期の、抵抗者の立場から書き綴《つづ》られた一つの叙事詩的な記録がそこに残されていることを、はっきりとみてとることができるでしょう。

世界情勢の展望と観測を語る

「本のこと、こういうヨーロッパの有様では注文はいつ来るやらですね。緑郎《ろくろう》、大戦始るか始らぬかで、ワルシャワにはドイツのボム〔爆弾〕が落されているなかでどうしているでしょう。丁度お金もなくなっているそうですが。この前のチェコのとき、巴里《パリ》では多くの人が都会から逃げ、緑郎も『デンジャー、金オクレ』という名文を打ってよこしたが、今回はその暇もありませんでした。ドイツ式方法で侵入したからね、廻廊へ」（一九三九年九月三日の手紙、第22巻四三二ページ）

これは、ドイツがポーランド侵略を開始して第二次世界大戦の幕が落とされた二日後の手紙です。百合子は、当時パリに滞在していた従弟の作曲家倉知《くらち》緑郎の消息を心配する気持ちとあわせて、ヨーロッパ情勢の激変を早速報告したのでしょう。だいぶ後のことになりますが、ヨーロッパでの戦争が最終段階にむかった一九四三年以後も、連合軍のノルマンディー上陸、パリの包囲と陥落などの戦局の動きを、変転する情勢の中での緑郎の身を案ずる思いとともに、知らせています。また、独ソ戦が始まった後には、百合子の十余年前のソ連滞在の回想と結びつけて、多くの場合、固有名詞ぬきで戦局の動きに、思いがはせられます。スターリングラードでドイツ軍が包囲せん滅された一九四三年二月には、ヤルタのチェホフの家の思い出と結びつけて、クリミヤからスターリングラードにいたる南部ロシアの状況が語られています（一九四三年二月一九日の手紙、第24巻三八四〜三八五ページ）。

二人の間では、こういう形で、たえず世界情勢についても意見がかわされました。

「太平洋の波もピンチながら、三角波を立てているというところでしょうね」。これは、緊迫する日米関係を背景にワシントンで野村＝ハル交渉が始まろうとしていた一九四一年三月四日の、百合子の手紙の一節ですが（同前八ページ）、この直後に、百合子にたいし第二次の執筆禁止の措置がとられたことが、明らかになりました。

これにたいして、顕治は早速、そうした波瀾《はらん》の時期に「創作・本格的勉強」にとりくむことが芸術家の成長にとって決定的で、「長篇や作家・文学史研究等、本格的勉強を三四年つづけると、天気晴朗の日、沢山のお土産を持った作家として現われることとなろう」（四一年三月一四日午後の手紙、『宮本顕治　獄中からの手紙』下六五ページ）といって励ますとともに、翌日の手紙では、太平洋問題を論じて次のように答えています。

「世界史の転廻《てんかい》もあと数年が峠だと、大戦の経過などからも推定される。太平洋の波も有史以来のあれ方に向っているようだ」（顕治の同年三月一五日の手紙、『十二年の手紙』〈新日本文庫版〉下一二ページ。『宮本顕治　獄中からの手紙』下六七ページ）

「天気晴朗の日」にそなえて

百合子の生活の波瀾は、真珠湾攻撃とともにおこなわれたその年一二月の検挙、翌四二年七月、熱射病で意識不明のまま釈放、長期にわたる視力障害の継続など、さらに過酷な形で展開しましたが、どんな状況のもとにあっても、世界情勢の発展方向についてのこの共同の確信を、百合子は片時も失いませんでした。「天気晴朗の日」というのは、戦争終結と民主的解放の日をさす二人の合言葉となりましたが、その日に「所産多い」作家・知識人として活動できるよう準備するという確固たる態度は、百合子の手紙のすべてから、脈うつように感じとられます。

たとえば、一九四三年九月、太平洋戦線の敗色濃いなかで、御前会議が「絶対国防線」構想を決定、学生をふくめ国力のすべてを前線と軍需産業に総動員する「国策の決戦的切替」方針を公布した時、そのことを獄中に知らせた次の手紙なども、その不屈の気迫をうかがわせるに十分なものがあるでしょう。

「九月二十三日は、……日本の国民が初めて経験するような生活の大切りかえの方針が公表され、昭和文化史の上に一つの記念すべき日となりました。……作家の生涯に、こういう異状な時代を経験することは様々な意味で千載一遇であり、そこで立ちくされるか磨滅するか何らかの業績をのこすかおそるべき時代であり、各人の精励と覚悟だけが、決定するようなものです」（四三年九月二六日の手紙、第25巻三七〜三八ページ）

百合子は、冒頭に引いた文章――『十二年の手紙』について戦後語った文章のなかで、獄内外の精神交流の一二年間の成長の事実は、「単なる誰それの愛情問題」にとどまらず、「民主主義社会の黎明《れいめい》がもたらされ、抑圧の錠が明けられたとき、日本の文化人は既に十分の準備をもって新たな文化への発足をその敷居に立って用意していたか、そうでなかったかということに直接に関連して来る」(「『どう考えるか』に就て」第16巻五六ページ)と書きました。『獄中への手紙』の全体を読むことができる今日では、この主張の真実性は、いちだんの説得力をもって私たちにせまって来ます。

魂の成長の記録として

百合子が、「天気晴朗の日」を十分の用意をもって迎えた文化人の、それも最も傑出した一人であったことは、誰も異論のないところだと思います。では百合子は、そういう用意を、いつどのようにして、ととのえたのでしょうか。私が結論的に強調したいのは、一二年の辛酸と刻苦《こっく》こそ、戦後の百合子を用意した決定的な時期だったのであり、『獄中への手紙』こそは、彼女が「文化野蛮」と特徴づけた外部からの抑圧との闘争のなかで、また自身のもつ弱点や未熟さを正面から見つめ克服する革命的脱皮の不断の努力を通じて飛躍的発展をとげてきた、百合子の生活と文学の成長過程の百合子自身による記録として、他にかけがえのない値うちをもっている、ということです。

百合子が、一九四五年八月一五日、待ち望んだ「天気晴朗の日」が訪れたとき、顕治にあてて、自分がこの間「一点愧《は》じざる生活」を過ごしえたのは、顕治という、「そういう安定の礎《いしずえ》が与えられるほど無垢《むく》な生活が傍《かたわ》らに在った」からだと、感謝の言葉をのべたことは、よく知られています（四五年八月一八日の手紙、第25巻四九一ページ）。戦争と反動の嵐の中で百合子をささえ、共産主義者として、また作家としての百合子の成長を助けた顕治の役割は、いくら強調しても強調しすぎることはないし、そのことは、往復書簡集『十二年の手紙』や、百合子の『獄中への手紙』の注に紹介された顕治の書簡からも、十分読みとることができることです。

それだけに、『獄中への手紙』では、世界と日本の情勢や身辺の問題についての意見や情報の交換と同時に、生活と文学の両面にわたる百合子の内面的な成長の問題が、一貫した大きな主題とされており、このことをめぐる獄内外の対話が、大きな比重をしめています。いろいろな作家や作品、文学理論についての対話も、百合子の文学へのとりくみと不可分のかかわりがあることを考えると、『獄中への手紙』が私たちに示している核心的な問題は、一二年の嵐の時期における百合子の内面的な発展の歴史をたどることにある、といってもよいかもしれません。百合子が、この間、執筆の限られた可能性を最大限に利用して発表した作品や評論についても、『獄中への手紙』が公表されたことで、彼女がそれらにこめた真意がより深く理解されるようになったという場合が、少なくありません。

『獄中への手紙』が、これに対応する顕治の手紙とともに、私をとらえてはなさない最大の魅力の一つも、実はここにあります。私は、本誌（『女性のひろば』）三月号（一九八六年）に寄せた小論「宮本百合子と古典学習」では、そういう角度から、戦時下の百合子の学習問題について、ふれました。今月（『女性のひろば』同年四月号）から始まるこの文章で考えてみたいのは、百合子の創作活動にとって、一二年はどういう意味をもったのか、彼女の代表作である『二つの庭』『道標』は、共産党員作家としての成長のどのような到達点によって書かれたのか、もしその構想が一九五一年の突然の死によって中断されなかったら、そのライフ・ワークはどのような展開をみせたのだろうか——こういう問題に、彼女の魂の記録ともいうべき『獄中への手紙』を手引きとしながら、可能なかぎりせまってみたい、ということです。

二、宏子の出発とその中断

戦前・戦時の作品の流れ

宮本百合子が戦前、プロレタリア文学運動に参加したのは、三年間のソ連滞在を終えて帰国して後、一九三〇年一二月のことでした。

最初の一年間は、その文筆活動は主としてソ連問題についての文化啓蒙活動に集中し、創作としては、失敗作として未完に終わった『ズラかった信吉』（『改造』に連載、一九三一年、第4巻）があったぐらいでしたが、一九三一年末から長篇『舗道』（第4巻）の執筆にとりかかりました。これは、「満州事変」後の東京の大経営を舞台に、若い勤労婦人の群像をえがきつつ、その生活と労働とともに、階級的な運動と組織が成長してゆく過程を書こうとしたもので、百合子が階級的な立場に到達してから、現代の日本社会に正面からとりくんだ最初の作品でした。『婦人之友』の一九三二年一月号から連載を始め、四月号まで書き続けましたが、日本プロレタリア文化連盟にたいする大弾圧の中で四月七日、百合子が検挙されたために、未完のまま、中断してしまいました。

百合子が二回目に長篇に挑むのは、それから五年後のことになります。四回の検挙を経て、一九三六年六月公判も終わった百合子は、文筆活動を再開、この年の末から新たな構想をもって、長篇の執筆を開始しました。新しい作品は、第一回は、『雑沓《ざつとう》』(第5巻)として『中央公論』一九三七年一月号に、第二回は『海流』(同前)の題で『文芸春秋』一九三七年八月号に、第三回は『道づれ』(同前)として『文芸』一九三七年一一月号に掲載されましたが、これも、一九三八年一月に執筆禁止という不当な弾圧措置がとられた結果、再び中断を余儀なくされました。この長篇(百合子は、一括して『雑沓』と呼んだり『海流』と呼んだりしている)も、「満州事変」後の一九三〇年代の日本を時代的背景としていることは前作と共通ですが、女子専門学校の学生である宏子と、左翼文学の研究グループの一員である重吉とを二つの中心として、この時代の社会と闘争を広い視野でとらえ立体的にえがこうとしているところにも、五年間の苦闘を経ての前進が期待された作品でした。

百合子には、短篇・中篇としては、この前後に一連の作品があります。『おもかげ』『広場』(一九三九年執筆、いずれも第5巻)は、ソ連滞在中の出来事に取材した作品で、主人公は、一九二七年の

『一本の花』（第3巻）にはじめて登場した朝子でした。この『一本の花』は、『伸子』（一九二四〜二六年、結婚＝家庭問題で百合子が体験した苦悩と努力を裏づけとした最初の長篇、第3巻）に続く気持ちで、ソ連への出発の直前に書かれた作品です。

『海流』にさきだって一九三五年三月に書きあげた『乳房』（第5巻）は、夫の重吉を獄中にもつひろ子を主人公に、弾圧下の人民の闘争とその前衛をえがいたものであり、『猫車』（一九三七年、第5巻）『その年』『杉垣』（一九三九年、同前）、『三月の第四日曜』『朝の風』（一九四〇年、同前）などは、より制限された表現ながら、戦争と反動の流れの強まるなかで、日本社会のさまざまな断面を、流れに抵抗し現状を告発する立場で書かれた作品群でした。

しかし、一九四一年以後、第二次の執筆禁止措置で発表の自由を奪われたため、長篇としては、『海流』が、初めの部分によせ執筆・公表された、戦前・戦時の時期の最後の作品となったのです。

長篇構想の戦後の新たな展開

百合子は、戦後、執筆の自由をとりもどした時、創作活動を精力的に開始しました。その結実が、一方では、『播州平野』（一九四六年、第6巻）『風知草』（同前）という、ひろ子と重吉を主人公とし、戦後の日本を舞台とした二つの作品であり、他方では、一九四六年から一九五〇年まで書きつづけられた長篇連作『二つの庭』（同前）『道標』（第7巻、第8巻）であることは、よく知られています。しかし、百合子が一〇年ぶりに執筆にとりかかった長篇は、『舗道』（第4巻）『海流』をうけついで三〇年代あるいは四〇年代の日本の社会と人民の闘争をえがいたものではなく、作品的にも時代的にも歴史をぐっとさかのぼって、形の上では『伸子』につづくものとして、伸子の成長と発展の過程を正面の主題にすえ、成長する伸子の眼を通して一九二〇年代の日本と世界をえがくというものでした。

百合子がライフ・ワークとして全力を注いだ戦後の長篇が、どうしてこういう構想となったのかという問題については、百合子自身、「あとがき（『二つの庭』）」（一九四九年、第18巻）、「文学について」（一九四九年、同前）、「心に疼《うず》く欲求がある」（一九五〇年、第19巻）、「『道標』を書き終えて」（一九五一年、同前）などで、創作方法の問題として、さまざまな角度から解明をおこなっています。しかし、『舗道』『海流』から『二つの庭』『道標』にいたる一〇年間に、長篇にとりくむ百合子の文学的立場に、どのような探究と発展があったのか、おそらく百合子はこの飛躍のために深刻な内面的な苦闘と脱皮をかさねたにちがいないが、それはどのようなものであったのか、この過程を作家の発展、成長の問題としてより深くたどってみたいというのは、私が以前から強い関心をもってきた課題でした。

『獄中への手紙』は、この問題についても、たいへん興味ある材料を提供しています。

三〇年代の日本を縦断的に

百合子は、すでに『獄中への手紙』の第一信で、長篇執筆への意欲を、熱と自信をこめて次のように語っています。

「私は来年にはうんと長い大きい小説にとりかかります。それのかける内容が私の体について来た感じです。その身について来たものの一つの例であるが、大きい文学に必要な豊富でリアリスティックな想像力というものは、現実をよくつかんで、しって、噛《か》みくだいていなければ生じぬものですね。そして、そういう力なしに大きい作品は書けないのだが、私は自分が過去二三年の間、そのひろくて、熱のある想像力の土台の蓄積のために随分身を粉にしたし、そのおかげで今日自身が仮令《たとい》僅かなりともそういう文学上の力を再び我ものにしたことを実感しているのです。私はやっと生活の上で闊達《かったつ》であるばかりでなく文学の上でも闊達ならんとしているらしいから一層慎重に勉強をすすめるつもりです」（三四年一二月八日の手紙、第21巻一二ページ）

『舗道』を書いた時には、多くの未熟さを残した革命運動の新参だった百合子が、顕治との結婚、自身の三度にわたった検挙、顕治の地下活動への移行と検挙、文学運動内の敗北的潮流との闘争など、一九三二〜三四年の激動の日々をへた地点にたって、この間に経験した鍛練とその自覚をふまえ、新しい構想で長篇に挑む熱望と自信をみなぎらせていることが、この文面からうかがわれます。

百合子が、「内部的な一つの世界の前に扉があきかかっているのを」見るような「快い苦痛」に身をゆだねながら、この意欲を作品の構成に具体化させ、長篇の執筆にとりかかったのは、それから二年後の一九三六年一一月のことでした（一一月一一日、二六日の手紙、同前一一三〜一一四ページ、一一七〜一一八ページ）。それが、『雑沓』を第一回とする一連の作品でした。顕治は、「ユリの仕事も、『宏子』の門出も、悦びと元気にみちて始まったそうで、僕も長旅が見事に完成することを予め祝っておこう」（一九三六年一二月一二日の手紙『十二年の手紙』上七〇ページ、『宮本顕治　獄中からの手紙』上七五ページ）と、獄中から祝福の言葉を送ります。

百合子は、三回目の『道づれ』を書き終えた一九三七年一一月、これで「私のプランの第一の部分の三分の二ばかり」来たといって、全体の構成について、解説しています。

「第一、第二、第三部になる予定です。１９３１頃から'36位に及ぶ。私は昔云っていたようにこの小説では、外面的な事件を主とせず、社会の各層の典型的な諸事情と性格と歴史の波との関係を描き出してゆきたいのです」（三七年一一月一一日夜の手紙、第21巻二五七～二五八ページ）

宏子の家族の問題を骨格の一つにすえて

この抱負をのべて一ヵ月あまり後に内務省警保局による作品発表禁止の弾圧があり、長篇が『道づれ』をもって中絶するにいたったことは、すでにのべたとおりですが、この弾圧のもとでも、百合子は、やがてはこの長篇を完成させようという意思をもちつづけました。翌年八月の手紙では、これを、「書きはじめて、これはユリのこの十年の成果として文学史的価値を与えようと決心している長篇小説」と意義づけた上で、ひとくちには言えないその「複雑な内容」の一つの柱について、次のように語っています。

「ある一家族の歴史的推移を扱う場面の最も骨格をなすテーマは、父親である男がその人間的美質や技能にかかわらず、自分の属す社会の故に、極めて卑俗な生活面を持ったことを発見して、次代の者である娘が、父への愛、悲しさ、残念さの故に一層より合理的なものへの献身に進んでゆくことが、一つの歴史の性格として把《とら》えられています。そのほかいくつかの愛と呼ばれていて愛でない人間関係の究明とともに」（三八年八月一九日の手紙、同前四〇〇～四〇一ページ）

ここで「一家族」というのは、『海流』の主人公宏子の家庭、加賀山家のことで、宏子と父親の泰造との関係が骨格的テーマとしてとりだされているわけです。『海流』では十分に展開されないままに終わったこのテーマが、位置づけや人物の社会的配置こそちがえ、戦後の『二つの庭』『道標』にも共通するテーマの一つであることは、この二大長篇を読んだ方には、すぐおわかりのことでしょう。

こうした内容はともかく、この段階では、百合子は、「文学史的位置」を与えるべきライフ・ワークを、一九三〇年代の日本を、社会の各層を縦断的にとらえ、その骨格の一つに、小市民的家族からの宏子の発展的離脱を位置づけた『海流』の構想の完成として、ひきつづき頭にえがき、執筆禁止の条件のもとでも、その完成への意欲をもやしていたのです。

自己分析をへて新しい境地へ

しかし、百合子は間もなく、『海流』の構想そのものに反省的な分析をくわえるようになります。それは、一九三八～四〇年の、彼女の果敢な脱皮と自己変革の過程においてでした。

百合子の一二年をふりかえる時、到達点に安住しない不断の前進への努力が、一貫したものとして深く印象づけられますが、私は、戦時下の彼女の手紙や作品、評論を読んで、そうした努力が全身的な形でもっとも集中的におこなわれ、生活の上でも文学の上でも飛躍の名に値する発展をとげた一時期が、一九三八年夏から一九四〇年にかけての二年間余だったと、感じています。それには、そのことを百合子の内的必然としたいくつかの事情と契機がありました。

第一は、百合子が、獄中の顕治からの助言と問題提起にこたえて、自分の生活態度や心理のうちに残されていた不健全な弱点や夾雑物《きょうざつぶつ》を取りのぞく精神的〝大掃除〟を敢行したことです。彼女は、一九三八年一二月に、もっぱら〝百合子論〟にあてた一連の手紙を書いて、文学と生活の両面から、過去にまでさかのぼった「私」自身の総決算をおこないます。この〝百合子論〟へのとりくみが、戦争と反動の嵐の時代をあらゆる風波にたえて〝一点愧《は》じることない〟姿勢で生きぬく土台石となった、といえるでしょう。

第二は、「基礎的勉強」すなわち科学的社会主義の古典学習の努力です。これも、顕治のねばり強い勧告のもとに開始されたことでしたが、手紙から推察されるだけでも、一九三八年夏から四〇年にかけた時期に、『空想から科学へ』『ドイツ・イデオロギー』『フォイエルバッハ論』『家族、私有財産および国家の起源』『史的唯物論について』『反デューリング論』『住宅問題』『賃金、価格および利潤』『経済学批判』『資本論』『帝国主義論』などが、次つぎと読破されてゆきます。この基礎的勉強は、百合子が、逆境の中でも、歴史を動かす〝深部の力〟を把握して時勢にたちむかう生活の原理を培うと同時に、時代と社会を正しい歴史的洞察にたってとらえる作家的力量を深く築きあげるうえでも、決定的な条件となりました。この時期の学習ぶりの一端は、三月号（「宮本百合子と古典学習」）で紹介したとおりです（より詳しくは『文化評論』一九八六年五月号の「古典学習における『文学的読み方』〈本書所収〉）。

第三は、一九三九年七月から治安維持法違反等被告事件の公判が始まり、百合子が連日法廷に通って、傍聴をつづけたことです。宮本顕治の陳述は、翌四〇年四月からでしたが、この公判傍聴から百合子が得たものは、文学上の教訓もふくめてきわめて絶大なものがあり、そのことは手紙や日記に生きた言葉で記述されています。私は公判と百合子の文学との関係ということを、公判記録と百合子の手紙、日記をあわせつつ究明することは、宮本百合子研究の重要な主題の一つをなすのではないか、と考えています。

第四は、百合子が、この間、明治初年から現代にいたる婦人作家論にとりくんだことです。一九三九年四月から四〇年九月までの約一年半、本腰をいれてこの仕事にとりくんだ百合子は、その中で、婦人作家の生活と文学の在りようについて歴史的な考察をかさね、自分をふくめプロレタリア文学運動に参加した婦人たちが脱し切れなかった未熟さの自己分析をおこない、婦人作家が自身の内面にある後進性を克服し脱皮することの重要性と、それ自体が文学の貴重な主題をなすことへの認識を深めます。この問題についての詳細は、『文化評論』一九八六年三月号に書いた「戦時下の宮本百合子と婦人作家論」（本書所収）を参照してください。

こうした事情と条件が重なりあって、百合子が共産主義者として文学者として新しい境地にすすんでゆく様子は、その時どきの手紙を通じて、いわば連続する映画の一コマ一コマを見るように、刻々と獄中に報告されています。

百合子は、この時期を、その渦中にあったさなかに、「私の作家としての成長の過程」における「発酵の時期」と特徴づけたことがありましたが（三九年三月二二日の手紙、第22巻二一四ページ）、こうした前進は、長篇『海流』の問題をふくめて、百合子の創作態度にも、新しい地平を開く条件となりました。

三、『二つの庭』『道標』への道

作品がなぜ中絶したのか

〝百合子論〟にとりくみ、新しい境地を探究しつつあった百合子は、一九三九年のはじめごろから、成長しつつあるその眼で、プロレタリア文学運動に参加して以来の自分の作品についての反省的な分析を開始します。最初の感想の一つは、『ズラかった信吉』（一九三一年、第4巻）、『舗道』（一九三一〜三二年）など、いくつかの作品が「中絶した」ことについて、自分としては「時間的な外部の条件」（弾圧その他）の側からしか理由を見ることができずにいたが、作品自体につながる弱点があることが会得《えとく》できた、という趣旨の反省です（三九年三月三日の手紙、第22巻一八五～一八六ページ）。この点は、顕治が以前から注意していた問題だったようで、二人の間には、この反省をめぐる対話がつづきます。

顕治　「『信吉』や、『鋪道』がそのままになったのは、この生活力の内的必然としてでなく、当時の文学の大衆性の一面的理解〔『信吉』は、作家同盟の割当て式注文で書かれた――不破〕や、ジャーナリズムの外部的注文等をモメントとして、いわば心臓からより頭脳でかかれたことに重要な一因子があると思う」（三月九日の手紙、『十二年の手紙』上二二五ページ、『宮本顕治　獄中からの手紙』上二三六ページ）

百合子　「自分で深く感じて来ていることですから信吉や何かの中絶が頭脳的所産であったために切れたということも十分わかります。『伸子』『一本の花』『赤い貨車』〔第4巻〕（これは当時の過渡性がよく出ている、私の）それらは、皆ハートから書かれている。自然発生的にね」（三月一一日の手紙、第22巻一九五ページ）

注目すべきことは、百合子が、この反省を、数ヵ月前に「文学史的価値」を与えたいとしていた長篇『海流』にも及ぼし、自身にたいする〝甘さ〟がこの作品のリアリズムを弱めたことを、率直に認めていることです。

「その世界に甘え、その世界を見る自身に甘えたら、決してリアルには描けない。……私の長い作品〔『海流』のこと〕について、言っていらしたことね、〔傑《すぐ》れた作品にするには云々と。生活の態度について〕あれは本当です。はっきり本当と思います、あいさつとしてではなく」〔百合子の四月三日の手紙、同前二三一ページ〕

一方で『杉垣』などの新しい作品や連作・婦人作家論などの執筆にとりくみながら、自分の作品世界にたいする百合子の点検作業は、さらに続けられます。

作品群をふりかえっての整理

この点で、興味をひくのは、ソ連滞在中の出来事〔弟の死〕を主題にした作品『おもかげ』〔第5巻〕を書き終える直前、一九三九年一一月一五日の手紙です。百合子は、ここで、自分の過去の作品のなかから、その時どきの自身の生活の成長を反映した一連の作品群――いわば「ハートから生まれた」作品に属する――をとりだし、まだ書かれていない部分を一つひとつ作品化してゆくことで、自分の作品世界を完成させたいという願望を、今後の仕事のプランとしてのべています。

「『貧しき人々の群』〔第1巻〕、それから『伸子』、『一本の花』から『赤い貨車』〔ソ連の社会主義建設に取材した作品、一九二八年〕、それから『小祝《こいわい》の一家』〔第4巻〕、『乳房』、この間にまだ書かれていなくて、しかも生活的には意味深いいくつかのテーマがあります。『赤い貨車』から『小祝の一家』〔弾圧と闘争のなかでの文学運動の活動家をえがいた、一九三四年〕までの間で。今書こうとしているもの〔『おもかげ』のこと〕などは、そのブランクを埋めるものですね。……生活の成長とともにあらわれる作品の体系というものを考えます。全集というものの意味についても考えます。……歴史と個人との活々《いきいき》とした関係が、作品の成長、生活の成長の足どりを一つから一つへと語っている、そういう全集が日本にいくつあるでしょうか、……一つ一つと作品を生んでゆく、その生活そのものが、作品以前の芸術であるという感じ、そのものを完成させようという希望（仕事とともに）、そういう生きる思意が漲《みなぎ》った全集。そういうものをのこせたら作家はもって瞑《めい》すべしですね。

私はこれから、この点を考えて作品を書いてゆきます」（第23巻一七ページ）

こうして「ポツポツぬかされた生活の舗道を手入れしてゆく」（同前一八ページ）つもりで書かれたのが、『おもかげ』と、それにつづくソ連滞在の最後の時期をえがいた『広場』（第5巻）でした。

「脱皮の内面」を正面の主題として

百合子は後に、「一昔前、ユリが作家として質的な脱皮（プロレタリア文学運動と共産党への参加）をしつつあったとき、作家としての必然としては、その脱皮の内面をも描いて行くことにあった」（顕治の一九四〇年一〇月一九日午後の手紙、『宮本顕治　獄中からの手紙』上三九五ページ）という獄中からの指摘にたいして、「『広場』ではじめていくらかそれにふれているわけ」と答えながら、その当時の文学運動と自分をふくめた「一体の若さ」のため、まさに「内面的過程を描」くべきその時期にそれができなかったことを、口惜しがっています（一〇月二三日の百合子の手紙、第23巻三四〇ページ）。

しかし、全集構想について語ったさきの手紙は、百合子が、自身の成長と脱皮の内面的過程を「歴史と個人の活々とした関係」において追求し作品化する仕事を、プロレタリア文学運動に属する自らの文学の骨格をなすべき主題として、正面からすえるにいたったことを、示しています。ただ百合子の頭に描かれていたのは、まだ、戦後の『二つの庭』『道標』のような一大長篇ではなく、大小の作品の集大成としてやりとげようという構想でした。これらの作品群では、作者の分身として登場する主人公についても、当時の作者の気持ちとして、伸子、朝子、ひろ子と書きわけられざるをえないことも、語られています。

「伸子は題名として今日では古典として明瞭《めいりょう》になりすぎていて、人物の展開のためには、てれくさくてつかえなくなってしまっています。伸子、朝子、ひろ子、そういう道で脱皮してゆきます。面白いわね。朝子は重吉の出現までの一人の女に与えられたよび名です。朝子が万惣《まんそう》の二階で野菜サンドウィッチをたべるような情景から、彼女はひろ子となりかかるのです。そして、それからはずっとひろ子」（一九三九年一二月六日の手紙、第23巻二九ページ）

万惣とは、東京神田の須田町にいまもあるフルーツ・パーラーのこと［＊］で、百合子と顕治の出会いの象徴として、手紙のなかにその後も出てくる情景です。要するに、朝子がひろ子へと脱皮する転機が、顕治すなわち重吉の出現にある、ということです。

＊　この店は二〇一二年三月に閉店したとのことです。

『海流』から新たな前進への模索

では、この構想のなかでは、長篇『海流』はどう位置づけられるのか。同じ手紙のつぎの文章は、作者の成長を軸として追求するこれらの作品群のうち、ひろ子段階に属するものとして、全体を書き直し、部分部分でも仕上げてゆくという考えを語っています。方向はまだ十分定かではありませんが、仕上がった部分部分をもって、『乳房』にいたる「生活の舗道」の空白を一つひとつうめてゆこうとする心づもりが、うかがわれます。

「ひろ子は『雑沓』から作品化された姿であらわれて来るのです。そこから重吉も出て来る、これも作品化されたものとなって。でも、私はこの夏のいろいろの経験から、その作品化の浅かったこと、つまり浮彫《うきぼり》の明暗を、構成の全体で鈍くしかとらえていなかったことが分って来たので、ずっと書き直します。謂《い》わばこね直します。そして、部分部分出せるところは出してゆきます」(同前ページ)

翌一九四〇年一月、中央公論社から書き下ろし長篇執筆の依頼があり、百合子は、そのプランにも頭をめぐらしながら、『海流』をどんな方向で仕上げるべきかの探究と思索をつづけます。その間、短篇では、戦時下の日本社会の断面をそれぞれにとりあげた一連の諸作品――『三月の第四日曜』『昔の火事』『紙の小旗』(いずれも5巻)なども書かれました。これらは、朝子もひろ子も登場しない、百合子の分類によれば、主として「客観的素材」を扱った作品ということになります。「歴史と個人の活々した関係」を統一してとらえることが目標である以上、これらの「客観的素材」と、『おもかげ』『広場』などが主題としてきた「主観的素材」とは、統一されなければなりません。一九四〇年一一月当時の百合子の手紙は、その思索をこの問題に集中しています。

一一月一一日の手紙では、これまでの作品に二様の素材がちゃんぽんにあらわれたこと、『海流』でもその統一に成功しなかったことをふりかえった上で、つぎの前進のために百合子が「会得《えとく》」したと感じているものを、意欲的に語っています。

「主観的素材、客観的素材。それがちゃんぽんにあらわれました。『海流』がもし完成されたら、そこの中で、評論で私が統一しているような統一された自他があらわされ、身につけられたのでしょうが、それが中絶したために、そういう時代の気流のために、一方は『朝の風』（5巻）で底をついたわけです。この関係は本当に微妙よ。……短篇集〔その年一一月に出版された作品集『朝の風』のこと〕には、はっきり私の苦しみが映っていると信じます。私の苦しみが映っていて、その私の苦しみが時代のものであるということがどの位語られているか。……

この次の長いものでは、それを統一してゆくことが会得されたようです」（同前三六五ページ）

「私小説」からの出発点をふまえ直して

この手紙が、それにつづく部分で、私小説から発生した百合子の文学的出発点をあらためてふまえ直して、出発点との断絶ではなく、そこからの真の質的発展として自分の今後を究明しようとしていることは、大いに注目されるところでしょう。

「ここまでに示されている永い期間の困難というものは、私の過去の文学の伝統だの、性格だのが原因となっていると思います。私は私小説から発生して居りますからね。……

私がもしいくらかましな芸術家であったとしたら、それはつまり、あれをかいてみ、これをかいてみ、という風に血路を求めずやっぱり自分を追いつめて、やっとのりこす底まで辿りついたところにあるでしょう。十年がかりでそこまで自分をひっぱったところにあるというのでしょう。私小説が真の質的発展をとげてゆく道というものは、こんなにも困難な、永い時間を要することです」（同前三六五～三六六ページ）

その二日前の手紙では、百合子の到達した境地が、「日本の文学史が遠くない昔にさしていた拡大された生活者的我というものを、私は馬鹿正直に追求してゆきます。……それは単なる作品のテーマにとどまらず、日本の文学のテーマであり、作家の生涯のテーマであるものだと思いますから」（一一月九日の手紙、同前三五九ページ）と、若干ひらき直った言いまわしで語られています。「私の苦しみ」を「時代のもの」（「時代の苦しみ」ということ）と本質的に一体のものとしてとらえ、時代の中で生きる「生活者」としての「私」の成長を、歴史と個人の活々とした関係において描きだす――これらの文章には、プロレタリア文学運動に参加して一〇年間の総括をふまえ、作家の生涯の新しい画期を迎えようとする百合子の意気ごみが、躍動する言葉で綴られています。

一一月一一日の手紙での「この次の長いもの」とは、中央公論社から依頼された長篇のことで、直接的には朝子、ひろ子の物語ではありませんが、翌年二月八日の手紙には、この姿勢にたって、『伸子』をひきつぐものとして『海流』を書きたいという希望が、つよく語られています。

「『海流』しかし今になると、作者は、もっともっとあの題材をリアルにしてかいておきたいと思う心がつようございます。伸子の発展であるが、発表する関係から、宏子が女学生でそのために一般化され単純化されている面が非常に多いのです。心理の複雑さ、人生的なもののボリュームの大さ、それは、やはり『伸子』以後の、『二本の花』をうけつぐ（間に『広場』、『おもかげ』の入る）ものとして描かれてこそ、本当に面白い作品です。歴史の雄大さのこもったものです。書いておきたいわね。それは作家としての義務であるとも思います。必ずいつか時があるでしょう」（同前五二三ページ）

しかし、第二次執筆禁止の弾圧は、その直後に百合子を襲い、戦争終結の日まで、作品公表の自由を完全に奪いとられてしまいました。しかも四一年一二月の検挙と七ヵ月の過酷な留置所生活は百合子の健康を根本的に害し、視力障害にさえおちいったために、百合子がこの問題に、再びたちかえるのは、それからさらに三年後のことになります。

『朝の風』をめぐる対話

さきへ進む前に、私はここで、一九四〇年末のこの時期に、百合子が大きく足を踏みだす契機となったことの一つとして、作品『朝の風』の問題にふれておきたいと思います。『朝の風』は、さきに紹介した手紙では、「一方」（主観的素材にたつ作品）が「底をついた」ものとして取りあげられ、さらに先の時期には、「全く危機を告げている作品」（一九四三年一〇月四日の手紙、第25巻四四ページ）とまで呼ばれますが、執筆したその時には、百合子が多くの意欲をそそぎ少なからぬ自信ももっていた作品でした。夫の重吉がとらえられて獄中にある、その妻サヨの重吉への切ない心持ちを中心にしたもので、時勢の推移とともに表現はいっそう不自由なものとなっているが、主題としては『乳房』に直接つながるものでした。百合子は、この作品について、書きあげた直後の一九四〇年一〇月一二日には、「爪先《つまさき》一分ばかり、前の作品を抜いた」旨、顕治に報告していました（第23巻三二〇ページ）。その百合子が、一ヵ月後の一一月一一日には、これが「私の感情」の切ない「底をついている」ものであったこと、そういうものとして「一つの大きい心理的飛躍」を準備する役割を果たすものとなったことを、反省的に語ります（同前三六五ページ）。実際、その反省が、前進への大きな一歩と結びついてきたことは、いまみてきたところです。

では、『朝の風』でなにが「底をついた」のか。この問題の百合子自身による解明は目にしていませんが、彼女の反省にこたえた獄中からの『朝の風』論は、少なくとも、その問題点のいくつかを浮きぼりにしてくれます。

「サヨの勤め人としての生活感情の土台の上に重吉への心が描かれてこそ、地盤のある健康な感情として描かれるのだが、勤めの面がリアリティを持たず、気儘《きまま》にふらふらしてる印象を生む。……

サヨの生活の土台の上に、『現実の正しい歴史的な具体的な描写（現実の必然的発展の洞察の下の）』の構えが必要なので、『人間に還れ』による感性の一面的強調に終ってはならないと思う」「『朝の風』の素材や着想は作者の『特権的』世界だから、もっと、リアリスティクな態度で書き直されるとよいものとなろう。サヨが自分の生活の向上こそ、重吉とのくらしの時期を早めるのだと云う逞《たく》ましい健全な心を土台として」（顕治の一九四〇年一二月五日の手紙、『宮本顕治　獄中からの手紙』下二二ページ）

その助言にたいする返信（一二月九日）で百合子が書いているように（同前三八六ページ）、妻サヨの重吉への「切ない」感情の表現が、土台の弱い主観的強調に傾いたことは、顕治の病気につけこんだ当局側の策謀にからむその年の特別な事情が、心理的背景となっていました。しかし、ここに示されたより大きな問題は、ほかならぬサヨと重吉とを、「現実の必然的発展の洞察」に立って、実生活の土台の上に、生きた生活感情をもつ生きた人間としてえがくためには、生活のある一時点を切りとって、その限られた空間にサヨや重吉を作品化して登場させる、という方法では、こえがたい限界がある、ということではなかったでしょうか。サヨや重吉が、百合子がえがきたいと思う生活と心とをもって登場するためには、それぞれがそこにいたる成長の歴史が、必然の展開として読者に語られる必要があります。

百合子は、ある手紙の中で、『雑沓』について、顕治から、主人公の宏子が「旅立以来無銭旅行的テムポ」だと批評されたことを紹介しています（三九年二月一七日、第22巻一六四ページ）。これは、宏子を、実生活の中に生きた基盤をもたないまま、いきなり三〇年代の日本にはめこむという、構想の人為性にかかわる指摘だと思いますが、ここには、あらわれ方こそちがえ、『朝の風』におけるのと同じ性質の問題があるように感じます。

戦時下の酷烈な条件のもとで、一作一作に真剣勝負としてとりくみ、それを自らの生活と文学全体にわたる省察と結びつけて、「歴史の雄大さのこもった」戦後の大作への土台をきずいていった百合子の日々のなかで、『朝の風』をめぐる獄内外の対話は、少なからぬ重要な役割をはたしたのではないか――これは、私の推理に属する部分も多い立論ですが、あえて問題を提出してみました。

四、伸子、重吉と『春のある冬』

「我々の女主人公を愛して下さい」

本格的な大長篇をめざして、百合子とともに戦時下を歩んできた旅は、いよいよ大詰を迎えます。

熱射病で人事不省のまま監房から運びだされ（一九四二年七月）、視力障害や言語障害に長く苦しめられた百合子は、翌四三年三月ごろからようやく自筆の手紙を獄中の顕治に送れるようになり、九月には新聞も読めるようになりました。そして、健康のこうした回復とともに、再び自分の生涯をかけた長篇にたちかえった彼女は、一九四三年一〇月四日、「『伸子』以後をかく」という決意を顕治に書き送り（第25巻四五ページ）、獄中から、「『伸子』の続きは必ず生れるべきもので、ここ一、二年にまとまった力作を残しておくことは実に有意義のこと」（顕治の一〇月一五日の手紙、『宮本顕治　獄中からの手紙』下二四六ページ）という祝福の言葉をうけとります。「書く」と言っても、作品発表の自由を奪われた最悪の条件下のこと、「天気晴朗の日」にそなえる、ということです。

百合子は一〇月一八日、顕治の祝福に感謝の言葉をかえしながら、彼女の胸に育ちつつある新しい構想を、展開してみせます。

「あれ〔『伸子』〕につづくすぐの時期から出発位までは一つの区切りとなります。その先の五年が一つの区切り。その先の二三年ほどが一かたまり。少くともこの位の群像はあり得るわけです。……伸子と作者との間には前篇になかった大きい距離があります。中篇的作品の集積とはしないで、はっきり長篇の構成をもってかいてみましょうね。……その時代には属していないが、まだ自身を発見していない伸子は何とたよりなく、しかも内在するものに、ひしとすがって、彼女の道をたずねるでしょう。我々の女主人公を愛して下さい。あらゆる小作品の列が、大きい真空に吸い込まれるように次々と長く大きい作品の中に吸収されてゆく光景の雄大さ。これは私の生涯に於《お》てはじめて感じる感動であり、芸術の大さであり、大きい芸術の大さです。……これをかき通せば私もどうやら大人の叙事詩をもつことになるでしょう。……喉元《のどもと》にこみ上げるようなものがあります。

何年この欲望をこんなに大切に、ひっそりはぐくまなかったでしょう」（第25巻六〇〜六一ページ）

『二つの庭』『道標』への準備

百合子の戦後の大作を読んだ方は、一九四三年一〇月に彼女が展開した構想が、『二つの庭』『道標』をつらぬくそれと、まったく一致していることに、おどろかれるでしょう。

第一に、新しい長篇の女主人公は、もはや朝子でもひろ子でもありません。四年前には「てれくさくてつかえな」いとされていた伸子が、一九二〇年代から三〇年代を生きぬく主公人として、作品全体の中心にしっかりとすえられています。

第二に、長篇は、いきなり三〇年代の日本社会にとりくもうとした『舗道』や『海流』とはちがって、『伸子』につづく「すぐの時期」から始まります。（ソ連への）出発までの一区切りというのは、『二つの庭』の時期、「その先の五年」とは、ソ連滞在から作家同盟での活動と弾圧にいたる時期に当たりますが、これは、戦後のより発展した構想では、『道標』と『春のある冬』にわかれました。「その先の二三年ほど」は、やがて『十二年』の構想に発展するものです。

第三に、百合子がここで、伸子と作者との間には前篇（『伸子』）になかった「大きい距離」があるとしているのは、創作方法のうえで非常に大事な点です。『伸子』や『一本の花』では、作者は伸子と同じ地点でなやみ、苦闘し、成長への道を模索しました。しかし、新しい長篇では、作品世界は、成長のその段階にある伸子の眼でとらえられたものとしてえがかれるが、作者は、作品中の伸子よりはるかに前進した地点――科学的社会主義の立場にすすんでおり、根本的にはその階級的な眼で、伸子と世界を把握している――これが、百合子のいう、伸子と作者の間の「大きい距離」という問題です。後に、『道標』執筆の最終段階に当たるころ、百合子自身が『二つの庭』『道標』の創作方法を論じたことがありますが（「心に疼く欲求がある」一九五〇年、第19巻）、そこで解明された中心点が、まさにこの点にありました。

第四に、「あらゆる小作品の列」がこの長篇の中に吸い込まれる、という問題です。主だった作品をとっても、『一本の花』は『二つの庭』に、『赤い貨車』『おもかげ』『広場』は『道標』に吸収され、それぞれが、断片的な小世界としてではなく、大河のなかにしかるべき位置をしめて再生しています。

このように、一〇年をこえる刻苦をへた百合子が、太平洋戦争たけなわの一九四三年一〇月、みずからの前にきりひらいた世界は、彼女が戦後、作品として結実させはじめた大作――『二つの庭』『道標』に始まる世界そのものだったのです。

『二つの庭』『道標』については、すでに多くが論じられています。私がつけくわえたいのは、この四ヵ月、みなさんとともにすすんできた一二年の旅から、この作品に到達するまでに、百合子がどのような辛酸をへ、ここにいたる道をどのような苦闘を通じて切り開いてきたかを、読みとってもらいたい、ということだけです。

長篇の未完の部分について

つぎにすすみましょう。百合子が生涯をかけた長篇の構想は、『二つの庭』『道標』で終わるものでは、もちろんありませんでした。戦前の『舗道』にしても『海流』にしても、プロレタリア文学運動に参加した百合子が長篇に挑んだのは、三〇年代の日本社会を、平和と進歩にむかう人民の闘争と歴史の展望のなかで描きたいがためでした。一二年の辛酸をへて、百合子が『伸子』につづく「すぐの時期」からその長篇を書きはじめることにしたのも、伸子が大きく成長してもどってきた三〇年代および四〇年代の日本を、「歴史の雄大さ」をこめて描くためだった、といっても、けっして言いすぎではないでしょう。

すでにふれたように、百合子は、『道標』につづくものとして、『春のある冬』『十二年』という二つの長篇を構想していました。

そして、彼女は、一九四九年に書いたある文章のなかで、この構想の内容について、つぎのように予告しています。

「長篇の今後の展開の中で主人公は共産主義者として行動し、そこには過去十数年間日本の人民の蒙った抑圧と戦争への狩り立て、党内スパイの挑発事件、公判闘争なども描かれます」（「文学について」、第18巻三八〇〜三八一ページ）

しかし、戦時下の強圧は、百合子の健康を深部においてむしばみ、『道標』の最後のページの手入れを終えた二日後に、〝不意打ち〟的な強襲で彼女の生命を奪いました。『春のある冬』『十二年』は、ついに、書かれないままに終わりました。

私が、この小論の最後の課題としてとりくみたいのは、再び『獄中への手紙』を重要な手びきとしながら、この長篇の未完の部分で、百合子が何を書こうとしていたかに迫りたい、ということです。

『春のある冬』という題名

『春のある冬』は、時代的には、百合子がソ連から帰国して日本プロレタリア作家同盟にくわわった一九三〇年末から、日本共産党への入党、宮本顕治との結婚をへて、一九三三年一二月の顕治の逮捕までの三年間を扱うことを、予定していました。

宮本顕治は、百合子の死の直後に書いた「百合子追想」のなかで、この題の由来について、つぎのように書いています。

「彼女は〔『道標』の〕次の続編『春のある冬』とその次の大長編『十二年』を書く予定を人にもはっきり話していた。『春のある冬』という題名は、弾圧の時期、一九三二年の冬にはじまった私たちの結婚生活にちなんで象徴的につけられていた」（「百合子追想」一九五一年、『宮本顕治文芸評論選集』第二巻二六一ページ）

『春のある冬』というこの象徴的な言葉は、もともとは、顕治と百合子の間でとりかわされた一連の詩篇（あるいは詩的な物語かもしれません）の題として生まれたもので、百合子は、『獄中への手紙』

のなかで、愛着をこめてこの「序詩」に何回か言及しています。また、百合子が、一二年の苦難の時期に、自分をささえる顕治の存在について語るとき、しばしば「春」という言葉が登場するのも、顕治との結びつきこそが、冬の時代における〝春〟の要素そのものだったことを、物語っています。たとえば、一九三八年の〝百合子論〟をめぐる緊張した対話ののち、百合子がこう書いているのも、その典型的一例といえるでしょう。

「とにかく土台のところでは十分承認されているというこの心持。これによって私は生かされているのだし成長もして行くのです。私の精髄的なものが、ここにこめられている。これで、私は今年の冬も愛らしい、春のような冬、我々の冬として暮して行ける自信にみたされました。もう今から、特別な心で眺めて待っている月の色、一月に入れば、次第次第に輝きをまして、一夜恍惚《こうこつ》たる蒼《あお》い蒼い光りに溢《あふ》れる月に向って、一層新たな歓喜の挨拶《あいさつ》を送ることが出来ます」（三八年一一月一五日の手紙、第22巻二二三ページ）

手紙にこめられた「情景」

では、百合子は、顕治＝重吉との出あいおよび結びつきを、どのように描きだそうとしていたのでしょうか。そのことを推測するための材料は、そう多くはありませんが、宮本顕治「二十年前のころ」（一九五一年、『宮本顕治文芸評論選集』第二巻所収）は、淡々とした控え目な文章ながら、一九三一～三二年に結婚にいたるまで進行した顕治―百合子（重吉―伸子）の歴史的推移を、まとまった形で記録した、きわめて貴重な文章です。

百合子の側の文章としては、今回の全集ではじめて公表された『春のある冬』準備の覚え書（「無題㈥」第20巻七〇九～七一一ページ）は、重要です。二ページあまりの短い文章ですが、全体が顕治論にあてられていて、まさに重吉論こそが『春のある冬』の一つの核心であることを、裏づけるものです。

私は、これに、『獄中への手紙』における百合子の回想をつけくわえたいと思います。少なくとも手紙のなかで一度ならず言及された回想が、『春のある冬』の中で、しかるべき形でとりいれられたであろうことは、間違いありませんから。

たとえば、そういうものの一つに、次のような情景があります。

「或夜、春のようだねと云っていらした冬の晩、お茶の水の手前歩いていて、その辺は暗いところへ、左手からサーとヘッドライト照して自動車がカーブして来た、そのとき、私がびっくりして立ちどまりつつ、実際体であなたに近よったのは一寸か二寸のことですが、心ではすっかりつかまっていた、その心を自分で、自動車にびっくりしたよりも深く愕《おどろ》いた、そういう景色と心持……」（一九三九年六月二二日夜の手紙、第22巻三五一ページ）

ほのぼのとさせられる一コマです。こうした回想は、顕治自身も追想して書いている光景――仕事の上で顕治にあう約束の晩、鏡で自分の喜びの顔をみて、はっとした本郷の仕事部屋の思い出（一九四〇年一〇月一八日の手紙、第23巻三三六ページ）など、情感をこめて手紙の随所にちりばめられています。

また、百合子の文学的成長の過程をふりかえった手紙では、第三章で朝子とひろ子との時代をわける〝画期〟として紹介した「万惣の二階のサンドウィッチの話」(本書二四七ページ)が次のように語られます。

「そんなことにつけてよく思い出すのは、万惣の二階のサンドウィッチの話です。あんなに自然にあの味を味った心理というものも面白いことね。私はそう思います。同じ話でも話し手によるというはっきりした一つの実例ね」(一九四〇年一〇月二三日の手紙、同前三四一ページ)

このくだりを読んで、私の頭にすぐ浮かんできたのは、百合子の一九三一年の日記の一節です。この年の日記に顕治が登場するのは二回だけで、まず九月二九日の分に、ドドッーと雨ごと吹きつける風の中を「××は外套の襟を立てて歩いて行った」とあり(第28巻四七九ページ)、つづいて一〇月三〇日付で、「自分は、一ヵ年いわば文化活動だけやって来た。そして、この二つの違い＝文化活動と芸術活動との――理解しかけていたところにMに会い、一寸《ちよつと》話し、氷解したのだ」と書かれています(同前ページ)。日記の前後の流れでみると、Mとの対話は、百合子がプロレタリア文化運動のなかで、ソビエト紹介などの文化啓蒙活動から、小説の勉強と執筆に転じ、『舗道』などを生みだす大きな転機と結びつくものです。Mと「一寸話し、氷解した」という日記のこの叙述と、「同じ話でも話し手による」とされたサンドウィッチつきの対話とが、頭の中で自然と重なりあってくるのは、私の勝手な読みこみでしょうか。

重吉の世界との「交響楽」的組合わせ

伸子と重吉の物語が、『春のある冬』の核の一つをなすことは確かですが、百合子がそこに足場をしっかりふまえながら書こうとしたのは、この時期の社会と闘争の全体でした。百合子が顕治の逮捕、つまり『十二年』に先だつ時期に書いた『一九三二年の春』『刻々』『小祝の一家』などの「小作品の列」も、弾圧下の人民と党の闘争のそれぞれの反映として、新しい大作の中に「吸収されてゆく」ことになったでしょう。

ここでとくに注目したいのは、彼女が長篇の今後の展開を語ったさい、そのテーマの一つに「党内スパイの挑発事件」をあげたことにみられるように、『春のある冬』では、結婚二ヵ月目で地下活動に入った重吉を中心とした前衛党の闘争――伸子の視野からだけではとらえるわけにゆかない世界が、この作品の重要な構成部分となっていることです。

百合子は、長篇の構想がねりあげられてゆく途中の時期に、中断した長篇『海流』が、ひろ子、重吉、それにもう一人の登場者の、それぞれを中心とした三つの流れが、独自の源から発しながら、やがて「一つの大きい歴史のなかで結ばれて行く」ものとして書こうとしたことをふりかえったうえで、新しい長篇は、ひろ子を中心とした世界と、重吉を中心とした世界のかさなりあう「一つの大きい交響楽」的組立てをもつだろう、と語ったことがあります（一九四一年四月三日の手紙、第24巻三五ページ）。

『春のある冬』は、この点で、構成のうえでも、創作方法のうえでも、その時どきの時代と社会を伸子の視野にうつしてとらえながら描きだしてきた『二つの庭』『道標』とはちがった、新しい発展的特徴をもつべきものでした。百合子は、『二つの庭』『道標』を執筆しながら、自分の創作方法を固定したものとはせず、発展の途上にあるものだと位置づけていました。そして、『道標』を書き終えたところで、「作者としてやっと一つの模索《もさく》の過程を通過したばかりである」（「『道標』を書き終えて」一九五一年、第19巻三七九ページ）とのべましたが、私は、そうした意味でも、『春のある冬』は、もしそれが書かれていたら、つづく『十二年』とともに、彼女の作品の系列に新しい段階を画したにちがいないことを、痛感します。

百合子は、一九四四年一月、太平洋戦争も日本の敗色が日ごとに明らかになり、空襲の脅威が、日常の生活でひしひしと感じられつつあるなかで、バルザックやユーゴーを読みふけり、トルストイの『戦争と平和』を思いかえしながら、獄中にこう書き送りました。「将来の作家には大した仕事がひかえています、大きい規模で事件を全輪廓においてとらえつつ、自覚ある性格の活動が統一して描かれなければならないのだから」（一九四四年一月一七日、第25巻一四三ページ）。『春のある冬』を、伸子、重吉などの「自覚ある性格」の活動を中心にすえながら、戦争強行と人権剥奪へ向かって人民生活が坂おとしにあった一九三〇年代の日本を、全輪廓においてとらえ、歴史を生きた脈動のうちに描きだす巨大な第一歩とする――ここに、百合子の抱負があったのではないでしょうか。

五、『十二年』の作品世界（上）

『春のある冬』に続く小説『十二年』は、二巻になることを予定した大長篇で、一九三三年一二月の顕治の逮捕から、第二次世界大戦が終結する一九四五年までの一二年間が、その舞台とされるはずでした。

小説『十二年』の残された資料

顕治と百合子の終生の親友で、一二年の時代を百合子と親しく身近に過ごし、『獄中への手紙』にも〝てっちゃん〟の愛称で登場しつづける手塚英孝が、彼女の没後一年目のころ、「残された小説資料の一部」という論文を発表しました（『手塚英孝著作集』新日本出版社、第二巻所収）。これは、百合子が『十二年』を準備していた状況を紹介したもので、この問題をとりあげるとき、見すごすわけにゆかない重要な研究となっています。

手塚は、この論文でまず、赤いリボンでひとくくりにまとめた本や雑誌などの一群があり、それには「小説十二年用」と表記した紙がそえられていたことを、紹介しています。そして、前線からの絵葉書、プロレタリア文学運動関係の出版物、戦時中の雑誌、終戦の年の『少女の友』、顕治の論文の掲載誌、東京拘置所の差入願その他をまとめた複写綴《つづり》など、二十七点の資料の内容を、一つひとつ克明に記録しています。これらは、百合子がこの長篇で、なにを視野におさめようとしていたかを考えるうえで、貴重な材料を提供しています。

この手塚論文をはじめて読んだとき、私がとくに関心をひかれたのは、このひとまとめの資料のほかに、百合子が『獄中への手紙』の封筒に記入した、小説用の一連の書入れがある、という指摘でした。

「……その他『小説用』として残されていた若干のメモ類と文献がある。メモは原稿用紙あるいは、メモ帳を切りとったものに、断片的に書き込まれた覚え書程度のものであるが、その中に『手紙の整理についてのノート』という一九三六年から四五年迄の獄中の宮本顕治にあてた書簡の整理のための覚え書がのこされている。また、残されている獄中への書簡の封筒には所々、作者の覚え風の書入れがある」（五九ページ）

つづいて、「覚え書」の例示として、九通分を紹介したうえで、手塚は、「また『小説用』と記入された紙袋に幾通かの組合されて一束にされた獄中の往復書簡ものこされている」とのべ、そこから次のように結論づけています。

「『道標』につづく大長篇には獄中への書簡が重要な資料の一つとなっているように推定される」（六〇ページ）

そして論文の最後に、当時確認された八七九通の手紙のうち、なんらかの書入れのあるものが一一六通にのぼっていることを、年月別の数字をあげて示しています。

最初にこれを読んだ当時は、『十二年の手紙』しか公刊されていない時期でしたから、こういう事実を知っても、百合子が「小説用」にとりだした手紙の内容や、書入れの文書を知るすべはありませんでした。しかし、今日では、全集に、編集関係者の努力で、『獄中への手紙』の現存する全体が収録され、百合子が封筒に書き記した「覚え風の書入れ」も、小説の準備と関連ありと思われるものは、巻末の編者注で多くが発表されました（私の計算では五八通分）。これによって、長篇『十二年』の世界をうかがう新しい窓が開かれたことは、私たちにとって嬉《うれ》しいかぎりです。

作家の覚悟と「健全な一対」

では早速、手紙と覚え書を手引きに、書かれなかった作品世界『十二年』の探訪を、試みてみましょう。

全集の注で最初に記載されているのは、一九三七年四月二日の手紙の封筒に記された「小説用　この手紙には、百合子の『抗議的存在』の意義がよくわかる」という書入れです。

この手紙は、百合子が、前の年三月に保釈出獄となり、六月の公判で「懲役二年執行猶予四年」の判決をうけ、その年の一一月に施行された「思想犯保護観察法」で、保護観察の対象にされるという抑圧的な条件のもと、それに屈せずに精力的な文筆活動を開始していた時期に、書かれたものです。

書入れに対応する部分では、時代に対処する作家としての心構えが、次のような言葉で語られています。

「私たちの作家としての存在そのものが、現在にあっては抗議的存在です。作家として粘ること自体がいかがわしい文学の潮流に対してのプロテスト〔抗議〕であり、今日もし私たちが阿諛《あゆ》的な賞讃など得られるとしたら、それこそ！　それこそ！　謂《い》わば、もし賞《ほ》められたら、それこそ目玉をくりむいて、賞めた人と賞められた点とを見きわめなければならない。そういう状態です。今日賞讃の性質は、従前のいつの時期より恐ろしい毒素をふくんで居るのです。私は賞められないことには、既に馴《な》れています。賞められたくなんかないが、私たちが褒《ほ》められないことの意義と、その健全性を、ヨシヨシと云って欲しい。実に、実に」（第21巻一七八～一七九ページ）

事実、この時期の百合子は、評論活動では、「大人の文学」「文芸復興」「人間復興」「日本精神」などあれこれの看板をかかげた「いかがわしい文学の潮流」に正面からたちむかい、創作では、「満州事変」後の日本で平和と進歩をめざす若い男女をえがく（『雑沓』その他）など、時流の側からの賞讃を寄せつけない不屈の健全さで、文筆活動をつらぬいていました。

顕治への手紙は、保釈出獄後の前年四月から再開されていましたが、百合子が、獄中への文通に特有の言葉づかいをしながらも、内容的には大胆に、時勢にのぞむその覚悟のほどを語ったのは、おそらくこれが最初だったでしょう。獄中からは、この態度を激励する「ヨシヨシ」以上のメッセージが、間もなく送られて、戦争と反動の激流に身を持してたちむかう百合子の決意を、力づよくささえます。

「ユリの生活についての僕の理解、無論、全局大局的には『ヨシヨシ』以上のものなのだから、心配ない。世の常の作家に比べるまでもなく、基本的には、科学的、努力的、生活的——その意味で『ほめられ』ない光栄を持って居るからこそ、僕等は健全な一対《つい》たり得るのだからね」（顕治の一九三七年四月一七日の手紙、『十二年の手紙』上一一一ページ、『宮本顕治　獄中からの手紙』上一〇七ページ）

百合子は、「賞められる」どころか、その年の一二月には作品発表禁止という言論弾圧のまっ先の対象になります。彼女は、それに先だって、十数年来使ってきた「中條百合子」のペンネームを「宮本百合子」に改め、非〝転向〟の共産党員政治犯の妻という立場を、作品のうえでも明確にしていましたが、これも、四月二日の手紙で語った作家の覚悟の延長線に立つものでした。そして、この確固とした構えこそが、その後の嵐の時代に、多くの風波を経ながらも、「一点愧《は》じざる生活」を過ごすことを可能にした基本の出発点をなしたのです。

こうみてくると、百合子が、この手紙をぬきだし、「抗議的存在」という自身の言葉に、『十二年』の作品世界でどのような位置をあたえようとしていたか、おのずから頭に浮かんでくるような気がするではありませんか。

百合子の覚え書は、自身の活動と生活、獄中との交流などの要点とともに、「三田通《どおり》の話」（一九四〇年八月一九日、当時の東京の様子、第23巻）、「詩と『太平洋の波もピンチながら』」（四一年三月四日、第一章でとりあげた手紙〈本書二三〇ページ〉）、「書けなくなったとき」（四一年三月一六日、第二次執筆禁止のこと)、「防空演習段々けわしくなって来る」(四一年一〇月一一日、以上三点は第24巻)など、戦争拡大への動きや言論弾圧の状況、戦時下の東京の世相など、多くの主題にわたり、『十二年』の作品世界の幅と奥行きの広さをうかがわせます。

「ヤルタのことなど」「二つの朝顔」

『十二年』の世界にもう一歩踏みこむために、百合子が太平洋戦争の開始とともに逮捕され、翌年七月、いったん死んだも同じ状態で獄外にかつぎだされて以後の「覚え風の書入れ」について、全集に記載されたすべてを紹介することとしましょう。(以下、八月一七日付までは第24巻、それ以後は第25巻)。

この時期の手紙への書入れは、一九四三年二月一九日付の手紙に始まります。

一九四三年二月一九日「ヤルタのことなど」。この手紙も、第一章ですでにとりあげましたが(本書二二九~二三〇ページ)、スターリングラード攻防戦たけなわというヨーロッパの戦局に対応して、チェホフの思い出や百合子のソ連滞在当時の回想にこと寄せながら、激戦のただ中にあるソ連の各地域を地理風に語った手紙です。この時はまだ重い視力障害のため、自分で筆をとることができず、代筆してもらっています。

二月二八日「本の分」。これは「小説用」と同じ意味でしょう。手紙には、義妹の咲枝《さきえ》につかまって、初めて近所に外出したことの報告があります。

三月一五日「金のないこと」。百合子はこれに先だつ三月一三日の手紙で、空襲によって「私がふっとんでしまった」時のことも考えて、獄中の顕治を経済的にささえる今後の対策について、書き送っています。一五日のこの手紙は、それへの補足として、生活上のあれこれの窮迫にたいして、したたかに生きる力をもつようになった自分の心境が、語られています。

三月三〇日「小説用」。百合子はまだ、自分で書いた字も見えず、カンで字を書くような視力障害の状況でしたが、この手紙から以後、獄中への通信は全部自分で書きはじめました。この手紙ではじめて、一九四一年一二月の検挙とそれ以後のいきさつが、まとまった形で、顕治に報告されます。

四月二四日「しらべはじまる」。ここでは、「今週は昨木曜日に出かけ来週は水曜日です。こんどはやや人並の話対手《あいて》で、余程ましです」という形で、警視庁の取調べが始まったことが、伝えられています。

六月一日「しらべはじまってる」。前の手紙と同じですが、この時期の手紙からは、まだ重い病状をおして警視庁に通う様子が、読みとれます。

八月一七日　同じ日付の二枚の絵はがきにそれぞれ「面会に行っている」、「宮チフス」とあります。七月に、顕治が腸チフスの疑いで病舎に移され、そのことを知った百合子は、顕治の病状をたいへん心配しました。二通の絵はがきは、病舎に面会に行ったあとのものです。

九月二〇日「二つの朝顔」。まだ病床にねている顕治への手紙で、二つの鉢《はち》に並んで咲いた二輪の朝顔が、吹きわたる風の中で、花弁の一端をふれ合わせている「物語」にことよせて、顕治への気持ちをうたっています。

「作家の道のおそろしさ」

一一月一八日「いね子とのことについて」。壺井繁治《しげじ》・栄夫妻から、窪川稲子〔佐多稲子〕、鶴次郎の家庭問題についての話（手紙だけでは内容はわからないが、一九四五年五月の離婚へとつながった事件と思われる）を聞き、稲子の生活のすさみ方にショックをうけた百合子が、その状況と心痛を獄中に伝えた手紙でした。窪川稲子はプロレタリア文学運動の時代からの親友で、一二年の時期にも、前半には親しく行き来する間柄でしたが、時勢の推移とともに戦争協力の方向に転落し、とくに一九四一年以後は、戦地慰問のため、中国や南方の各地に何回も出かけるようになり、百合子との接触も何年も断《た》っていました（「私のところへは、何しろ電話一つこの何年もかけて来ないという工合」）（第25巻七五ページ）。この手紙にたいし、顕治の方からは、「生活そのものが、なだれて居る以上、そこから飛散するものが生じるのも不思議でない帰結と思える」（一一月二一日の手紙、『宮本顕治　獄中からの手紙』下二五〇ページ）と、百合子のショックぶりにたいするたしなめ調の指摘がかえってきます。

一一月二五日「稲子とのことについて」。顕治の指摘をうけて、稲子との間柄を歴史的にふりかえってみた手紙です。

一九四四年一月二四日「つる公来　いね子の思いあがってる事について」。窪川鶴次郎が突然たずねてきて、彼の側から事情を聞いたことの報告です。鶴次郎が、「こういう生活の根本的破壊は、奥さん〔稲子〕がえらくなったから、思い上っているからだ」というのにたいしては、百合子は、夫の側からの一方的な説明として、必ずしも納得していませんが、軍部にもてはやされたこの二、三年の稲子の「文学」活動と生活の破壊とを思いあわせたとき、「賞められる」ことの毒素を強調した六年前の手紙（「抗議的存在」の手紙）を思いかえして、感無量のものがあったのではないでしょうか。

百合子は、稲子の生活と文学の崩壊ぶりに「作家の道のおそろしさ」をあらためて感じながら、自分の「不器用な足どり」とそれをささえた顕治の努力に、感謝の言葉をのべています。

「不器用な足どりに満腔《まんこう》の感謝を覚え、謹《つつしん》でわれらの日を祝しました。ブランカ〔百合子のこと〕のよたよたした四つ肢《あし》だけであったなら、果してどこ迄雪の凍った道が歩けたでしょう、その雪の下にだけかたい地面がある道を」（第25巻一四六ページ）

百合子は、戦後執筆した評論「婦人作家」で、ジャーナリズムに「婦人作家の擡頭《たいとう》」とよばれた一九三九年ごろの事情にふれ、「この年の活動を通して一定のポスター・バリューをもつことを証明した婦人作家たちは、たちまち軍情報局に動員されて、侵略軍におもむいている、すべての地域に挙国一致精神のデモンストレーターとして利用されなければならないはめに立った」ことを、指摘していま す（第19巻一九二ページ）。稲子の問題をめぐる手紙への一連の書入れは、「婦人作家たちの上にもたらされたこの無慙《むざん》なさかおとしの事情」が、『十二年』の作品世界で、一つの重要な位置をしめていたことを、暗示するものです。

六、『十二年』の作品世界（下）

「深く重った影は一つということを」

『獄中への手紙』に百合子が記した「覚え風の書入れ」の紹介をつづけましょう。

一九四四年二月二一日「ガタガタ生活の動き」。百合子は、一九四一年の九月から、駒込林町（当時の本郷区）の弟（国男）夫婦の家に同居していましたが、このころは、空襲などの心配から、郊外への移転の問題が話題になります。その相談にあたって、獄中の顕治からの「天気予報」（戦局の予測のこと）がたよりにされている状況が、ユーモアをまじえて語られています。

四月七日「国男のめしたきはじまり」。三月下旬から弟の家族が福島県に疎開したあと、百合子は、療養中の身体ながら、弟国男の食事の世話から配給ものの面倒まで、家事一切をひきうけることになり、その奮闘ぶりのお知らせです。

四月一〇日「めしたき生活」。めしたきを始めて一〇日目、台所で煮物の番をしながら、文学関係の本を読むぐらいのゆとりも多少は出て来ています。

六月四日「国府津をかす」。国府津（神奈川県）にある中條家の海岸の家を、逓信省に貸すことになった報告。ここは、一九三二年四月の文化運動への弾圧のさいに、顕治と百合子が弾圧を避けて数日を過ごした思い出の家でした。そこからの帰京の途中で別れたあと、百合子は東京で検挙され、顕治は地下活動に移ったのでした。

七月一八日「十九年　本のため」。「十九年」は昭和一九年のこと、「本のため」はこれも「小説用」と同じ意味でしょうか。自身の近況と同時に政府が学童の集団疎開を決定したことや、空襲へのそなえとして街々のとりこわし（強制疎開）が始まった様子などの報告があります。

九月三日「宮、公判の印象」。前日の公判では、顕治が、大泉、小畑査問の経過について、三時間半にわたり、条理をつくした弁論をおこないました。それを傍聴して、圧倒的な感銘をうけた百合子は、顕治に心からの喝采《かっさい》と讃歌をささげます。

「堂々として、一つのこまのぬきさしならぬ、渋い美しい壮麗な大モザイックの円天井を見ます。その美しさのもとに生きることの歓喜のふかさは、それが大理石の円柱であったとしても耀《かがや》き出さずにはいられないと思います」（第25巻二六四ページ）

九月二四日「深く重った影は一つということを」。公判のあい間の一日。夜、床をしきながら、壁に向かった百合子が、一二年前の思い出をこめて語った言葉です。

東京への爆撃と広島

一九四五年一月三一日「バクゲキの描写」。一月二八日、百合子の住む林町の一帯がB29に爆撃され、百合子の家は焼けなかったものの、周囲の五〇〇戸近くが全焼するという被害をうけました。「危くふっとぶことを免れたブランカ〔百合子の愛称〕より」（同前三八八ページ）と書きだしながら、この最初の体験を、警報の発令から、防空壕できいた音響と地響、各地の火の手の状況や人びとの動き、被災のあとの様子などリアルな描写で詳しく報告しています。

四月六日「きずだらけの東京」。第一章で紹介ずみ（本書二二八ページ）の手紙で、日本橋、銀座、日比谷、新宿、池袋など、爆撃と強制疎開で傷だらけになった東京の街々が、えがきだされています。

四月一八日「家のやけたこと」。四月一三日の夜の空襲で、百合子の家の周辺も爆撃をうけ、顕治のいた巣鴨拘置所のまわりも、高い塀でかこまれた拘置所だけを残して、焼野原となりました。百合子は、顕治の無事を自分も巣鴨まで歩いてたしかめ、安心した気持ちを伝えています。

「十四日に萱谷が、そちらの安否をしらべに自転車で一廻《ひとまわ》りしてくれました。それでやっと気が落ち付きました。十六日には、往復二里ほど歩いて行きました、話よりも目で見た印象は何ときついでしょう。どんなにぐるりが熱く、赤く焔《ほのお》の音がひどかったことでしょう。本当にどんなにあつかったでしょう。うちの火でさえ風はあつくなりましたもの」（同前四二八ページ）

この手紙では、あわせて「千駄木の裏のわたしたちの愛すべき小さい家も遂になくなりました」と、二人が結婚して最初に住んだ本郷・動坂《どうざか》の二階家が焼けたことを、知らせています。

なお百合子は、この夜の空襲のことを、自筆年譜に次のように書いています。

「その空襲の翌朝、同居していた人に頼んで拘置所を見に行って貰《もら》い、それだけが残ったことを知った。治安維持法被告の非転向者は空襲がはじまると何時《いつ》も監房の戸をかたく外から錠をかけられた。他の被告の監房の鎖ははずされた。私は宮本が『爆死』しなかったことをよろこんだ」（第18巻一一九～一二〇）

八月一四日「達治応召」。戦争が終結する前の日の手紙です。郷里からの手紙で、顕治の弟の達治が、七月中旬、三度目の応召で広島の連隊に入隊したことを知った百合子は、広島の爆撃でどうなったか、その運命を心配しています。政府は、「新型爆弾」としか発表しませんでしたが、このころには、新聞紙上には「原子爆弾」という言葉が、もう出はじめていました。

以上が、一九四三～四五年の書入れ二二通分のすべてです。これらは、一見すると、作品化以前の、それも断片的な情景や心情の集大成でしかありません。しかし、全体をまとめてみると、獄中で公判闘争をたたかう重吉と、病後の身をかりたてて戦時下の生活苦とたたかいつつ重吉の闘争をささえる伸子と、二つの「自覚ある性格」の交流を軸に、戦争と抑圧の体制がその崩壊にむかってゆく歴史の展開を広い視野でとらえようという、『十二年』の作品世界の骨組みをうかがううえで、きわめて重要な材料となっていることは、間違いないでしょう。

治安維持法への告発と公判闘争

戦時下の法廷で、一九三九年から終戦の前年一九四四年の一一月まで闘われた重吉の「公判闘争」は、『春のある冬』における「党内スパイ挑発事件」をひきついで、『十二年』のおそらく中心的主題の一つをなすものだった、と思います（「文学について」一九四九年、第18巻）。日本の作家で、百合子ほど、戦後、治安維持法の問題について、「過去十数年間の日本から、知性を殺戮《さつりく》しつくした」（「現代の主題」一九四六年、第16巻三一〇ページ）その無法な跳りょうを、正面からしかも全面的に論じた作家はなかったと思います。治安維持法にもとづき極刑をもって告発されていた石田重吉の獄中闘争、公判闘争は、同じ暴圧にたいする伸子の獄外でのたたかいをもあわせて、『十二年』の世界で、民主主義と自由、そして平和と社会進歩をめざす、嵐の時代における共産主義者の不屈性、一貫性、先見性を代表するものでした。

百合子は、一九四八年一二月、A級戦犯容疑者一九名がアメリカ占領軍によって釈放されたとき、その一人に、「出世の一段階ごとに治安維持法の血がこくしたたっている」（第18巻三三三ページ）安倍源基《げんき》（特高課長―警視総監―内務大臣）の名があるのをみて、米軍占領下のファシズム復活の危険を象徴するものとして、鋭く告発しました（「平和運動と文学者」「今日の日本の文化問題」一九四八年、「事実にたって」「ファシズムは生きている」一九四九年、第18巻）。その告発文のなかには、小林多喜二、岩田義道《よしみち》、上田茂樹《しげき》などの党と文学運動の活動家の虐殺と抹殺の罪とともに、顕治の公判闘争の中心問題であったスパイ挑発事件も、強烈な重みをもってふくまれていました。

「その頃非合法におかれていた共産党の中央委員のなかに、大泉兼蔵《けんぞう》、小畑某《なにがし》というスパイをいれ、大森のギャング事件、川崎の暴力メーデーと、大衆から人民の党を嫌わせるような事件を挑発させたのも、安倍源基とその一味でした」（「ファシズムは生きている」一九四九年、同前三二三～三二四ページ）

宮本議長が、今年（一九八六年）の一月、百合子没後三五周年記念の夕で紹介した百合子最後の講演の草稿メモ（「東大での話の原稿」第20巻所収）にも、安倍源基およびその手先となった大泉、小畑の名が記されていました。百合子が、『十二年』における公判闘争の位置づけに、戦時下の非人間的暴圧との闘いの歴史とともに、新たに日本人民の前にたちふさがり始めた新しいファシズムとの闘いを、重ねあわせていただろうことは、想像にかたくありません。

法廷をとらえた文学者の眼

公判闘争がもつこうした重みにくらべて、『獄中への手紙』へのこの問題での書入れは、あまり多くはありませんが、それにはそれだけの理由があります。百合子は、手紙の一つで、自分は最近あまり日記を書かなくなったが、考えてみると、顕治への手紙に自分の日常を日記以上の綿密さで書いているからだ、という趣旨のことを、のべています（一九四三年一〇月二四日、第25巻六四～六五ページ）。しかし、公判闘争の問題では、事情は別でした。なにしろ、監獄当局の検閲下の手紙ですから。

このことについては、残された日記の方が、その日その日の情景や感想の、より有力な記録となっています。

一九三九～四〇年の最初の公判闘争は、前半、顕治は病気で出廷できませんでしたが、百合子は、逸見《へんみ》、秋笹《あきささ》、袴田《はかまだ》、木島、大泉、西沢など関連被告の裁判を、ほとんど欠かさず傍聴し、日記に簡潔なメモを残しています。多くはすでに転向した被告たちの、当のスパイ大泉をさえ含む錯綜した陳述の中から、屈服の反映としての不条理と、一定の真実をうつしだした道理ある部分とを注意深くかみ分け、そのことを通じて、法廷には不在だった顕治の人間と態度について、「自分は果してそういう宮本の人となりを十分十分感じていたろうか」と、反省の感動をのべたりする百合子の記述には、なみなみならぬ文学者の眼が表現されています（第29巻一六五ページ）。なにしろ、百合子は、三四年の警視庁発表以来、でっちあげの大々的な反共デマ宣伝がまきちらされてきた当のスパイ挑発事件について、顕治自身から、ことの経過をきいたことは、ただの一度もなかったのですから。

七年後に、百合子は、そのときのことを、こう書いています。

「私は、その事件については、全然何も知らず、すべてを新しい駭《おどろ》きと、人間としての憤りとをもって傍聴したのであった。そして、この駭き、この憤りを感じてここにかけている一人の小さい女は、妻ではあるが同時に作家である。その意味では、民衆の歴史の証人である責任をも感じつつ、春から夏へと、傍聴をつづけた」（「信義について」一九四六年、第16巻二八〇～二八一ページ）

さらに、一九三九年の日記が、法廷に登場する人物——被告たちや弁護士、また特別席に陣どって傍聴の人びとに監視と威圧の目を光らせる特高刑事などについて、一人ひとりの人物像のスケッチを残しているのも、興味深いものです。なかには、百合子と特高刑事の、表面はやわらかだが、内に闘志をひめた緊張したやりとりなどを記録したページもあります。彼女は、そうした描写のあい間に、「バルザック的」（第29巻一六七ページ）といった形容もはさみこんでいますが、『十二年』が作品化された暁には、こうした人間群像が、それこそバルザック的なえぐり方で、浮きぼりにされたかもしれません。

顕治単独の法廷となった一九四四年の「公判日記」（六月一三日～一一月二五日）は、選集や全集の「日記」の部だけでなく、新日本文庫版の『宮本顕治公判記録』にも収録されて、広く読まれていきます。当時の日本と世界の情勢から共産党の闘争方針、天皇制権力の野蛮なスパイ挑発政策とこれに対する党の原則的対処、さらに問題の事件の経過、当局のでっちあげの論破、事実および法廷記録の客観的分析にもとづく関連被告の誤りや矛盾する陳述の是正など、条理をつくして展開される顕治の法廷陳述の進行とともに、百合子の理解と感動は、心の奥底から溢れるような高まりをみせてゆきます。そのことを、法廷の日々の状況とともに、力づよく簡潔な言葉で的確に記録するこの「公判日記」は、まことに圧巻で、それ自体がすでに一つのまとまった文学作品をなしています。

一九三九～四〇年および一九四四年の手紙の、公判に関係するくだりを含め、残されたこれらの素材を読みかえすとき、そしてまた、この公判闘争が、戦後第二の反動攻勢と、それにたいする党と人民の側からの反撃との重大な焦点の一つとなったことを考えるとき、小説『十二年』を完成しえないまま、治安維持法の弾圧を根因として、仕事の途上で生命を奪われた百合子の口惜しさが、ひとしお強く感じられますが、その思いは私だけのものではけっしてありえないでしょう。

重吉の世界も歴史的視野で

小説『十二年』に、『乳房』や『朝の風』など、ひろ子―サヨと重吉とのその時どきの物語をはじめ、その時代の日本社会の諸側面をえがいた「小作品の列」――『三月の第四日曜』『杉垣』『猫車』『その年』などが、当然吸収されたであろうことは、『春のある冬』についてものべたことなので、これ以上はくりかえしません。

私が最後に目をむけておきたいのは、百合子が、重吉を、伸子の夫であり、長期の法廷闘争をたたかう共産主義者の戦士である人物として、その活動と生活の第一線においてとらえるだけでなく、重吉を中心とする世界を、もっと広い歴史的視野で、この大長篇の中に具体化する構想を、早くから抱いていたことです。

一九三九年一一月一五日の手紙、これは、第三章で紹介ずみ（本書二四五～二四六ページ）の、新しい構想を模索、探究する途中での手紙の一つですが、ここで彼女は、「作家として、評論家であるあなたに訴える」としながら、「私のライフワークというものはどうしたって野原や島田の生活風景が自然とともに入らざるを得まいと思うのです」（第23巻一九ページ）とのべています。野原と島田というのは、山口県の顕治の郷里の地名で、百合子はもうすでに何回も訪問し滞在していました。

その一年後、レーニンの『帝国主義論』にとりくんだ百合子は、独占資本主義が小生産をその支配の網の目に広くとらえながら社会を圧殺する発展をとげ、帝国主義戦争の基盤とも推進力ともなってゆくレーニンの分析に触発されたのでしょう。次のような手紙を書いています。

「あの文庫〔『帝国主義論』のこと〕よんでいて、一つの云うのがおしいほどいいテーマを感じました。それは『海流』の中にも一寸《ちょっと》出て来る重吉の家のあきないの推移の本当に基本をなした動きをずーっと勉強して、今日女の事務員が精米に出張している、その日への過程ね、これは一つの立派な堂々たる素材であり、テーマです。安積《アサカ》の米屋、百姓とのいきさつ、その百姓とKとのいきさついろいろ。これは二年ぐらいあとでものになるのよ。いいでしょう？　大したヒントをとらえたでしょう？　うれしさはそういう点で二重三重よ。日本と日本の家庭の一つの典型のエピック〔叙事詩〕。リアルによく勉強し、楽しみです」（一九四〇年一二月一七日の手紙、第23巻四〇〇ページ）

ここで「その日への過程」といっているのは、農村が戦時統制の体制下に組みこまれたその過程のことです。

さらに、ひろ子の世界と重吉の世界とを「一つの大きい交響楽」に組立てたいとした一九四一年四月三日の手紙では、前年一二月の手紙をうける形で、「重吉の環境は、三代に亘《わた》る日本の米の物語の推移として書いて行こうと思う」と語られています（第24巻三五ページ）。

「野原や島田の生活風景」はすでに『猫車』や『その年』にある程度作品化されましたが、注目に値するのは、百合子が、もっと広大な視野で、重吉を生み出した生活の基盤を、伸子の都市的＝小市民的な生活環境とは対照的な「日本と日本の家庭の一つの典型」として位置づけ、しかもそれを日本資本主義の歴史のなかでえがこうという雄大な構想を、はぐくんでいたことです。その構想が実現したとしたら、その舞台となるのは、伸子と重吉が闘争の前線で出あう『春のある冬』よりも、伸子が「野原や島田」をしばしば訪ねてその「生活風景」をわがものにする『十二年』の世界こそがふさわしい、と私には感じられます。

いずれにしても、このことから確実にいえることは、『春のある冬』『十二年』という大長篇が、「社会の各層の典型的な諸事情と性格と歴史の波との関係を描き出してゆきたい」(第21巻二五八ページ)とした百合子の当初の熱望を、はるかに前進し充実した段階で、作品世界に実現したものとなっただろう、ということです。

筆をおくにあたって

私は、読者とともに、また百合子とともにすすんできた、六ヵ月にわたる連載の筆を、ここでおきたい、と思います。

この連載を書き終えて、あらためて私の胸にズシリと残った思いは、『春のある冬』『十二年』は、書かれなければならなかった作品だった、ということです。一九三〇年代、四〇年代の日本を、彼女が構想したような規模と内容でえがきだした作品は、百合子の没後三五年たったいま、残念ながら、まだ現れていません。

彼女は、「『道標』を書き終えて」の中で、「わたしは、『伸子』につづく『二つの庭』や『道標』およびこれから書かれる部分を、自分のものとは思っていない。きょうに生きるみんなのものであらせなければならないと思っている」（第19巻三八四ページ）と書きました。

現在、「戦後政治の総決算」を呼号する中曽根内閣のもとで、「天皇在位六十年祝賀」など、戦前と戦後をひとつながりにとらえ、侵略戦争と人権抑圧、主権在君の暗黒の時代を賛美し祝賀する潮流が横行しはじめた今日、『春のある冬』『十二年』は「きょうに生きるみんなのもの」だとした百合子の確認は、いよいよ切実なひびきをもって、私たちの胸をうちます。

この思いは、自然のこととして、三〇年代、四〇年代の日本を正面からとらえた新しい大作への待望につながるものです。それが、構成においても、創作方法においても、また作者と作品世界との関係においても、この時代を第一線で生きた百合子のそれとちがってくることは、当然ですが、「きょうに生きるみんな」のためにその時代を書くという百合子の遺志は、今日の民主主義文学にひきつがれるべき課題であることを、確信しますから。

（『女性のひろば』一九八六年四月号〜九月号）

『道標』と『道標』以後
――百合子は何を語ろうとしたか――

〔「宮本百合子没後四〇周年記念の夕」（一九九一年一月二一日）での記念講演〕

一、百合子との出会い

みなさん、今晩は。

宮本百合子没後四〇周年の記念の夕に、本当にたくさんの方がよくいらっしゃいました。

私も、宮本百合子との出会いから話をしたいと思いますが、出会いといいましても、私の場合には、寺島さんとはちがって、もっぱら活字の上での出会いです。いまから思いだしますと、たしか、

『播州平野』（第6巻）という作品が雑誌に断続的に連載され、それが単行本としてまとまった形で出たのが一九四七年の春か夏ごろだったと思います。それを読んだのが、百合子とのいちばん最初の出会いでした。それから、一読者として、いろいろ読んではきましたが、宮本百合子について多少研究めいたことをやらざるを得なくなったのは、実はいまから二〇年前の没後二〇周年の夕べのことでした。そこで何か話せということになりまして、これまでの読者の立場から、いわば研究者の立場にかわって、そういう目であらためて読んでみました。

とても、膨大な小説の全体は手に負えませんから、そのときは、「宮本百合子の社会評論」を主題にしました（本書所収）。戦前、戦後の社会評論をずっと研究してみて、本当に驚いたのは、戦後、圧制の扉がひらかれ、平和と民主主義の流れが日本の社会で流れはじめたときの、百合子の評論の抜群の高さでした。当時、平和と民主主義の問題を正面からうけとめてものの言えた評論家や研究者は、戦争直後のジャーナリズムの上では、実にまれだったのです。『中央公論』をとりだしても、『世界』の頁をくっても、どの号からも、戦時中のちぢこまった古い枠に依然としてとらわれたような言葉しか、ほとんど聞こえてこない。そういうなかで、ひときわ輝いていたのが、宮本百合子の一連の社会評論、文学評論でした。まさに敗戦によって民主主義と平和の扉がひらくのを待ちかまえていて、その準備をととのえていたものが、しっかりした展望を持って語りはじめた、そういう構えがどの文章にもあらわれていました。

戦後の情勢というのは、みなさんご承知のように、民主化ははじまったものの、アメリカの新しい圧制のもとにおかれるという、非常に複雑な状況でした。百合子は、そういう問題についても、実に的確な分析を、しかも非常にきめこまかくおこないながら書きつづけました。それらの文章をあらためて読みかえして、いったいこの人はどこでそういう力を得たのか、そのことを強く感じ、これが私の百合子研究のいわば最初の主題となったのです。

当時はあまり材料がなかったのですが、獄中にいる夫・宮本顕治との往復書簡の一部をおさめた『十二年の手紙』を読んで、やはりこの一二年間のなかにこそ、百合子のそうした飛躍の秘密があるのだと考えました。それ以後も、おこがましくいえば、私の宮本百合子研究のおもな立場は、百合子の文学と生活の成長・発展にとって一二年がもった意味をずっとたどることにあった、と言ってもよいと思います。

一〇年前、没後三〇周年を迎えて、また何か話せということになりました。このときは、『宮本百合子全集』で『獄中への手紙』全四巻がちょうど出終わったところでした。そこに収められている手紙は、八九四通にのぼりますが、このなかには一二年間の百合子の成長と飛躍の秘密が、彼女自身の言葉で刻みこまれています。それが出版されたばかりでしたから、あまり詳細にはたどれなかったのですが、その内容を中心に、一二年間の百合子の足どりを、いろいろな面からとらえて話したのが、一〇年前の記念の夕べの講演でした（「宮本百合子の『十二年』」本書所収）。

その後も、没後三五周年の年に、四つほど、たとえば、百合子の戦時下の著作の一つ「婦人と文学」の研究（「戦時下の宮本百合子と婦人作家論」本書所収）とか、彼女の古典学習のあとをたどる

(「古典学習における『文学的読み方』」本書所収)とか、百合子の戦前・戦後の作品世界を考える(「試練の一二年と作家・宮本百合子」本書所収)とか、あるいは「獄中への手紙」そのものを論じる(「『獄中への手紙』が語るもの」(『私の宮本百合子論』所収)とか、いろいろ書きましたが、そのすべてを通じて私の問題意識に共通してあったのは、やはり宮本百合子にとって「十二年」がもった意味という問題だったのです。

きょう、私は、「『道標《どうひょう》』と『道標』以後」と題して――さきほど日色ともゑさんがその一節を朗読されましたが――、彼女の最後の長編作品である『道標』(第7、8巻)について、みなさんと考えたいと思うのですが、これも、一二年がどういう意味でこの『道標』を生み出したのか、そのことを中心に考えてゆきたいと思います。

二、前進する「新社会相」を日夜目撃して

『道標』は前作の『二つの庭』(第6巻)に続くたいへん長い作品ですが、直接的には、伸子という女主人公が、資本主義の日本の社会のなかで、また「家」、「結婚」、そういうもののさまざまなしがらみのなかでその重い圧力に苦しみ、そこから解きはなされて成長をしようと欲するはげしい願いを

もつ、しかし、日本ではなかなか打開の道を見出しえないで模索していた伸子が、ソ連を訪ね、一九二七年末から一九三〇年末までの三年間をそこで生活し、そのなかで階級的成長をとげる、それが主題となっている作品です。百合子自身、戦後のある文章のなかで、この作品について、「そのような歴史の事情」、つまり、一方では、ソ連での社会主義建設、他方では、ソ連滞在中の一時期に訪問したヨーロッパのいろいろな国ぐにの危機的な状況、そういう歴史の事情が「女主人公の精神と肉体を通してどのように階級的人間を形成してゆくかを描こう」とした小説だと、語っています（「婦人作家」第19巻一九七ページ）。

いまの時点で考えてみて、私が非常に大事だと思い、興味をひかれるのは、その当時のソビエト社会が、そこを訪問し、三年間、そこで実際に生活した伸子――現実には百合子ですが、この女主人公にたいして、日本では得られなかった、自身の苦悩の打開の道を見出させ、一個の人間にそれだけの成長の展望をあたえるような力をもっていたこと、そのことが、百合子の三年間の生活と成長のなかに、まぎれもない事実として示されているという問題です。

彼女は自分で書いた「年譜」――これは、戦後書いたものですが、その「自筆年譜」の一九二八年のところに、そのことをたいへんはっきりした言葉で表現しています。その年の夏、「故国で次弟英男が自殺した」との知らせをうける。彼女が非常に愛していた弟でした。そこには、彼女も感じていた日本の社会の矛盾、家庭の矛盾、そういうものが屈折した形で、いわば挫折という形であらわされていた、彼女はこの知らせをそういうものとして受けとります。そして、それとあわせて、自分がそのとき体験していたことについて、こう書いています。「彼〔弟〕の予期しなかった死＝没落と日夜目撃してその中に生きるソヴェトの燃えつつ前進する新社会相は、両面から自分の眼を開いた。ひとりで闘ってきた闘いを結びつけて行くべき方向と形と意味が理解された。政治的行動に、これまでと全く違う見方を得た」（第18巻一〇三ページ）。これは、彼女のいつわらざる実感だったのでしょう。

ここでたいへん重要だと思うことは、彼女はソ連に行って、別に著名な指導者から社会主義の講義をうけたわけでもない、ソ連の大学で学んだわけでもない。ひとりの旅行者ではあるけれども、三年間にわたって、そこに腰を落ち着け、彼女の言葉でいえば、「燃えつつ前進する新社会相」を自分の体と心で体験しつづけた。『道標』にも描かれているように、そこには、唾棄すべき官僚主義のあらわれもいっぱいあります。彼女がヨーロッパを訪ねたとき、白いパンをみてあらためてびっくりする情景がありますが、白パンなど見ることもないという貧しさもあります。『道標』は、当時のソ連社会をすべてすばらしい社会として描いているわけではないのです。まさにさまざまな矛盾や摩擦、後れをもちながら動いている社会相として描きだしています。しかし、その社会が、ひとりの人間にたいし、階級的成長をとげて、日本に帰るときには、共産主義者として帰ってゆくだけの影響力をおよぼす、そういう力を社会として持っていたというところに、いま注目すべき非常に大事な点の一つがあると思うのです。

とくに小説『伸子』（第3巻）のなかで描いているように、百合子がもっとも苦しんだのは、日本という社会における「家」の問題、「結婚」の問題、そういう形であらわれてくる半ば封建的な女性への重圧の問題でした。その打開の方向が、貧しいが若いソ連社会のなかでみごとに示されている。少なくともその解決の方向が、具体的内容をもって明らかにされている。作品『道標』でいえば、たとえば第一部で、伸子がレニングラードを訪ねたとき、アンナ・シーモヴァという婦人活動家に会います。彼女の生きいきした活動の姿と、地方に活動に出ている夫や三人の娘と、近く休暇をとって五人いっしょの生活ができるということを、心から楽しみにしている姿とが、一つに結びついて、伸子に感銘をあたえます。また第二部では、伸子が病気をしてモスクワ大学の病院に入院したとき、妊娠して大きなおなかをかかえながら働きつづける看護婦さんのナターシャという女性に会います。そのナターシャから、この社会で女性が働きながら妊娠した場合、どういう保障があるのかといったことをじかに聞き、希望ある未来の展望も話しあいます。それらが、指導者の演説とか大学の講義とかいうものではなく、自分が悩んでいるものの解決、打開の方向がここにあるということを伸子に実感させるいちばんの場面になるのです。

それらの場面を見るとき、私が思い出したのは、レーニンもやはりそのことを繰り返し強調していたということでした。女性解放の問題では、ソ連で、主な資本主義国よりも早く選挙権の男女平等が実現されたことが、よく指摘されます。しかし、革命後のソ連で、レーニンが婦人デーなどの機会に訴えているものをあらためて読んでみると、婦人参政権の実現ももちろん大切ですが、彼がそれよりももっと力をこめて語っているのは、やはり百合子が日本で悩んでいた問題だったことがわかります。レーニンの訴えの一つを紹介しますと、「婚姻法の分野や子供にたいする関係の面で、女を男にくらべて不平等な地位におき、男に特権をあたえている、古い卑劣なブルジョア法律をのこらず完全に廃止した」、また「もっとも民主主義的なブルジョア共和国をもふくめて、すべてのブルジョア共和国の親族法のなかで男がたもってきた、財産に関連する優位をのこらず廃止した」。こういうことです（「婦人労働者へ」、一九二〇年二月、レーニン全集㉚三八二ページ）。

戦前の日本の女性は、財産権をはじめ、民法上の能力をあたえられませんでした。結婚したら夫が家長としてすべての権利をもつ。夫を失ったときも、息子が相続者となって、その支配のもとにおかれる。女性がそういう家族関係のなかで、一人前の人間として民法上の権利が認められることがほとんどない。そういう女性の「無能力」状態をさんざん悩みぬいた百合子でした。ですから、レーニンが強調したこのことが、現実にソ連で、実社会のなかで実現されていることを目撃したとき、そのことが彼女に大きな変革的なはたらきをおよぼしたであろうことは、さきほど紹介したレニングラードの活動家アンナ・シーモヴァや、モスクワ大学の病院の看護婦さんのナターシャが、『道標』のなかに出てくるソ連の人びとのなかで、もっとも代表的な人物として位置づけられているところにも、あらわれていると思います。

ソ連の歴史から言いますと、百合子が訪問したこの時期は、レーニンの時代ではありませんでした。レーニンは一九二四年一月になくなっていますから、百合子（伸子）がソビエトを訪ねたときは、それからもう四年近くたっていました。党内では、スターリンがすでに実権をにぎっていました。また悪名高い「農業集団化」も、百合子のソ連滞在中にはじまりました。しかし、そういうスターリンの支配というものが、まだソ連社会の末端まで押さえこんで、社会の全体から彼女のいう「燃えつつ前進する新社会相」を奪いとるような状況にはまだ至っていなかった。いわばレーニン時代の息吹きがまだのこっている、その息吹きを百合子は感得したということだと思います。

これは余談になるかもしれませんが、『道標』の第三部後半では、伸子がヨーロッパを訪問してふたたびモスクワに戻ってくるところが、描かれています。そのころになると、ロシア語もだいぶできるようになっていますから、『プラウダ』を読んだり、スターリンの演説を読んだりして、今度はその目でソ連社会をみるようになるのです。私の印象からいうと、『プラウダ』やスターリンの演説を通じてソ連をみている最後の時期の伸子よりも、そうでなかった時期、まさに実生活者としてソ連社会を体得しつつあった第一部、第二部の伸子の方が、私にははるかに生きいきとしていて、人間の変革に作用した若い社会主義の生きた関係というものが、そこから読みとれるように思います。

しかし、いずれにしても、『道標』というのは、別に観念的な産物ではなく、百合子自身が実際に経験した、みずからの成長を作品化して語っているものですから、まさに彼女はそういう形で社会主義を感じとったのであり、そこに一つの重要な現実がありました。

もし現実の歴史が進行したように、スターリンによる社会主義の原則のあのような乱暴なねじまげがなく、そしてまたレーニンが敷いた社会主義への健全な軌道にそってソ連社会が正しくそのまま発展していたならば、そこにはどんなに巨大な可能性が秘められていたでしょうか。すでに経過した歴史にたいして、「もし」ということはできませんけれども、『道標』を読むにつけても、そういう思いを、いまのソ連・東欧の状況にてらして新たにする次第です。

いまでは、ソ連を訪問して感激し、そこに新しい社会への打開策を見出すという人はまずいなくて、かえってモスクワから日本に来て、そこに「社会主義」を見出して感激する人がいたりする［＊］ので困るわけですけれども（笑い）、そういうところに歴史の皮肉ともいうべきものがあります。しかし、今日、『道標』を読むとき、複雑な流れのなかでも、歴史の展望が屈折した形であらわれていることを、強く思います。

＊ **日本に「社会主義」を見いだした** ソ連の末期、ゴルバチョフ政権の時代には、資本主義と社会主義の区別もわからなくなり、資本主義の現状のなかに「社会主義」を見いだすとんでもない議論が横行し、この礼賛論はとくに日本に向けられました。私は、この講演のちょうど半年前、日本共産党創立六八周年の記念講演（一九九〇年七月）の中で、そのことを紹介したばかりでした。記念講演のその部分は、次のとおりです。

「とくにその最先端をゆくとされているのが、わが日本であって、最近、日本にきたソ連企業の代表団の副団長が、『日本経済はかなりの程度社会主義化されている』（笑い）と言ったり、党中央委員会事務局のエリート視察団の団長が『日本の経済体制は社会主義なのか』と質問したりして、日本の財界のど肝をぬいたと報道されました（笑い）。最近では、ソ連共産党中央委員会の社会・経済副部長が、『日本経済の何を学ぶか』を主題にした論文を発表して、『個々の企業で経営者、労働組合、従業員の利益の一致を保障している経営形態』と『労使協調精神』の育成システムを学びたい、『国鉄民営化』のやり方を取りいれたいと平気で書いています」（不破『90年代・世界と日本の新しい進路』〈一九九一年、新日本出版社〉三一〜三二ページ）。

三、百合子が心を傾けた「生活の歌」

さて、そういう過程をへて、伸子（百合子）は日本に帰ってきます。実はきょうお話ししたい主な問題は、そのあとにあるのです。

『二つの庭』、『道標』と書きはじめて、百合子はいったい何を書きたかったのだろうか。『道標』はたしかに大作ですが、『道標』を書くことが、彼女の生涯をかけたこの作品のプランの、いちばんの峠を越したといえるところだったのだろうか。そういう問題です。

その問題を考えるとき、さきほど日色さんが朗読した文章をもう一度思い出していただきたいと思います。二つ目の文章です。あの作品では、山上元ということになっていますが、これは片山潜《せん》――わが党の創立者のひとりです――のことです。彼が、モスクワにいて、百合子が日本に帰るというのを聞いて、このままソ連にのこって活動しないかと誘うのです。それで彼女がどうしようかと迷う。しかし、私は日本に帰らなければいけないのだという決断をしたのが、さきほど朗読した『道標』最後の文章になっています。

文章の全体は繰り返しませんが、「百万人の失業者があり、権力に抵抗して根気づよくたたかっている人々の集団のある日本」、そこに帰れば、自分の挫折や破滅があるかもしれないけれども、そこにこそ「伸子の生活の現実」がある、「伸子が心を傾けて歌おうと欲する生活の歌がある」――それが、彼女の決意の内容でした（第8巻四三七～四三八ページ）。つまり、百合子が心をかたむけて歌おうとした「生活の歌」は、まさに戦争の道にまっしぐらに進もうとしていた日本の社会の現実だったということを、『道標』自体が物語っているのです。

私は、『二つの庭』、『道標』と書きつづけてきたこの作品で、彼女がいちばん書きたかった主題は、まさにこれから伸子が帰ろうとする日本社会の現実、そこでの「生活の歌」だったのだということ、そのことにまずみなさんの目を向けたいのです。

これには、そのことを裏付ける百合子自身のいろいろな言葉も残っています。

たとえば、これは彼女が亡くなってから発表されたものですが、一九五〇年末から五一年のはじめにあたるころに書いた「『道標』を書き終えて」という文章があります。そこには、「長篇として『道標』三部は終ったけれども、まださきに凡《およ》そ三巻ばかりのこっている」、「『道標』は中途の一節である」、そういう言葉があります（第19巻三七九ページ）。まださきにある三巻というのは、表題もすでに決まっていまして、まず『春のある冬』です。これは、日本に帰って作家同盟に伸子が参加し、そこで石田重吉（宮本顕治）と出会い、結婚にいたる、間もなく作家同盟への弾圧で、伸子は検挙され、重吉は非合法生活にうつってたたかいは続く。そういう時期のことを書くべきものだったでしょう。日本の運動にとっては、たいへんな弾圧と波乱の時代です。それから次の二巻は、『十二年』上下二巻を予定していました。これは、戦争中の一二年間の日本社会と、獄の内外を結ぶ伸子と重吉のたたかいそのものを描くはずでした。

ここに一連の作品で百合子が書こうとした中心的な主題があったことは、さらに、こういう文章にも語られています。これは、四九年に、『二つの庭』が出版されたとき、そのあとがきに彼女が書いた文章です。「『伸子』以後の伸子がめぐり合った現実は、一家庭内の紛糾だけではなかったし、恋愛と結婚に主題をおいた事件の連続だけでもなかった。一九二七・八年からあとの日本の社会は、戦争強行と人権剥奪《はくだつ》へ向って人民生活が坂おとしにあった時期であり、そこに生じた激しい摩擦、抵抗、敗北と勝利の錯綜《さくそう》こそ、『伸子』続篇の主題であった」（第18巻三七六～三七七ページ）。つまり、心をかたむけて自身の「生活の歌」を歌おうと言って伸子は日本に帰ってくる、それが、こういう現実だったのであり、それを書くことこそが、この長編『伸子』続編の主題だったということを、彼女は『道標』執筆中の一九四九年に、はっきり書いていました。

また、その『道標』について、当時、日本共産党の党内で、いろいろな議論がありました。当時の党の発展段階が文化的にどうだったかをも示すことですが、百合子があんな小ブルジョア的な小説を書いてけしからんなどという非難を、当時の書記長（徳田）が、文化関係の党の会議で、しかも、当の彼女のいないところでやったりする。それについて、百合子は、「文学について」と題する意見書を出しました（一九四九年七月、第18巻）。これは、生前発表したわけでなく、死後、それもだいぶたってから発表されたものです。百合子は、そのなかでまず、『道標』に書かれていることを、たんなる小市民の一人の女性の話だととらえるのがいかに間違いであるかを指摘し、これは「女主人公が社会矛盾にめざめて次第に共産主義者へまで成長してゆく過程を描いているもの」で、反共攻撃の激しい日本の社会で、こういう作品がいったい無意味だろうかと、堂々と反論します。そしてつづいて、「主人公は、まだ階級的に目ざめつつある過程が描かれている」のだから、「まだ共産主義者として行動していない」のは小説として当然のなりゆきであること、しかし、「長篇の今後の展開の中で主人公は共産主義者として行動し、そこには過去十数年間日本の人民の蒙った抑圧と戦争への狩り立て、党内スパイの挑発事件、公判闘争なども描かれ」ることを強調しています（同前三八〇～三八一ページ）。ここでも彼女は、自分の作品のそういう構想を語っているのです。

だから、『道標』の最後に、伸子が、日本に帰ったら自分の挫折や破滅があるかもしれないが、人民の苦難があり、人民の闘争があり、その先頭にたつ集団があるところ、そこにこそ、自分の「生活の現実」がある、「心を傾けて歌おうと欲する生活の歌」があると決意したこと、それがまさにこの連作の主題をなすものでした。その主題をいよいよ書くところまできて、その直前に倒れたというのが、実は一九五一年、いまから四〇年前の百合子の死でした。その意味では、百合子にとって本当に残念きわまる、生涯をかけた仕事の突然の中断だったということを、惜しまざるをえないのです。

四、戦時下の日本社会への三〇年代の挑戦

そういう目でこの作品を考えてみると、おそらく多くの方が、いったい百合子は、あの戦時下の日本の現実を書きたかったのなら、なぜ最初からそれを直接書こうとしなかったのか、『播州平野』、『風知草』（第6巻）では、まさに解放された戦後の日本とそこでの日本共産党の活動を「ひろ子」という主人公と「重吉」というもうひとりの主人公を登場させて――相手の名前はいつも変わらないのですけれども（笑い）、自分の側は伸子、朝子、ひろ子といろいろ変わるという特徴があって（笑い）、そのことはあとでまた説明するつもりですが――直接書いたように、『二つの庭』、『道標』というまわり道をしないで、最初から戦時下の日本を書くという道をなぜ選ばなかったのか、そういう疑問をもたれると思います。

私がきょうお話ししたい核心の点の一つは、実は、『道標』などのそうした構想と方法のうちにこそ、彼女の一二年間の身をきざむような、そしてまた生活と心をきたえぬいた、刻苦の結実があった、ということです。彼女はあとで、一九五〇年の文章ですが、「『伸子』と『二つの庭』との間には、二〇年余のへだたりがあり、その時間の距離は、作者の生活をその環境とともに内外から変革さ

せている」と書きました（「心に疼《うず》く欲求がある」第19巻二五三〜二五四ページ）。実は、この「時間の距離」の間に、作家としての彼女の成熟があり、それが戦時下の日本を描くためには、そういう回り道をすることが必要だという形であらわれている、私はそこが非常に重要なところだと思います。

実は、百合子が戦時下の日本の現実を描くという課題にとりくんだのは、『二つの庭』、『道標』の連作が初めてではないのです。ソ連から帰ってすぐ作家同盟に入り、プロレタリア文学運動に参加する。その最初のころは、新しい立場で小説を書く力を自分でもなかなか感じられないで、もっぱらルポルタージュ風のものを書くのですが、次第に小説にも手をそめるようになり、それで『婦人の友』という雑誌の三二年一月号から、帰国して約一年後にあたりますが、『舗道』（第4巻）という小説を連載しはじめます。これは、満州事変がはじまっているさなかですから、まさに戦時下の日本を描こうとした最初の長編でしたが、『道標』などとは違い、また『伸子』とも違い、彼女自身の生活経験からはまったく離れた形で、いわば客観描写風に、東京の丸の内にある大経営での勤労婦人の集団を書いたのです。

この最初の作品『舗道』で、なぜ伸子もひろ子も登場しなかったかというと、これにはやはりそれだけの理由がありました。これも百合子が、戦後、告白的に語っていることですが、当時の自分の心理をふりかえった次のような文章があります。「一九三〇年の暮にモスクワから帰って、三一年のはじめプロレタリア文学運動に参加した当時の作者の心理は、自分にとって古典である『伸子』を、過去の作品としてうしろへきつく蹴《け》り去ることで、それを一つの跳躍台として、より急速な、うしろをふりかえることない前進をめざす状態だった」(『二つの庭』へのあとがき」、第18巻三七六ページ)。そういう心理状態が、この長編の客観的な構成にあらわれたのでしょう。

この作品は、プロレタリア作家同盟にたいする大弾圧で、彼女が検挙され、宮本顕治は非合法活動にうつる、そういうことで中断されるわけです。

その次に百合子がこの課題に取り組むのは、それから五年後のことになりました。その間には、彼女の何回にもわたる検挙があり、夫である顕治の検挙もある(三三年一二月)、そしてそれ以来生死不明でいた夫が、ともかく生きて監房にいることが分かって、手紙のやりとりもはじめられる(三四年一二月)、彼女の公判も終わる、そういうさまざまな経験があります。それらを経て、百合子はふたたび戦時下の日本を描くという課題に意欲を燃やし、一九三七年に、いろいろな雑誌への連作の形で、これを断続的に発表してゆきます。『雑沓』、『海流』、『道づれ』(いずれも第5巻)と三作目まで書いたところで、新しい弾圧――その年の一二月、百合子をはじめ、階級的な、また反戦的な作家にたいする執筆禁止の弾圧がくわえられ、そのためにまた中断を余儀なくされます。

百合子は、この作品にたいして、たいへん自信といいますか、実生活で階級的にきたえられたなかでそれを書ける力が自分に育ってきたという意欲と自覚をもってのぞみました。いまでもよく読まれて、世界の多くの国ぐにで翻訳されている『乳房』(第5巻)のような作品は、この連作を書く前に発表されており、まさに階級的な立場に立った第一線の作家としての百合子の力量は、自他ともに認めるところだったわけです。

ですから、百合子は、すでに執筆中に、この長編について、「私たちの芸術」――弾圧のさなかですから、明示する固有名詞こそ使っていませんが、プロレタリア文学運動をさしている言葉です――、「私たちの芸術の到達点」をこの作品で示したいという意欲を語ったり（小説集『乳房』の序、一九三七年一月、第12巻四二六ページ）、弾圧で中断にいたったあとでも、獄中の顕治への手紙のなかで、「書きはじめて、これはユリのこの十年の成果として文学史的価値を与えようと決心している長篇小説」と位置づけたりしています（一九三八年八月一九日の手紙、第21巻四〇〇ページ）。それだけの抱負と意欲をこめたものだったのです。

この作品の構成は、五年前の『舗道』とはかなり違っていて、百合子自身が「宏子」という名前で作品化されて登場します。顕治も、「重吉」の名で作品化されて登場します。ただこの作品では、宏子は女子専門学校の学生です。重吉もそれにふさわしく、若い、左翼文学の研究グループの一員です。だから、現実とは大きく違った設定ですが、この二人が「宏子」「重吉」という組み合わせで登場し、それを軸にして、当時の日本、百合子の表現によると、「1931頃から'36位に及ぶ」「社会の各層の典型的な諸事情と性格と歴史の波との関係を描き出してゆきたい」（一九三七年一一月一一日の手紙、同前二五七～二五八ページ）、こういう構想の壮大な展望をもった大作でした。

しかし、この長編も、さきほど述べたように、執筆禁止の弾圧で中断します。

百合子は自分が書きはじめた長編が中断してしまったことについて――中断した作品はこのほかにもあるのですが（一九三一年の『ズラかった信吉』第4巻）――、彼女のあとでの告白によると、もっぱら弾圧などの外的な諸事情によるもので、別に自分の作品に問題があったからではないという確信を、牢固として持って疑いませんでした。

ところが、やがて、そのことを疑わせるような事態が起こってくるのです。

五、「百合子論」を成長と飛躍への力に

前にいろいろな機会に論じたことですが（とくに「『獄中への手紙』が語るもの」〈本書所収〉）、執筆禁止という弾圧をうけてみると、百合子自身、足が地につかないといった調子の、ある種の不安定な状況におちいってしまいます。彼女は、いままで一〇代のころから文筆でずっと生活してきました。階級的な立場に立つようになってからも、文壇やジャーナリズムの世界での名声はいよいよ高いものがあり、全集の当時の部分を見てもわかりますが、弾圧をしばしばうけながらも、小説に評論に、膨大な執筆活動を第一線で続けてきました。その執筆活動を一挙に奪われてみると、心や生活のうえで、予期しなかった非常な動揺が起こるのです。

当時、文学運動のなかでも、迫害に屈しての「転向」現象が盛んで、その潮流に抗して階級的な立場を守ってがんばりぬく作家は、次第に少なくなっていました。彼女はその点でもきわだった存在で

したから、自分の生活態度にはすきがないと自信をもってきました。ところが、獄中の顕治からみると、とくにこれからいよいよきびしくなる戦時下の荒波を考えた場合、そのなかで彼女が生活と文学の両面で本当に確固とした立場をつらぬいて生きぬいてゆくには、取り除かなければならない弱点や夾雑物《きようざつぶつ》などがいろいろある、しかし、そういうことについてたちいって話をする機会もないまま、面会といってもきわめて限られた時間と制約のもとですから、その問題を正面から提起できないでいました。そういうなかでの執筆禁止と百合子の動揺でした。

その最中で三八年夏、獄中から「キンシカイジョ（接見禁止解除の意味）」の電報がとどきます（『宮本顕治　獄中からの手紙』上一五九ページ）。いままでのような制約なしに、もっと自由に会えるようになったわけで、百合子の方は、これは「さあ、おいで」という合図だと受け取って、喜び勇んで面会にでかけるのです。ところが、会ってみると、百合子を待っていたのは、彼女がこれからの波らんのなかを生きてゆくために、どうしても乗りこえなければならない問題点について、いままでたまっていたものを総ざらえするような、批判的な助言でした。百合子は、あとで、それをうけたときの自分の印象をこめて、「急襲的な批判」と呼んでいますが、予期しなかった批判に直面したわけで、『獄中への手紙』の当時のものを読んでみても、この批判をうけて以後、その年の後半の手紙では、百合子の苦悩にみちた心情がつづられています。それを読みながら、私は、そういう「急襲的な批判」を断固としてやる方もやる方だが（笑い）、それを苦悩とともに真剣に受け止めて、自分の本当の飛躍の糧にしてしまった方もたいへんなものだと（笑い）感心しました。そして、この「急襲的な批判」を契機にした百合子の自己点検は、ジグザグを経ながら、ついにその年の一二月、「百合子論」といわれている手紙の連作に結晶します（一九三八年一二月一五日、一六日、一七日、第22巻六〇～七五ページ）。これは、自分の少女時代からの、生活の自己分析にはじまり、現在の戦時下に生きる心構えにまでいたるもので、これが自分の作品世界をも見直す転機となってゆくのです。

宮本百合子という人は、自分の生活態度の点で、いわば共産主義者として脱皮してひと成長すると、そのことが必ず文学のうえでの飛躍に結びつくという独特の資質をもっています。そのことは、いつも痛感することですが、それが、ここでもあらわれます。「百合子論」にあてた一連の手紙自体には、直接、自分の作品論があるわけではないのですが、そこから出発して、やがてその解明が「文学史的価値をあたえようと決心している」この長編の文学的な再検討の仕事に、おのずからつながってゆくわけです。

そのすべての経緯を話すとたいへんなことになりますから、いくつかの大事な契機だけをあげてみます。まず、そういう成長した目で眺めてみると、「真髄的に重大なもの」が欠けていることに、彼女は気づきます。その「真髄的な」ものとは何なのか。これも、一連の探究の過程があるのですが、その重要なひとこまで注目すべきものに、四〇年の末、百合子が『朝の風』（第5巻）という小さな作品を書いたときの、獄内外の対話と討論があります。『朝の風』というこの小説は、百合子の気持ちとしては、獄中の顕治と、獄外にいる妻・百合子との交流といいますか、そういう立場にある彼女の心情を掘り下げた形で、しかも戦時体制がいよいよ激しくなる不自由な条件のもとで描いたものとして、かなり自信をもって書いた作品でした。しかし、実際には、あとで彼女自身が、「全く危機を告げている作品」（一九四三年一〇月四日の手紙、第25巻四四ページ）と評価したような弱点をもっていました。

たとえば、その弱点の一つとして、獄中から、女主人公の「切ない」心情を主観的に強調するだけの「土台」の弱さという問題が提起されます。この問題は、このときは、直接的には『朝の風』に関して議論されたことでしたが、同じことは『海流』というさきの長編に関してもいえることでした。ここで、「宏子」という主人公が出てくる。この「宏子」は、現実の社会では、作家同盟の一員として、共産主義者として活動している百合子の分身なのですが、それを女子学生として三〇年代の日本に登場させた。「重吉」についても同じことがいえるわけで、作家同盟の幹部であり、日本共産党の指導部の一員である顕治が、この作品では、左翼文学グループの若い青年としてあらわれます。戦時下の日本とそこでのたたかいを、この二人をひとつの軸にすえながら描こうというときに、宏子も重吉もそういう点では実生活の土台がない。顕治は、「『雑沓』も旅立以来、無銭旅行的テムポ」（一九三八年二月一四日の手紙、『宮本顕治　獄中からの手紙』上二三〇ページ）だという比喩《ひゆ》で、『海流』のこの弱点を指摘したことがあったようです。こういう土台のうえで、本当に生きた生活感情をもった生きた人間、そしてまたそういう日本社会の苦難のなかでたたかいつづける人間として二人を描けるだろうか、こういう問題に百合子はぶつかります。そのなかから、三〇年代の日本社会を背景に、宏子や重吉をそのなかに人為的にはめこむような形で登場させたのでは駄目だという問題意識が、おのずから成熟してゆきます。

六、「脱皮の内面」を書く

それからまた、こういう問題もありました。百合子は、自分がこれまでに書いた作品をふりかえりながら、「生活の成長とともにあらわれる作品の体系」ということを考え、それらの作品が全体としてまとまってみると、ひとりの作家の成長の足どりを一つから一つへと語っている、そういうものを書き続けたいという意欲を、手紙に書いたことがありました（一九三九年一一月一五日、第23巻一七ページ）。また、自身の作品を総括的にとらえるこうした解明をさらにすすめて、私の作品には、考えてみると、主観的な素材と客観的な素材を扱ったものがある、という系譜的な分析をするくだりがあります（一九四〇年一一月一一日の手紙、同前三六五〜三六六ページ）。つまり、一方では、百合子自身の生活の歴史とは関係なしに、日本の社会のその時どきの一断面を描いた作品もたくさんある。また他方では、自分の生活の過程そのもののなかから生み出されてきた作品もある。『伸子』もそうだったし、近い時期に書いたものでいうと、『おもかげ』、『広場』（いずれも第5巻）という作品もそうでした。この二つの作品は、それぞれ『道標』のなかに吸収されています。『広場』の方は、さきほど日色さんが朗読し、私も紹介したあの部分を、独自の短編として、三九年に発表したものでした。片山潜に頼まれて、ソ連にのころうか、日本に帰って日本でたたかおうかという話を、戦時中に書いて発表したのですから、「奴隷の言葉」で検閲の目をかいくぐってのこととはいえ、百合子の度胸と覚悟をしめした作品でした。自分にこういう二つの作品の系列がある、という分析です。

実は、この二番目の手紙は、獄中からの一つのヒントにこたえたものでした。どんなヒントかというと、「一昔前、ユリが作家として質的な脱皮をしつつあったとき、作家としての必然としては、その脱皮の内面をも描いて行くことにあったわけだが……」云々という顕治の手紙です(一九四〇年一〇月一九日の手紙、『宮本顕治　獄中からの手紙』上三九五ページ)。これに同感を表明しつつ、この問題提起にこたえる形で、主観的素材と客観的素材というさきの分析もおこなわれるわけですが、よりたちいって考えてみると、小作品の系列で作家の成長を表現するということでは、いろいろな時期の自分の成長の断面は書けても、「脱皮の内面」は描けない。やはり、これは、ひとりの人間が成長してゆく過程を、長編的な構成をもって描かなければ、果たしえない課題です。そういう問題にも、この探究の過程で、百合子はぶつかってゆきます。

この時期に、百合子は、私の作品の女主人公が、なぜいろいろの名前を使いわけているかについて、顕治に説明したことがあります。「伸子」、「朝子」――これは、『おもかげ』、『広場』の主人公です――、「ひろ子」というのは、百合子の脱皮と成長の段階に対応しているのだという説明です。「伸子は題名として今日では古典として明瞭《めいりよう》になりすぎていて、人物の展開のためには、てれくさくてつかえなくなってしまっています。伸子、朝子、ひろ子、そういう道で脱皮してゆきます、面白いわね。朝子は重吉の出現までの一人の女に与えられたよび名です」。そのあとは「ひろ子」になるわけですが、朝子とひろ子はどこが違うかというと、重吉（顕治）と会う前かあとかで、脱皮の段階を区別しているわけです（笑い）。「朝子が万惣《まんそう》の二階で野菜サンドウィッチをたべるような情景から、彼女はひろ子となりかかるのです。そして、それからはずっとひろ子」（一九三九年一二月六日の手紙、第23巻二九ページ）。おそらく、伸子、重吉の最初の出会いは、実生活のうえでも、万惣というお店でサンドウィッチを食べたのではないかと推察されますが、この時期にはまだ、『伸子』から続けて、ひとりの女性の成長の過程を描くなどという構想はなかったことがわかります。

しかし、「脱皮の内面」を書くという問題を提起されてみると、だんだんそういう問題にも突き当たらざるをえなくなります。なぜかというと、さきほど、登場人物の生活の土台の弱さという問題にふれました。ひろ子なり重吉なりが、本当に、百合子が描きたいと思うような生活と心をもって作品世界に登場するためには、三〇年代の日本社会にいきなりあらわれるわけにはゆかない、どういう過程をへて、ひろ子がそこまで成長し、どういう過程をへて、重吉がそこまで到達してきたのか、その過程を描かないと、実生活に根ざした必然性をもって読者には理解されない、そういうことを抜きにしては、やはりこの長編は書けないという問題が、そうはっきり意識されるわけではないが、だんだん熟してくるのです。

七、「私のなかで何かが発酵しはじめている」

創作方法の問題についても、この時期に、百合子はいろいろな角度から検討を試みます。「私は私小説から発生して居ります」（一九四〇年一一月一一日の手紙、第23巻三六五ページ）。つまり、自分の生活経験からはなれて、客観世界を客観的に書くところから出発した作家ではない。彼女は「生活者的我」という言葉も使って、「生活者的我というものを、私は馬鹿正直に追求してゆきます」（同年一一月九日の手紙、同前三五九ページ）とも言い、そのことをがっちりにぎりながら、科学的社会主義の立場にたった小説を描けるようになるところまで、いかに成長してゆくか、「私小説」から出発した自分として、ほかの道を探さないでこの道を一筋に追求したい、そういう意味の決意もくりかえし書いています。

手紙のなかには、こういう一節もあります。

「私がもしいくらかましな芸術家であったとしたら、それはつまり、あれをかいてみ、これをかいてみ、という風に血路を求めずやっぱり自分を追いつめて、やっとのりこす、底まで辿《たど》りついたところにあるでしょう。十年がかりでそこまで自分をひっぱったところにあるというのでしょう。

私小説が真の質的発展をとげてゆく道というものは、こんなにも困難な、永い時間を要することです」(一九四〇年一一月一一日、同前三六六ページ)

「百合子論」に出発した自己分析は、作品世界や創作方法にかかわるこうした展開にも発展してゆくわけです。

しかし、こういう探究は、あれこれの問題点に気がついたら、すぐそれが新しい長編構想として結実するというように、単純に進むものではありません。この探究自体が弾圧によって中断されたということも、もちろんあります。しかし、それだけではないのです。「量から質への転化」といいましょうか、こうして蓄積されたさまざまの要素が、ちょうど夜が明けるように、一挙に発酵し成熟する、こういう瞬間がある。私は、作家ではありませんが、理論活動のうえでも、それまでにあれこれと部分的に考えてきたことが、ある時期に、何かの契機でぐっと一つの構想にまとまるといった経験を、小規模ながらすることがありますが、百合子の場合は、それが実に壮大なのです(笑い)。

さきほど、寺島さんのお話にあったように、一九四一年の一二月九日、太平洋戦争の開戦の翌日に百合子が検挙され、獄中で熱射病になり、翌年の七月、人事不省でかつぎだされました。目をやられましたから、身体が一定の回復をしても、自分でものも読めない、書くことはもちろんできないという時期が、ずっと続きます。ようやくその状態からぬけだして、多少本を読める、獄中への手紙も自分で書ける、そういう状況を迎えるのは、一九四三年になってからですが、その九月から一〇月にかけて、彼女は自分のなかに何かが発酵しはじめていることを感じます。九月二七日の手紙には、こうあります。「何かが今私の内に発酵しかけているらしくて、一寸《ちょっと》した風も精神の葉裏をひるがえすというようなところがあります。……こういう風に、本当に新しい諧音《かいおん》で自身のテーマが鳴り出そうとする前の魅力ある精神過敏の状態は、いい心持です」（第25巻四一～四二ページ）。何が生まれるかはわからない、しかし、「断片的な感想など」ではなく、「全く自身の文学の系列をうけつぐ小説をかきはじめるらしい」との予感はあります。

それから一週間後、一〇月四日の手紙では、「この間うちの精神緊張と何とも云えない震動は、案の定何となし新しいところへ私を追い出しました」と報告されます。「或る夜私の心持がさあっと開け」た、それは何かというと、「『伸子』以後をかく」という構想だったのです（同前四三、四五ページ）。ソ連から帰ってきた直後の時期には、『伸子』をうしろへ蹴り去ることで前進するという気持があった、しばらくたっても、「てれくさくて使えない」という表現にみられるように、『伸子』の続きを書くという構想とは、気持ちのうえでも、作品の構想としても、大きなへだたりがあった。それが一転して、『伸子』の続きを書かなければ、本当の意味での自分のライフ・ワークは生まれない、という自覚に立ったのです。

その次の一〇月一八日の手紙では、より詳細な構想が報告されます（同前六〇ページ）。まず『伸子』につづく、「すぐの時期から出発――ソ連訪問のことです（不破）――位までは一つの区切り」となる。これは、『二つの庭』に当たる部分です。「その先の五年が一つの区切り」。五年というと、ソ連での三年間と、帰国してからの二年間ということになりますから、いまでいえば、『道標』とるでしょう。

『春のある冬』を一つにしたぐらいの構想だったのでしょう。「その先の二三年ほどが一かたまり」。時期的に勘定してみますと、だいたい、一九三三年から三五～三六年ころまでを、描くつもりだったようです。ここではまだ、『十二年』という大きな構想になっていないところに、注目する必要がある

この手紙に書かれていることで、もう一つの大事な点は、百合子が、新しい作品の創作方法について、「伸子と作者との間には前篇――『伸子』のこと（不破）――になかった大きい距離があります」と書いていることです。

この作品は、それを具体化した『二つの庭』、『道標』をご覧になればおわかりのように、すべて伸子を中心に書かれています。全編を通じて伸子の登場しない場面がないというだけでなく、ソ連を描くにしても、ヨーロッパを描くにしても、あれこれの人間関係を描くにしても、すべてが伸子の視野に入り、伸子が考えたこととして、展開されてゆきます。そういう点では、前編の『伸子』と同じ方法だといえるでしょう。しかし、『伸子』では、作者と伸子のあいだに「距離」がありませんでした。伸子が悩んでいることは、作者自身が悩んでいることであり、伸子が解決を見出せないでいる問題は、作者も解決をみいだせなかったのです。そういう意味では、作者と伸子は一体で「距離」はなかったのです。だが、今度は違うというのが、この手紙で百合子が強調した点でした。

作者はすでに共産主義者として、科学的社会主義の立場にたち、どんな艱苦《かんく》にもたえて、あの戦時下の過酷な試練を生き抜いてきています。そして獄中の夫の闘争をもささえる、そういう立場に立っ

ています。しかし、作品で描かれる女主人公・伸子は、まだそこまでは行っていない。その伸子の成長を、伸子の視野と心、精神を中心にすえながら、作者としては、自身がすでに到達しているより高い立場から描いてゆく。そこに百合子のいう、伸子と作者との間の「距離」があります。これは、創作方法としては、まさに百合子独自の、また百合子ならではの新しい探究であり、その到達点だと思いますが、百合子が、私小説から出発して、科学的社会主義の立場にたった作品への質的発展をはかろうとする道を、そういう方法に見出したということ、そのことが、「伸子と作者との間には前篇になかった大きい距離があります」という短い言葉に表現されている、これをつかんだというところに、私は百合子の文学の発展をみるうえで非常に大切な問題があると思います。

八、公判闘争と文学的な開眼

では、これで『道標』の構想ができあがったのかというと、実はその一年後にもう一つの飛躍がありました。それは何かというと、翌年の一九四四年に、百合子が宮本顕治の治安維持法等被告事件の公判を、傍聴しぬいたことです。この公判闘争に参加したということが、『道標』の構想と方法を仕上げるうえで、もうひと飛躍、彼女の目を開いたのでした。

さきほどの構想では、「『伸子』以後」が、時期的にはだいたい一九三五〜三六年ころまでにとどまっていました。これは、私の推測になりますが、この構想によれば、何といっても、伸子の成長が軸心でした。ところが、百合子は公判闘争に参加して、顕治の陳述をずっと聞きます。これは、顕治の関連したスパイ調査事件の全貌について、百合子が詳細を知った最初の機会でした（前回の一九三九〜四〇年の公判も、百合子は傍聴しましたが、顕治の病気のために、陳述も途中までになっていました）。この事件については、大々的な反共宣伝が特高警察の側から一方的に流され、社会的にはそれしか公開されていない。百合子自身、顕治の口からそれを聞くことはなかった。それを、この四四年の公判での顕治の陳述から、この事件の全貌をふくめ、日本共産党の闘争の内容と意味、それをつらぬく不屈の正義と真実などを、全面的に聞くわけです。そして、そこにこそ、後に百合子がいう、「戦争強行と人権剥奪へ向って人民生活が坂おとしにあった時期」の、「激しい摩擦、抵抗、敗北と勝利の錯綜」（第18巻三七七ページ）の核心をなす部分があったことを、全身で感じとります。

この感動を、百合子は、日記や手紙のなかで、熱い言葉でさまざまに表現しています。そのなかに、次のような一節があります。「いずれにせよ、わたしは、創《つく》られた新しい頁《ページ》の価値にうたれ、それに導かれ、その価値と美を語ることによって、自分も一つの何か醜《みにく》からぬものをこの人生に寄与してゆくもののようです」（第25巻二六六ページ）。これは九月七日の手紙で、獄中への手紙ですから、ずいぶん工夫した表現をしています。日本共産党の闘争を描くのが自分の使命だとは書けませんから、きわめて文学的に、「創られた新しい頁の価値にうたれ」、「その価値と美を語る」ことによって、自分も何か「醜からぬものをこの人生に寄与する」と表現しているのですが、翻訳すると（笑い）、夫・宮本顕治の闘争に集中的に体現されている戦時下の日本共産党の闘争、まさに四四年、四五年までつづき、公判闘争にその最大の高まりが表現されるその闘争を描くことによって、私は日本の社会進歩の事業に貢献したい、こういう使命感が、固い決意として、この文章に歌い上げられています。この感動こそ、前年の構想では、むしろ、伸子の成長に焦点を定め、三五、六年ごろまでを書こうとしていたものを、一挙に『十二年』という構想に飛躍させ、「党内スパイの挑発事件、公判闘争」なども重要な内容とするにいたった最大の契機となったと、私は考えています。

もう一つ、創作方法の面でも、彼女は、この公判で深く会得するところがありました。顕治が、自分にかかわる事件をいっさい私情をさしはさむことなしに、一つの客観的過程として精密に描きだし、緻密に論証してゆく、そしてそれが、真実なるがゆえに、でっちあげを持ちこもうとする相手側にたいする最大の的確な反撃になってゆく。それを聞きながら、百合子は、九月二日の日記に、「日本の水準の世界的レベルを感じ、リアリズムというものの究極の美と善（正直さ）を感じ」たと書きこみます（第29巻三二〇～三二一ページ）。また獄中への手紙のなかでも、「作家としての確信や自信というものが、『私』の枠からぬけ出るということ、……そのもっと客観的な――これは夏目漱石との対比でいっていることです（不破）――そして合理的な飛躍（「明暗」におちこまない）は何と爽快《そうかい》でしょう。『私』小説からの発展の可能が、最近の一つの契機として、事実の叙述はいかにするべきものかという実例で示されたとすれば、あなたにとっても其《それ》はわるいこころもちのなさらないことではないでしょうか」（九月二〇日の手紙、第25巻二七八～二七九ページ）。これもちょっと翻訳すれば、顕治の陳述が創作方法における百合子の開眼の契機となったことへの、お礼の文章です。

一年前に百合子は、作者と伸子の間に大きな距離があることが特質だといい、そこに私小説からの質的発展の道を追求しようとしましたが、その志をもつということと、創作に具体化することとは、また別のことで、いっそうの探究を必要とする問題でした。そのさなかに顕治の弁論を聞いた百合子は、この面でも深く会得するところがあったのです。彼女は、同じ手紙のなかで、続けて言います。「刻々の現実の呈出しているテーマは何と大きくて複雑で多彩でしょう。そのテーマの根本的意義を感覚のうちにうけとるところまで成長したとき、『私』はその個的成長に必要だった枠としての任務を遂げて腐朽いたします」（同前二七九ページ）。つまり、私は「私小説」から発生しているのだが、その私が世界の現実、自分がぶつかっている日本社会の現実を、そのまま正確に感覚のうちにまでうけとめられるように成長したら、それは、伸子の目でみた世界を描いても、もう「私小説」ではないのです。「私」という枠をこえたリアリズムといいますか、客観的な性格をもったものであって、その世界は伸子の目でみた世界、伸子が語る世界でありながら、伸子という「私」の制約のまったくない、客観的事実として語られる。その語り方を会得できたという感動を、百合子は日記や手紙でくりかえし書いています。

九、『二つの庭』、『道標』と書きすすんで

百合子はこうした準備ののちに、戦後を迎えました。そして、一九四七年から『中央公論』に『二つの庭』の連載をはじめます（一月～九月号）。続いて『道標』の連載が、雑誌『展望』を舞台にはじまりました（第一部・四七年一〇月～四八年八月号、第二部・四八年九月～四九年五月号、第三部・四九年一〇月号～五〇年一二月号）。

構想も創作方法も、基本的な準備がされていたとはいえ、そうやって会得したものを本当に作品に具体化しようとしたら、これはできあがった道をゆくようなものではけっしてありません。その一歩一歩がたいへんな努力を要する、困難きわまる道ゆきでした。

百合子は、『道標』第三部の執筆中に書いた評論「心に疼《うず》く欲求がある」（一九五〇年八月）のなかで、この仕事に取り組んだ自分の心構えを、次のように率直に書いています。

「『伸子』につづく『二つの庭』から『道標』の道行きを考えたとき、わたしは、作家として、とても目ざましい、というような方法をとれなかった」。「私は、こうきめた。『播州平野』をかいた方法で、この複雑でごたついた重荷は運べない。もうひと戻りしよう。『伸子』よりつい一歩先の

ところから出発しよう。そして、みっともなくても仕方がないから、一歩一歩の発展をふみしめて、『道標』へ進み、……『道標』のおよそ第三部ぐらいまで進んでゆこう」(第19巻二五六〜二五七ページ)

仲子の成長とともに、創作の方法も発展するという、非常にまどろっこしいけれども、そういう道を進んでゆこう、この方法で、『道標』第三部までは書けるだろう、ということです。彼女は、そのあとで、よく社会主義リアリズムといわれるが、そういう「出来上ったものとしてあるように考えられている」ような方法で、描ける題材ではない、とも語っています。

この叙述と、『獄中への手紙』に記録された創作方法の探究のいきさつを思いくらべるならば、百合子のこの苦労が、まさに戦時中の到達点を具体化するうえでの苦労であったことを、理解していただけると思います。

百合子は続けて語ります。「そして、女主人公の精神が、より社会的に、ほとんど革命的に覚醒され、行動的に成長したとき、作品の構想もテムポも、それにふさわしく飛躍できるだろう。それまで辛抱がつづいたら、この仕事も何かの実験というに値する、と」(同前二五七ページ)。

つまり、『道標』を書き終え、その途上の困難を乗りこえたら、次の『春のある冬』や『十二年』は、社会的・革命的に覚醒し、行動的に成長した仲子が中心になった世界として、そこで描かれる内容はもちろん、作品の方法、創作方法においても、あらたな飛躍をとげたものとなるだろう。彼女は、そう書いているわけです。

この過程は、戦時下の日本社会とそこでの人民の闘争、日本共産党の闘争を描くことを、自分の生涯をかけた課題として正面にすえながら、いきなりそれを書くことをしないで、一見まわりくどいようだが、『二つの庭』、『道標』を経て、三〇年代、四〇年代にいたる、作品のその構想に対応したものでした。

さきほどから繰り返し述べたように、「この複雑でごたついた重荷」を背負いながら、ようやくその道を歩きとおし、『道標』第三部を、日本に帰って自分自身の「生活の歌」を歌おうという伸子の決意をもってしめくくり、さあ、これからその歌を歌い、創作方法においても新たな「飛躍」をめざそうとしたときに、突然の死が彼女をおそったのでした。

その死にさいして、宮本顕治は、これを「自然の不意打ち」と呼びながら、「何が彼女をこの世から奪い去った根底的条件をなしているか」について、それが、「巣鴨拘置所で彼女のそれからの生涯に深い病弱を刻み残した日本の牢獄そのもの」であったことを、きびしく告発しました。「夏になると監房の三尺に六尺くらいの窓ガラスを通して暑い陽が終日照りつけるのにカーテンもなく風も通わないで、逃げ場のない暑さのためにしばしば卒倒する者が出てきた」(「百合子追想」一九五一年一月、『宮本顕治文芸評論選集』②二七〇ページ)。この「刑務所に象徴された日本の野蛮な軍国主義と専制主義」が、彼女の肉体を決定的に傷つけ、まだ五一歳の若さで、その生命を奪い、この歴史的な大作をも「中途の一節」でほうむりさったのです。

一〇、残された、そしてひきつがれるべき課題

私は、そうした歴史をふりかえってみたとき、この作品が未完に終わったことは、いくら惜しんでも惜しみたりない問題だが、惜しいというだけですますことのできない問題がそこにあることを、指摘しないわけにはゆきません。

私は、百合子が、一二年の刻苦のなかで、『道標』の骨格をなす構想を抱くにいたったのが、一九四三年の九月から一〇月にかけてだったと、さきほど述べました。彼女が自分の内部の「発酵」状態について語ったのは、九月二七日の手紙でしたが、その前日、九月二六日の手紙は、太平洋戦争が決戦段階を迎え、総動員体制がいよいよ激化したことを獄中に知らせ、「作家の生涯に、こういう異状な時代を経験することは様々な意味で千載一遇であり、そこで立ちくされるか磨滅するか何らかの業績をのこすかおそるべき時代であり、各人の精励と覚悟だけが、決定するようなものです」と、その決意のほどを伝えたものでした（第25巻三八ページ）。そういう時期に、『道標』の基本的な構想が生まれたのです。

一九五〇年末、百合子が『道標』を書き終えたときは、朝鮮戦争のただなか、警察予備隊というご

まかしの名称で、日本の再軍備が開始され、日本軍国主義の復活の足どりがはじまったときでした。

そしていま、私たちが百合子没後四〇周年を記念しているこのときは、さきほど来、多くの方がいわれたように、湾岸戦争のただなかで、しかも、日本人の血を求めるアメリカの要求にこたえて、自衛隊の派遣をふくむ憲法違反の戦争協力の動きが、戦後の日本の歴史にかつてなかったほどの現実性をもって提起されています。そして、百合子が告発したあの戦前の日本への復活現象が、日本社会の政治・社会のあらゆる分野で、渦巻いています。

そういうときだけに、彼女が、『春のある冬』、『十二年』という作品を書き終えることができたら、それがもつ意義は非常に大きかったと思います。

いままでにも、戦時下の日本を描いた作品は、いろいろあります。しかし、彼女の構想は、そのさまざまな作品がもたない、いくつかの重要な特徴をもっていました。

一つは、それが、三〇年代、四〇年代の日本を全体として描こうとした作品だったということです。

また、日本の社会を、戦争によって対外的には侵略を、そして国内的には国民が史上空前の惨害をうけたという面とともに、その戦争体制をささえたものが、治安維持法を中心にした人民にたいする抑圧にあったことを、正面からとらえたものだったことです。この抑圧は、共産主義者や平和・民主主義の活動家をおそっただけではなく、それらの人びとをおそうことによって、日本の社会全体を窒息させ、もののいえない社会としていたことが重要です。その抑圧は、家族関係の内部にまでおよんでいました。小説『風知草』（第6巻）には、かつては同じ文学運動に参加していた仲間の間でも、彼女のように作品を「禁止されるような作家」と、そうでない作家との間には、「治安維持法という鉄条網のはられた、うちこえがたい空虚地帯」ができていたことが語られています。そういう抑圧を真正面から体験したものとして、当時の日本を、戦争の惨害の面と治安維持法的な抑圧の面と、両面からとらえていたことも、この作品の重要な特質となるものでした。

しかも、そのなかでの「激しい摩擦、抵抗、敗北と勝利の錯綜」の核――日本の人民の平和と民主主義、進歩をめざすたたかいの核をなすものとして、日本共産党の闘争を、敗戦の前の年の一二月まで続けられた宮本顕治の公判闘争を一つの柱として描こうとした、これも、彼女ならではの構想でした。

しかし、この作品は「彼女ならでは」のものではあっても、宮本百合子を失ったことによって、彼女がみずからに課したこの課題そのものを失わせてはいけないというのが、私のつねづね痛感していることです。

彼女は、遺稿となった文章「『道標』を書き終えて」のなかで、「わたしは、『伸子』につづく『二つの庭』や『道標』およびこれから書かれる部分を、自分のものとは思っていない。きょうに生きるみんなのものであらせなければならないと思っている」と書きました（第19巻三八四ページ）。

私は、五年前に、百合子の作品世界について書いたとき（「試練の一二年と作家・宮本百合子」本書所収）、その最後に、『春のある冬』や『十二年』を「きょうに生きるみんなのもの」だとした百合子の確認が、いよいよ切実なひびきをもって私たちの胸をうつことを語りながら、次のような希望と期待を表明しました。

「この思いは、自然のこととして、三〇年代、四〇年代の日本を正面からとらえた新しい大作への待望につながるものです。それが、構成においても、創作方法においても、また作者と作品世界との関係においても、この時代を第一線で生きた百合子のそれとちがってくることは、当然ですが、『きょうに生きるみんな』のためにその時代を書くという百合子の遺志は、今日の民主主義文学にひきつがれるべき課題であることを、確信しますから」（本書二八五ページ）

これは、いまも変わらない私の気持ちであります。日本の民主主義文学が、今後の発展のなかで、この課題を、今日の新しい時代なりにやりとげていただきたいという切なる希望を最後に述べて、話を終わらせていただきます。

どうもご清聴、ありがとうございました。

（『文化評論』一九九一年四月号）

不破哲三（ふわ　てつぞう）
1930年生まれ
主な著書
「文化と政治を結んで」「小林多喜二　時代への挑戦」「一滴の力水」（水上勉氏との対談・光文社）「同じ世代を生きて――水上勉・不破哲三往復書簡」「新・日本共産党宣言」（井上ひさし氏との対論・光文社）「回想の山道」（山と渓谷社）「私の南アルプス」（山と渓谷社）
「新・日本共産党綱領を読む」「報告集・日本共産党綱領」（党出版局）「日本共産党にたいする干渉と内通の記録」（上下）「日本共産党史を語る」（上下）「日本の戦争――領土拡張主義の歴史」（日本共産党出版局）「ここに『歴史教科書』問題の核心がある」「歴史から学ぶ――日本共産党史を中心に」「『科学の目』で日本の戦争を考える」「歴史教科書と日本の戦争」（小学館）「日本の前途を考える」「憲法対決の全体像」
「スターリン秘史」（全６巻）「史的唯物論研究」「エンゲルスと『資本論』」（上下）「レーニンと『資本論』」（全７巻）「マルクスと『資本論』」（全３巻）「マルクス『資本論』――発掘・追跡・探究」「古典教室」（全３巻）「マルクスは生きている」（平凡社新書）

新編《しんぺん》　宮本百合子《みやもとゆりこ》と十二年《じゅうにねん》

2017年３月20日　初　版

著　者　不破哲三
発行者　田所　稔

郵便番号　151-0051　東京都渋谷区千駄ヶ谷4-25-6
発行所　株式会社　新日本出版社
電話　03（3423）8402（営業）
03（3423）9323（編集）
info@shinnihon-net.co.jp
www.shinnihon-net.co.jp
振替番号　00130-0-13681
印刷　光陽メディア　　製本　小泉製本

落丁・乱丁がありましたらおとりかえいたします。

ISBN978-4-406-06129-2 C0095　Printed in Japan